老舍——著

四世同堂

苟生

寫國破家亡、寫無恥和氣節、寫哭與笑

20 世紀前百大中文小說

——老舍長篇小說經典再現！

Four
Generations
Under
One Roof

「他甚至想到，假若今天北平還不濺出點血去，
北平人就似乎根本缺乏著一點什麼基本的東西，
而可以嬉皮笑臉的接受最大的恥辱了。他幾乎盼望流血了！」

目錄

第 26 幕　昭和糖

　　瑞宣在院中走來走去,像個熱鍋上的螞蟻。他以為無論如何今天天安門前必要出點岔子。這是日本人公開的與北平市民見面的第一次。日本人當然以戰勝者的姿態出現。北平人呢?瑞宣曉得北平人的軟弱,可是他也曉得在最軟弱的人裡也會有敢冒險去犧牲的,在亡了國的時候。這麼大的北平,難道還沒有一兩個敢拚命的人?只要有這麼一兩個人,今天的天安門前便一定變成屠場。瑞宣,和一般的北平人一樣,是不喜歡流血的。可是,他以為今天天安門前必不可免的要流血,不管他喜歡與否。他甚至想到,假若今天北平還不濺出點血去,北平人就似乎根本缺乏著一點什麼基本的東西,而可以嬉皮笑臉的接受最大的恥辱了。他幾乎盼望流血了!

　　同時,他又怕天安門前有什麼不幸。今天赴會的都是被強迫了去的學生。以往的軍事的政治的失敗,其咎不在學生,那麼學生也就沒有用血替別人洗刷點羞恥的責任。況且國內讀書的人是那麼少,大家應當為保護學生而犧牲,而不應當先去犧牲學生,儘管是在國家危亡的時候。他想起許多相熟的年輕可愛的面孔,有的跟他感情特別好,有的對他很冷淡,但是客觀的看來他們都可愛,因為他們都天真,年輕。假若這些面孔,這些民族的花朵,今天在天安門前,遭受到槍彈的射擊,或刺刀的戳傷……他不敢再往下想。他們是他的學生,也是中華民族的讀書種子!

　　但是,從另一方面想,學生,只有學生,才是愛國的先鋒隊。他們有血氣,有知識。假若他們也都像他的祖父那樣萎縮,或者像他自己這樣前怕狼後怕虎的不敢勇往直前,豈不就是表示著民族的血已經涸竭衰老了麼?況且,小崔的也不完全錯誤呢!反抗帝國主義的侵略,反抗帝制,反抗舊禮教的束縛,反抗……都是學生;學生在五十年來的中國革命史上有

過光榮的紀錄 ── 這紀錄有好些個地方是用血寫下來的！那麼，難道今天，北平的學生，就忘了自己的光榮，而都乖乖的拿起「中日親善」的小紙旗，一聲不出嗎？

他想不清楚。他只覺得煩躁不安。他甚至於關心到瑞豐的安全。他看不起二弟，但他們到底是一奶同胞的手足。他切盼瑞豐快快回來，告訴他開會的經過。

瑞豐一直到快三點鐘了才回來。他已相當疲乏，可是臉上帶著點酒意，在疲乏中顯著興奮。從一清早到開完會，他心中都覺得很彆扭。他想看熱鬧，可是什麼熱鬧也沒看見。開完了會，他的肚子裡已餓得咕嚕咕嚕的亂響。他想找機會溜開，不管把學生帶回學校去。看藍東陽那麼滑頭，他覺得自己是上了當，所以他不願再負領隊的責任。可是，在他還沒能偷偷的溜開以前，學生們已自動的散開；他們不願排著隊回校，在大街上再丟一次臉。年紀很小的，不大認識路的，學生，很自然的跟在工友老姚後面；他們知道隨著他走是最可靠的。別的學校也採取了這個辦法。一會兒，學生向四外很快的散淨，只剩下一地的破紙旗與被棄擲的昭和糖。瑞豐看學生散去，心中鬆了一口氣。順手拾起塊昭和糖，剝去了紙皮兒，放在口中，他開始慢慢的，不大起勁的，往西走。

他本想穿過中山公園 ── 已改稱中央公園 ── 走，可以省一點路。看了看，公園的大門沒有一個人出入，他改了主意。他怕靜寂的地方。順著馬路往西走，他想他應當到西單牌樓，找個小館，吃點東西。他沒想到藍東陽會這麼滑頭，不通情理，教他操心領隊，而還得自己掏腰包吃午飯。「什麼玩藝兒！」他一邊嚼著糖，一邊低聲的罵：「這算那道朋友呢！」他越想越氣，而那最可氣的地方是：「哪怕到大酒缸請我喝二兩白干，吃一碟鹹水豆兒呢，也總算懂點人情啊！」正這麼罵著，身後忽然笑了一聲，笑得非常的好聽。他急一回頭。冠先生離他只有一步遠，笑的聲音斷

了，笑的意思還在臉上盪漾著。

「你好大膽子！」冠先生指著瑞豐的臉說。

「我怎麼啦？」瑞豐莫名其妙的問。

「敢穿中山裝！」冠先生臉上顯出淘氣的樣子，顯然的他是很高興。沒等瑞豐說話，他接續著：「瑞豐，我佩服你的膽量！你行！」

聽到這誇獎，瑞豐把所有的煩惱與不滿都一下子掃除淨盡，而馬上天真的笑起來。（容易滿足的人有時候比貪而無厭的人更容易走到斜路上去！）

二人齊著肩往西走。瑞豐笑了好幾氣才說出話來：「真的，這不能不算冒險！頭一個敢在日本人眼前穿中山裝的，我，祁瑞豐！」然後，他放低了聲音：「萬一我們的人要是能打回來，憑我這一招 —— 敢穿中山裝 —— 我大概也得有點好處？」冠先生不願討論「萬一」的事，他改了話路：「今天的會開得不壞呢！」

瑞豐不知道會開得好與不好，而只知道它不很熱鬧，怪彆扭。現在，聽了冠先生的話，他開始覺得會的確開得不錯。他所受過的教育，只教給了他一些七零八碎的知識，而沒教給他怎麼思想，和怎麼判斷；因此，他最適宜於當亡國奴 —— 他沒有自己的見解，而願意接受命令；只要命令後面還隨著二兩酒或半斤肉。

「不在乎那幾塊糖！」冠先生給瑞豐解釋。「難道沒有昭和糖，我們就不來開會嗎？我是說，今天的大會平平安安的開過去，日本人沒開槍，我們的學生也沒扔炸彈 —— 阿彌陀佛！ —— 得啦，這總算買金的遇見了賣金的！今天大家見了面，以後就好說話了。說實話，剛開會的時候，我簡直的不敢過去！那是玩的嗎，一個爆竹就能勾出機關槍來！得，現在我心裡算是一塊石頭落了地！從今天起，我們該幹什麼就幹什麼，不必再藏藏躲躲的了；反正連學生今天都在天安門前，青天大日頭底下，向日本人鞠

了躬，吃了昭和糖！你說是不是？」

　　「就是！就是！」瑞豐的小乾腦袋很清脆的點動。冠先生這番話使他恍然大悟：他不應當只為藍東陽耍滑頭而恨藍東陽，他還是應當感謝藍東陽——到底是藍東陽教他領隊來參加這次大會的。要按照冠先生的說法去推斷，他今天的舉動簡直是有歷史的意義，他差不多可以算個開國的功臣。他很高興。高興往往使人慷慨，他建議請冠先生吃頓小館。「瑞豐！」冠先生好像生了氣似的。「你請我？笑話了！論年紀，輩數……憑哪一樣你應當請我？」

　　假若虛偽極了就有點像真誠，冠先生的要請瑞豐吃飯是真誠的。他的虛偽極了的真誠是來自北平的文化，這文化使他即使在每天亡一次國的情形下，也要爭著請客。這是個極偉大的亡國的文化。

　　瑞豐不敢再說什麼。若要再爭一爭，便破壞了彼此的真誠與熱烈。

　　「吃什麼？瑞豐！」這又完全是出於客氣。只要冠先生決定了請客，他就也決定了吃什麼與吃哪個飯館。對於吃，他的經驗與知識足以使他自信，而且使別人絕不吃虧的。「吃安兒衚衕的烤肉怎樣？」他沒等瑞豐建議出來，就這樣問。

　　瑞豐聽到安兒衚衕與烤肉，口中馬上有一大團饞涎往喉中流去，噎得他沒能說出話來，而只極懇切的點頭。他的肚中響得更厲害了。

　　不知不覺的，他們倆腳底下都加了勁。烤肉是最實際的東西，他們暫時忘了其他的一切。

　　可是，戰爭到底也鞭撻到了他們倆，不管他們倆是怎樣的樂觀，無恥，無聊。那名氣很大的烤肉的小鋪子沒有開張，因為市上沒有牛羊肉。城內的牛羊已被宰光，遠處的因戰爭的阻隔，來不到城中。看著那關著門的小鋪，他們倆幾乎要落淚。

　　很抱歉的，冠先生把瑞豐領到西長安街的一家四川館，找了個小單間。瑞豐沒有多大的吃辣子的本事，而又不便先宣告，心中頗不自在。冠先生沒看菜牌子，而只跟跑堂的嘀咕了兩句。一會兒，跑堂的拿上來一個很精緻的小拼盤，和一壺燙得恰到好處的竹葉青。

　　抿了一口色香俱美的竹葉青，瑞豐叫了聲：「好！」冠先生似笑不笑的笑了一下：「先別叫好！等著嚐嚐我要的菜吧！」

　　「不辣吧？」瑞豐對自己口腹的忠誠勝過了客氣。「真正的川菜並不辣！請你放心！」冠先生的眼中發出了點知識淵博的光。用嘴唇裹了一點點酒，他呷著滋味說：「酒燙得還好！」

　　跑堂的好像跟冠先生很熟，除了端菜伺候而外，還跟冠先生說閒話。冠先生為表示這是隨便吃點便飯，不必講究什麼排場，也就和跑堂的一問一答的，透出點親熱勁兒。跑堂的端上來一個炒菜，冠先生順口隨便的問：「生意怎樣？」「不好呢！」跑堂的 —— 一位三十多歲，每說一句話，必笑一下的，小矮個兒 —— 皺了皺眉，又趕快的笑了一下。「簡直的不好作生意！不預備調貨吧，怕有吃主兒來；預備吧，碰巧了，就一天沒有一個吃主兒！」他又笑了一下，笑得很慘。「乾這杯！」冠先生先讓瑞豐的酒，而後才又安慰跑堂的：「生意就快好起來了！」

　　「是嗎？」這回，跑堂的一連笑了兩下。可是，剛笑完，他就又覺出來笑得太幼稚了一些。「保定也丟了，生意還能……」

　　「我哪回吃飯沒給錢？你怎麼這樣不信我的話呢？」冠先生假裝兒皺上眉，和跑堂的逗著玩。「我告訴你，越丟多了地方，才越好作生意！一朝天子一朝臣；就怕一個地方一個天子，到處是天子，亂打一鍋粥，那才沒辦法！你明白我的意思？」

　　跑堂的不敢得罪照顧主兒，可也不便十分得罪自己的良心，他沒置可否的笑了下，趕緊出去端菜。

　　當一個文化熟到了稀爛的時候，人們會麻木不仁的把驚魂奪魄的事情與刺激放在一旁，而專注意到吃喝拉撒中的小節目上去。瑞豐，在吃過幾杯竹葉青之後，把一切煩惱都忘掉，而覺得世界像剛吐蕊的花那樣美好。在今天早半天，不論是在學校裡，還是在天安門前，假若有人對他說兩句真話，他或者能明白過來一點，而多少的要收起去一些無聊。不幸，他又遇見了冠曉荷，與冠曉荷的竹葉青和精美的四川菜。只要他的口腹得到滿足，他就能把靈魂當五分錢賣出去。他忘了藍東陽的可惡，天安門前的可怕，和他幾乎要想起來的日本人的狠毒，而只覺得那淺黃的竹葉青酒在渾身盪漾，像春暖花開時候的溪水似的。白斬雞的油掛在他的薄嘴唇上，使他感到上下唇都厚起來，有了力量。他覺得生命真正可愛，而所以可愛者就是因為肉美酒香。只要有人給他酒肉，他以為，他就應當誠心的感激。現在，這頓飯是冠先生給他的，他就該完全同意飯主子所說的。他的小幹臉上紅潤起來，小幹腦袋裡被酒力催的嗡嗡的輕響，小眼睛裡含著顆小淚珠——他感激冠先生！

　　冠先生雖然從敵人一進城就努力運動，而至今還沒能弄到一官半職的，他可是依然樂觀。他總以為改朝換代的時候是最容易活動的時候，因為其中有個肯降與不肯降的問題——他是決定肯投降的。對瑞豐，他先誇獎天安門大會開得很好，而後稱讚新民會的成績——誰還沒有成績，只有新民會居然在天安門前露了臉，教學生們和日本人打了對面！然後，他又提起藍東陽來：「你給我約了他沒有啊？還沒有？為什麼呢？嘴上無毛，辦事不牢！無論如何，你給我把他請到！什麼？明天晚飯，再好沒有啦！告訴你，瑞豐，你要樂觀，要努力，要交結的廣，有這三樣，一個人就可以生生不已，老有飽飯吃！」

　　瑞豐聽一句，點一下頭。越聽越痛快，也就越吃的多。說真的，自從敵人攻陷北平，他還沒吃過這麼舒服的一頓飯。他感激冠先生，他相信冠

先生所說的話句句是有價值的。因為相信冠先生的話,他對自己的前途也就看出來光明。只要他樂觀,努力去活動,他一定會走一步好運的!

吃過飯,冠先生在西單牌樓底下和瑞豐分了手,他還要「看兩個朋友。我們家裡見!別忘了請藍東陽去喲!再見!」瑞豐疲倦而又興奮的回到家中。

瑞宣見弟弟安全的回來,心中安定了些。可是,緊跟著,他就難過起來,心裡說:「那麼多的學生和教師,就愣會沒有一個敢幹一下子的!」他並不輕看他們,因為他自己也是知識分子,他自己不是連天安門都不敢去麼?他知道,他不應當以勇敢或懦弱評判任何個人,而應當先責備那個甚至於把屈膝忍辱叫做喜愛和平的文化。那個文化產生了靜穆雍容的天安門,也產生了在天安門前面對著敵人而不敢流血的青年!不,他似乎連那個文化也不應責備。難道喜愛和平是錯誤嗎?他說不清,心中憋悶的慌。他不喜歡和老二談話,可是又不能不和他談幾句,好散散心中的煩悶。

瑞豐身上的那點酒精使他覺得自己很充實,很偉大。最初,他迷迷糊糊的,想不出自己為何充實與偉大。及至到了家中,他忽然明白過來,他的確是充實,並且偉大,因為他參加了天安門的大會。他相信自己必定很有膽氣,否則哪敢和日本人面對面的立著呢?想到此處,他就越發相信了冠曉荷的話 —— 大家在天安門前見了面,從此就中日一家,天下太平,我們也可以暢快的吃涮羊肉了。是的,他覺到自己的充實與偉大,只要努力活動一下,吃涮羊肉是毫無問題的。更使他高興的,是瑞宣大哥今天看他回來並沒那麼冷淡的一點頭,而含著笑過來問了聲:「老二,回來啦?」這一問,使瑞豐感到驕傲,他就更充實偉大了一些。同時,他也覺得更疲乏了一些;疲乏足以表示出自己的重要。

小順兒的媽看丈夫在院中繞來繞去,心中非常的不安。她不敢解勸他,而一語不發又很難過。她只能用她的兩隻水靈的大眼睛偷偷的撩著

他，以便抓住機會教小順兒或小妞子跑過去，拉住他的手，或說幾句話。她曉得丈夫是向來不遷怒到兒女身上去的。現在，看到他的臉上有了笑容，她也趕快走過來，聽聽老二帶回來的新聞。

祁老太爺每逢聽到一個壞訊息，就更思念「小三兒」。他不知道別的，而準知道小三兒的性情非常倔強，不打了勝仗是不會回來的。那麼，我們多打一個敗仗，小三兒也自然的就離家更遠了些！老人不願為國家擔憂，因為他以為宰相大臣才是管國事的，而他自己不過是個無知的小民。但是，對於孫子，他覺得他的確有關切的權利；沒人能說祖父惦念孫子是不對的！他聽到了保定的陷落，就不由的嘟嘟囔囔的唸叨小三兒，見老二回來，老人也走了出來，聽聽訊息 —— 即使沒有訊息可聽，看孫子一眼也是好的。

只要祁老人一念叨小三兒，天佑太太自然而然的就覺得病重了一些。祖父可以用思念孫子當作一種消遣，母親的想兒子可是永遠動真心的。今天，在惦念三兒子以外，她還注意到二兒子的很早出去，和大兒子的在院中溜來溜去。她心中十分的不安。聽見老二回來，她也喘噓噓的走出來。大家圍住了瑞豐。他非常的得意。他覺得大家在聰明上，膽量上，見解上，都遠不及他，所以他應當給大家說些樂觀的話，使他們得到點安慰。

「我告訴你，大哥！」老二的牙縫裡還塞著兩小條兒肉，說話時口中滿有油水：「真想不到學生們今天會這麼乖！太乖了，連一個出聲的也沒有！會開得甭提多麼順當啦！鴉雀無聲！你看，日本官兒們都很體面，說話也很文雅。學生們知趣，日本官兒們也知趣，一個針尖大的岔子也沒出，沒想到，真沒想到！這就行嘍，醜媳婦見了公婆的面，以後就好說了。有今天這一場，我們大家就都可以把長臉往下一拉，什麼亡國不亡國的！大哥你 ——」他的眼向四下里找瑞宣，瑞宣不知在什麼時候已經輕輕的走開了。他不由的「嗯？」了一聲。小妞子看明白了二叔的意思，微

突的小嘴說：「爸，出出啦。」短的食指指著西邊。

　　瑞宣偷偷的溜了出去。他不能再往下聽。再聽下去，他知道，他的一口毒惡的唾沫一定會啐在瑞豐的臉的正中間！

　　他曉得，學生教員們若是在天安門前，有什麼激烈的舉動，是等於無謂的犧牲。我們打死一兩個日本要人，並不能克復北平；日本人打死我們許多青年，也不見得有什麼不利。他曉得這個。可是，在感情上他還是希望有那麼一點壯烈的表現，不管上算與吃虧。壯烈不是算盤上能打出來的。再退一步！即使大家不肯作無益的犧牲，那麼嚴肅的沉默也還足以表示出大家的不甘於嬉皮笑臉的投降。由瑞豐的話裡，他聽出來，大家確是採取了默默的抵抗。可是，這沉默竟自被瑞豐解釋作「很乖！」瑞豐的無恥也許是他個人的，但是他的解釋不見得只限於他自己，許多許多人恐怕都要那麼想，因為學生一向是為正義，為愛國而流血的先行。這一回，大家必定說，學生洩了氣！這一次是這樣無聲無色的過去了，下一次呢？還沉默嗎？萬一要改為嬉皮笑臉呢？瑞宣在門外槐樹下慢慢的走，簡直不敢再往下想。

　　小崔由街上次來，沒有拉著車，頭上有個紫裡蒿青的大包。

　　瑞宣沒意思招呼小崔，不是小看一個拉車的，而是他心中煩悶，不想多說話，可是，小崔像憋著一肚子話，好容易找到可以談一談的人似的，一直撲了過來。小崔的開場白便有戲劇性：

　　「你就說，事情有多麼邪行！」

　　「怎麼啦？」瑞宣沒法不表示點驚疑。只有最狠心的人才會極冷淡的使有戲劇性的話失去效果。

　　「怎麼啦？邪！」小崔顯然的是非常的興奮。「剛才我拉了個買賣。」他的眼向四外一掃，然後把聲音放低。「一個日本兵！」

「日本兵！」瑞宣不由的重了一句，而後他慢慢的往「葫蘆腰」那邊走。小崔的故事既關聯著日本兵，他覺得不該立在衚衕裡賣嚷嚷。

小崔跟著，把聲音放得更低了些：「一個二十上下歲的日本兵。記住了，我說的是一個日本兵，因為他渾身上下沒有一絲一毫不像日本兵的地方。我告訴你，祁大爺，我恨日本人，不願意拉日本人，不管給我多少錢！今天早半天不是慶祝保定的 ——」

「—— 陷落！」瑞宣給補上。

「是呀！我心裡甭提多麼難受啦，所以快過午我才拉出車去。誰想到，剛拉了一號小買賣之後，就遇上了這個日本兵！」說著，他們倆已來到空曠的葫蘆肚兒裡。在這裡，小崔知道，不管是立著還是走著談，都不會被別人聽見。往前走，不遠便是護國寺的夾道，也是沒有多少行人的。他沒立住，而用極慢極緩的步子似走似不走的往前挪蹭。「遇上他的地方，沒有別的車子，你看多麼彆扭！他要坐車，我沒法不拉，他是日本兵啊！拉吧，有什麼法子呢？拉到了雍和宮附近，我以為這小子大概要逛廟。我沒猜對。他向旁邊的一條很背靜的衚衕指了指，我就進了衚衕，心裡直發毛咕，衚衕裡直彷彿連條狗也沒有。走兩步，我回回頭；走兩步，我回回頭！好傢夥，高麗棒子不是幹過嗎 —— 在背靜地方把拉車的一刀扎死，把車拉走！我不能不留這點神！高麗棒子，我曉得，都是日本人教出來的。我的車上，現在可坐著個真正日本人！不留神？好，噗哧一下兒，我不就一命歸西了嗎！忽然的，他出了聲。衚衕兩面沒有一個門。我一愣，他由車上跳下去。我不明白他要幹什麼。等他已經走出好幾步去了，我才明白過來，原來他沒給我錢；進這條背靜衚衕大概就為是不給錢。我愣了一會兒，打不定主意。這可只是一會兒，聽明白了！把車輕輕的放下，我一個箭步躥出去，那小子就玩了個嘴吃屎。我早看明白了，單打單，他不是我的對手；我的胳臂比他的粗！不給錢，我打出他的日本屎

來！他爬起來，也打我。用日本話罵我 —— 我懂得一個『巴嘎亞路』。我不出聲，只管打；越打我越打得好！什麼話呢，今個早上，成千上萬的學生滿街去打降旗；我小崔可是在這裡，赤手空拳，收拾個日本兵！我心裡能夠不痛快嗎？打著打著，出了奇事。他說了中國話，東北人！我的氣更大了，可是我懶得再打了。我說不上來那時候我心裡是怎麼股子味兒，彷彿是噁心要吐，又彷彿是 —— 我說不上來！他告了饒，我把他當個屁似的放了！祁先生，我問你一句話，他怎會變成了日本人呢？」

他們已走到護國寺的殘破的界牆外，瑞宣決定往北走，北邊清靜。他半天沒有回答出話來。直等到小崔催了一聲「啊？」他才說：

「記得九一八？」

小崔點了點頭。

「老一輩的東北人永遠是中國人。在九一八的時候才十幾歲的，像你打的那個兵，學的是日本話，唸的是日本書，聽的是日本宣傳，他怎能不變呢？沒有人願意作奴隸，可是，誰也抵不上一天一天的，成年論月的，老聽別人告訴你：你不是中國人！」

「真的嗎？」小崔吃驚的問。「比方說，天天有人告訴我，我不是中國人，我也會相信嗎？」

「你不會！倒退幾年，你就會！」

「祁先生！那麼現在我們的小學生，要是北平老屬日本人管著的話過個三年五載的，也會變了嗎？」

瑞宣還沒想到這一層。聽小崔這麼一問，他渾身的汗毛眼都忽然的一刺，腦中猛的「轟」了一下，頭上見了細汗！他扶住了牆，腿發軟！

「怎麼啦？」小崔急切的問。

「沒什麼！我心裡不好受！」

第 27 幕　進忠孝

　　瑞宣不再到學校去。他可是並沒正式的辭職，也沒請假。他從來是個丁是丁，卯是卯的人，永遠沒幹過這種拖泥帶水的事。現在，他好像以為辭職與請假這些事都太小，用不著注意了；作亡國奴才真正是大事，連作夢他都夢見我們打勝仗，或是又丟失了一座城。

　　他必須去賺錢。父親的收入是仗著年底分紅；一位掌櫃的，按照老規矩，月間並沒有好多的報酬；父親的鋪子是遵守老規矩的。可是，從七七起，除了雜糧店與煤炭廠，恐怕沒有幾家鋪店還照常有交易，而父親的布匹生意是最清淡的一個 —— 誰在兵荒馬亂之際還顧得作新衣服呢。這樣，到年終，父親恐怕沒有什麼紅利好拿。

　　老二瑞豐呢，瑞宣看得很清楚，只要得到個收入較多的事情，就必定分居另過。老二，和二奶奶，不是肯幫助人的人。

　　積蓄嗎，祖父和母親手裡也許有幾十或幾百塊現洋。但是這點錢，除非老人們肯自動的往外拿，是理應沒人過問的 —— 老人的錢，正和老人的病相反，是不大願意教別人知道的。瑞宣自己只在郵局有個小摺子，至多過不去百塊錢。

　　這樣，他是絕對閒不起的。他應當馬上去找事情。要不然，他便須拿著維持費，照常的教書；等教育局有了辦法，再拿薪水。無論怎樣吧，反正他不應當閒起來。他為什麼不肯像老三那樣跺腳一走？還不是因為他須奉養著祖父與父母和看管著全家？那麼，既不肯忍心的拋棄下一家老少，他就該設法去賺錢。他不該既不能盡忠，又不能盡孝。他曉得這些道理。可是，他沒法子打起精神去算計煤米柴炭，當華北的名城一個接著一個陷落的時候。他不敢再看他的那些學生，那些在天安門慶祝過保定陷落的學

生。假若整個的華北，他想，都淪陷了，而一時收復不來；這群學生豈不都變成像被小崔打了的小兵？他知道，除了教書，他很不易找到合適的事作。但是，他不能為賺幾個錢，而閉上眼不看學生們漸漸的變成奴隸！什麼都可以忍，看青年變成奴隸可不能忍！

瑞豐屋裡的廣播收音機只能收本市的與冀東的播音，而瑞宣一心一意的要聽南京的訊息。他能在夜晚走十幾里路，有時候還冒著風雨，到友人家中去，聽南京的聲音，或看一看南京播音的記錄。他向來是中庸的，適可而止的；可是，現在為聽南京的播音，他彷彿有點瘋狂了似的。不管有什麼急事，他也不肯放棄了聽廣播。氣候或人事阻礙他去聽，他會大聲的咒罵 —— 他從前幾乎沒破口罵過人。南京的聲音叫他心中溫暖，不管訊息好壞，只要是中央電臺播放的，都使他相信國家不但沒有亡，而且是沒有忘了他這個國民 —— 國家的語聲就在他的耳邊！

什麼是國家？假若在戰前有人問瑞宣，他大概須遲疑一會兒才回答得出，而所回答的必是毫無感情的在公民教科書上印好的那個定義。現在，聽著廣播中的男女的標準國語，他好像能用聲音辨別出哪是國家，就好像辨別一位好友的腳步聲兒似的。國家不再是個死板的定義，而是個有血肉，有色彩，有聲音的一個巨大的活東西。聽到她的聲音，瑞宣的眼中就不由的溼潤起來。他沒想到過能這樣的捉摸到了他的國家，也沒想到過他有這麼熱烈的愛它。平日，他不否認自己是愛國的。可是愛到什麼程度，他便回答不出。今天，他知道了：南京的聲音足以使他興奮或頹喪，狂笑或落淚。

他本來已經拒絕看新民會控制著的報紙，近來他又改變了這個態度。他要拿日本人所發的訊息和南京所廣播的比較一下。在廣播中，他聽到了北平報紙上所不載的訊息。因此，他就完全否定了北平所有的報紙上的訊息的真實性。即使南京也承認了的軍事挫敗，只要報紙上再登記來，他便

由信而改為半信半疑。他知道不應當如此主觀的比較來源不同的報導，可是隻有這麼作，他才覺得安心，好受一點。愛國心是很難得不有所偏袒的。

最使他興奮的是像胡阿毛與八百壯士一類的訊息。有了這種壯烈犧牲的英雄們，他以為，即使軍事上時時挫敗，也沒什麼關係了。有這樣的英雄的民族是不會被征服的！每聽到這樣一件可歌可泣的故事，他便興奮得不能安睡。在半夜裡，他會點上燈，把它們記下來。記完了，他覺得他所知道的材料太少，不足以充分的表現那些英雄的忠心烈膽；於是，就把紙輕輕的撕毀，而上床去睡 —— 這才能睡得很好。對外交訊息，在平日他非常的注意，現在他卻很冷淡。由過去的百年歷史中，他 —— 正如同別的曉得一點歷史的中國人 —— 曉得列強是不會幫助弱國的。他覺得國聯的展緩討論中日問題，與九國公約的要討論中日問題，都遠不如胡阿毛的舉動的重要。胡阿毛是中國人。多數的中國人能像胡阿毛那樣和日本人乾，中國便成了有人的國家，而不再是任人割取的一塊老實的肥肉。胡阿毛敢跟日本人乾，也就敢跟世界上的一切「日本人」幹。中國人是喜歡和平的，但是在今天必須有胡阿毛那樣敢用生命換取和平的，才能得到世人的欽仰，從而真的得到和平。

這樣，他忙著聽廣播，忙著看報，忙著比較訊息，忙著判斷訊息的可靠與否，有時候狂喜，有時候憂鬱，他失去平日的穩重與平衡，好像有點神經病似的了。

他可是沒有忘了天天去看錢默吟先生。錢先生漸漸的好起來。最使瑞宣痛快的是錢老人並沒完全失去記憶與思想能力，而變為殘廢。老人慢慢的會有系統的說幾句話了。這使瑞宣非常的高興。他曉得日本人的殘暴。錢老人的神志逐漸清爽，在他看，便是殘暴的日本人沒有能力治服了一位詩人的證明。同時，他把老人看成了一位戰士，仗雖然打輸了，可是並未

屈服。只要不屈服，便會復興；他幾乎把錢詩人看成為中國的像徵了。同時，他切盼能聽到錢先生述說被捕受刑的經過，而詳細的記載下來，成為一件完整的，信實的，亡城史料。

可是，錢老人的嘴很嚴。他使瑞宣看出來，他是絕對不會把被捕以後的事說給第二個人的。他越清醒，便越小心；每每在他睡醒以後，他要問：「我沒說夢話吧？」他確是常說夢話的，可是因為牙齒的脫落，與聲音的若斷若續，即使他有條理的說話，也不會被人聽懂。在清醒的時候，他閉口不談被捕的事。瑞宣用盡了方法，往外誘老人的話，可是沒有結果。每逢老人一聽到快要接觸到被捕與受刑的話，他的臉馬上發白，眼中也發出一種光，像老鼠被貓兒堵住了的時候那種懼怕的，無可如何的光。這時候，他的樣子，神氣都變得像另一個人了。以前，他是胖胖的，快樂的，天真的，大方的；現在，他的太陽穴與腮全陷進去，缺了許多牙齒，而神氣又是那麼驚慌不安。一看到這種神氣，瑞宣就十分慚愧。可是，慚愧並沒能完全勝過他的好奇。本來嗎，事情的本身是太奇 —— 被日本憲兵捕去，而還能活著出來，太奇怪了！況且，錢老人為什麼這樣的不肯說獄中那一段事實呢？

慢慢的，他測悟出來：日本人，當放了老人的時候，一定強迫他起下誓，不准把獄中的情形告訴給第二個人。假若這猜得不錯，以老人的誠實，必定不肯拿起誓當作白玩。可是，從另一方面看，老人的通達是不亞於他的誠實的，為什麼一定要遵守被迫起下的誓言呢？不，事情恐怕不能就這麼簡單吧？

再一想，瑞宣不由的便想到老人的將來：老人是被日本人打怕了，從此就這麼一聲不響的活下去呢？還是被打得會懂得了什麼叫做仇恨，而想報復呢？他不敢替老人決定什麼。毒刑是會把人打老實了的，他不願看老人就這麼老老實實的認了輸。報復吧？一個人有什麼力量呢！他又不願看

老人白白的去犧牲 ── 老人的一家子已快死淨了！

對錢太太與錢大少爺的死，老人一來二去的都知道了。在他的夢中，他哭過，哭他的妻和子。醒著的時候，他沒有落一個淚。他只咬著那未落淨的牙，腮上的陷坑兒往裡一喝一喝的動。他的眼會半天不眨巴的向遠處看，好像要自殺和要殺人似的愣著。他什麼也不說，而只這麼愣著。瑞宣很怕看老人這麼發呆。他不曉得怎樣去安慰才好，因為他根本猜不到老人為什麼這樣發愣 ── 是絕望，還是計劃著報仇。

老人很喜歡聽戰事的訊息，瑞宣是當然的報導者。這也使瑞宣很為難。他願意把剛剛聽來的訊息，與他自己的意見，說給老人聽；老人的理解是比祁老人和韻梅的高明得很多的。可是，只要訊息不十分好，老人便不說什麼，而又定著眼愣起來。他已不像先前那樣婆婆媽媽的和朋友談話了，而是在聽了友人的話以後，他自己去咂摸滋味 ── 他把心已然關在自己的腔子裡。他好像有什麼極應保守祕密的大計劃，必須越少說話越好的鎖在心裡。瑞宣很為難，因為他不會撒謊，不會造假訊息，而又不願教老人時時的不高興。他只能在不完全欺騙中，設法誇大那些好訊息，以便使好壞平衡，而減少一些老人的苦痛。可是，一聽到好訊息，老人便要求喝一點酒，而酒是，在養病的時候，不應當喝的。

雖然錢詩人有了那麼多的改變，並且時時使瑞宣為難，可是瑞宣仍然天天來看他，伺候他，陪著他說話兒。伺候錢詩人差不多成了瑞宣的一種含有宗教性的服務。有一天不來，他就有別種鬱悶難過而外又加上些無可自恕的罪過似的。錢先生也不再注意冠曉荷。金三爺或瑞宣偶然提起冠家，他便閉上口不說什麼，也不問什麼。只有在他身上不大好受，或心裡不甚得勁兒的時候，若趕上冠家大聲的猜拳或拉著胡琴唱戲，他才說一聲「討厭」，而閉上眼裝睡。瑞宣猜不透老先生的心裡。老人是完全忘了以前的事呢？還是假裝的忘記，以便不露痕跡的去報仇呢？真的，錢先生

已經變成了一個謎！瑞宣當初之所以敬愛錢先生，就是因為老人的誠實，爽直，坦白，真有些詩人的氣味。現在，他極怕老人變成個喪了膽的，連句帶真感情的話也不敢說的人。不，老人不會變成那樣的人，瑞宣心中盼望著。可是，等老人的身體完全康復了之後，他究竟要作些什麼呢？一個謎！金三爺來的次數少一些了。看親家的病一天比一天的好，又搭上冠家也不敢再過來尋釁，他覺得自己已盡了責任，也就不必常常的來了。

可是，每逢他來到，錢老人便特別的高興。這使瑞宣幾乎要有點嫉妒了。瑞宣曉得往日金三爺在錢老人的眼中，只是個還不壞的親友，而不是怎樣了不起的人物。雖然詩人的心中也許盡可能的消滅等級，把只要可以交往的人都看作朋友，一律平等，可是瑞宣曉得老人到底不能不略分一分友人的高低 —— 他的確曉得往日金三爺並不這樣受錢老人的歡迎。

瑞宣，當金三爺也來看病人的時候，很注意的聽兩位老人都說些什麼，以便猜出錢老人特別喜歡金三爺的理由。他只有納悶。金三爺的談話和平日一樣的簡單，粗魯，而且所說的都是些最平常的事，絕對沒有啟發心智或引人作深想的地方。

在慶祝保定陷落的第二天，瑞宣在錢家遇到了金三爺。這是個要變天氣的日子，天上有些不會落雨，而只會遮住陽光的灰雲，西風一陣陣的颳得很涼。樹葉子紛紛的往下落。瑞宣穿上了件舊薄棉袍。金三爺卻還只穿著又長又大的一件粗白布小褂，上面罩著件銅鈕釦的青布大坎肩 —— 已是三十年的東西了，青色已變成了暗黃，胸前全裂了口。在坎肩外邊，他繫了一條藍布搭包。

錢詩人帶著滿身的傷，更容易感覺到天氣的變化；他的渾身都痠疼。一見金三爺進來，他便說：「天氣要變呀，風多麼涼啊！」

「涼嗎？我還出汗呢！」真的，金三爺的腦門上掛著不少很大的汗珠。從懷裡摸出塊像小包袱似的手絹，彷彿是擦別人的頭似的，把自己的

禿腦袋用力的擦了一番。隨擦，他隨向瑞宣打了個招呼。對瑞宣，他的態度已改變了好多，可是到底不能像對李四爺那麼親熱。坐下，好大一會兒，他才問親家：「好點吧？」

錢老人，似乎是故意求憐的，把身子蜷起來。聲音也很可憐的，他說：「好了點！今天可又疼得厲害！要變天！」說罷，老人眨巴著眼等待安慰。

金三爺捏了捏紅鼻頭，聲如洪鐘似的：「也許要變天！一邊養，一邊也得忍！忍著疼，慢慢的就不疼了！」

在瑞宣看，金三爺的話簡直說不說都沒大關係。可是錢老人彷彿聽到了最有意義的勸慰似的，連連的點頭。瑞宣知道，當初金三爺是崇拜錢詩人，才把姑娘給了孟石的。現在，他看出來，錢詩人是崇拜金三爺了。為什麼呢？他猜不出。

金三爺坐了有十分鐘。錢老人說什麼，他便順口答音的回答一聲「是」，或「不是」，或一句很簡單而沒有什麼意思的短話。錢老人不說什麼，他便也一聲不響，呆呆的坐著。愣了好一大會兒，金三爺忽然立起來。「看看姑娘去。」他走了出去。在西屋，和錢少奶奶說了大概有兩三句話，他找了個小板凳，在院中坐好，極深沉嚴肅的抽了一袋老關東葉子菸。噹噹的把菸袋鍋在階石上磕淨，立起來，沒進屋，只在窗外說了聲：「走啦！再來！」

金三爺走後好半天，錢老人對瑞宣說：「在這年月，有金三爺的身體比有我們這一肚子書強得太多了！三個讀書的也比不上一個能打仗的！」

瑞宣明白了。原來老人羨慕金三爺的身體。為什麼？老人要報仇！想到這裡，他不錯眼珠的看著錢先生，看了足有兩三分鐘。是的，他看明白了：老人不但在模樣上變了，他的整個的人也都變了。誰能想到不肯損傷一個螞蟻的詩人，會羨慕起來，甚至是崇拜起來，武力與身體呢？看著老

人陷下去的腮，與還有時候帶出痴呆的眼神，瑞宣不敢保證老先生能夠完全康復，去執行報仇的計劃。可是，只要老人有這麼個報仇的心思，也就夠可敬的了。他覺得老人與中國一樣的可敬。中國在忍無可忍的時候，便不能再因考慮軍備的不足，而不去抗戰。老人，在受了侮辱與毒刑之後，也不再因考慮身體精力如何，而不想去報復。在太平的年月，瑞宣是反對戰爭的。他不但反對國與國的武力衝突，就是人與人之間的彼此動武，他也認為是人類的野性未退的證據。現在，他可看清楚了：在他的反戰思想的下面實在有個像田園詩歌一樣安靜老實的文化作基礎。這個文化也許很不錯，但是它有個顯然的缺陷，就是：它很容易受暴徒的蹂躪，以至於滅亡。會引來滅亡的，不論是什麼東西或道理，總是該及時矯正的。北平已經亡了，矯正是否來得及呢？瑞宣說不上來。他可是看出來，一個生活與趣味全都是田園詩樣的錢先生現在居然不考慮一切，而只盼身體健壯，好去報仇，他沒法不敬重老人的膽氣。老人似乎不考慮什麼來得及與來不及，而想一下子由飲酒栽花的隱士變成敢流血的戰士。難道在國快亡了的時候，有血性的人不都應當如此麼？

因為欽佩錢老人，他就更看不起自己。他的腦子一天到晚像陀螺一般的轉動，可是連一件事也決定不了。他只好管自己叫做會思想的廢物！

乘著錢先生閉上了眼，瑞宣輕輕的走出來。在院中，他看見錢少奶奶在洗衣服。她已有了三個多月的身孕。在孟石死去的時候，因為她的衣裳肥大，大家都沒看出她有「身子」。在最近，她的「懷」開始顯露出來。金三爺在前些天，把這件喜信告訴了親家。錢先生自從回到家來，沒有笑過一次，只在聽到這個訊息的時候，他笑了笑，而且說了句金三爺沒聽明白的話：「生個會打仗的孩子吧！」瑞宣也聽見了這句話，在當時也沒悟出什麼道理來。今天，看見錢少奶奶，他又想起來那句話，而且完全明白了其中的含義。錢少奶奶沒有什麼模樣，可是眉眼都還端正，不難看。她沒有

剪髮，不十分黑而很多的頭髮梳了兩根鬆的辮子，繫著白頭繩。她不高，可是很結實，腰背直直的好像擔得起一切的委屈似的。她不大愛說話，就是在非說不可的時候，她也往往用一點表情或一個手勢代替了話。假若有人不曉得這個，而緊跟她說，並且要求她回答，她便紅了臉而更說不出來。瑞宣不敢跟她多說話，而只指了指北屋，說了聲：「又睡著了。」

她點了點頭。

瑞宣每逢看見她，也就立刻看到孟石 —— 他的好朋友。有好幾次，他幾乎問出來：「孟石呢？」為避免這個錯誤，他總是看著她的白辮梢，而且不敢和她多說話 —— 免得自己說錯了話，也免得教她為難。今天，他仍然不敢多說，可是多看了她兩眼。他覺得她不僅是個年輕的可憐的寡婦，而也是負著極大的責任的一位母親。她，他盼望，真的會給錢家和中國生個會報仇的娃娃！

一邊這麼亂想，一邊走，不知不覺的他走進了家門。小順兒的媽正責打小順兒呢。她很愛孩子，也很肯管教孩子。她沒受過什麼學校教育，但從治家與教養小孩子來說，她比那受過學校教育，反對作賢妻良母，又不幸作了妻與母，而把家與孩子一齊活糟蹋了的婦女，高明得多了。她不准小孩子有壞習慣，從來不溺愛他們。她曉得責罰有時候是必要的。

瑞宣不大愛管教小孩。他好像是兒女的朋友，而不是父親。他總是那麼婆婆媽媽的和他們玩耍和瞎扯。等到他不高興的時候，孩子們也自然的會看出不對，而離他遠遠的。當韻梅管孩子的時候，他可是絕對守中立，不護著孩子，也不給她助威。他以為夫妻若因管教兒女而打起架來，就不但管不了兒女，而且把整個的家庭秩序完全破壞了。這最不上算。假若小順兒的媽從丈夫那裡得到管教兒女的「特權」，她可還另有困難，當她使用職權的時候。婆母是個明白人：當她管教自己的孩子的時候，她的公平與堅決差不多是與韻梅相同的。可是現在她老了。她仍然願意教孫輩所受

的管束與昔年自己的兒子所受的一樣多，一樣好；但是，也不是怎的，她總以為兒媳婦的管法似乎太嚴厲，不合乎適可而止的中道。她本想不出聲，可是聲音彷彿沒經她的同意便自己出去了。

即使幸而透過了祖母這一關，小順兒們還會向太爺爺請救，而教媽媽的巴掌或苕帚疙疸落了空。在祁老人眼中，重孫兒孫女差不多就是小天使，永遠不會有任何過錯；即使有過錯，他也要說：「孩子哪有不淘氣的呢？」

祁老人與天佑太太而外，還有個瑞豐呢。他也許不甚高興管閒事，但是趕上他高興的時候，他會掩護着小順兒與妞子，使他們不但挨不上打，而且教給他們怎樣說謊扯皮的去逃避責罰。

現在，瑞宣剛走進街門，便聽到了小順兒的尖銳的，多半是為求救的，哭聲。他知道韻梅最討厭這種哭聲，因為這不是哭，而是呼喚祖母與太爺爺出來干涉。果然，他剛走到棗樹旁，南屋裡的病人已坐起來，從窗上的玻璃往外看。看到了瑞宣，老太太把他叫住：「老大！別教小順兒的媽老打孩子呀！這些日子啦，孩子們吃也吃不著，喝也喝不著，還一個勁兒的打，受得了嗎！」

瑞宣心裡說：「媽媽的話跟今天小順兒的犯錯兒捱打，差不多沒關係！」可是，他連連的點頭，往「戰場」走去。他不喜歡跟病著的母親辯論什麼。

「戰場」上，韻梅還瞪著大眼睛責備小順兒，可是小順兒已極安全的把臉藏在太爺爺的手掌裡。他仍舊哭得很厲害，表示向媽媽挑戰。

祁老人一面給重孫子擦淚，一面低聲嘟囔著。他只能低聲的，因為第一，祖公對孫媳婦不大好意思高聲的斥責；第二，他準知道孫媳婦是講理的人，絕不會錯打了孩子。「好乖孩子！」他嘟囔著：「不哭啦！多麼好的孩子，還打哪？真！」瑞宣聽出來：假若祖母是因為這一程子的飲食差一

點，所以即使孩子犯了過也不該打；太爺爺便表示「多麼好的孩子」，而根本不應當責打，不管「好」孩子淘多大的氣！

小妞子見哥哥捱打，唯恐連累了自己，藏在了自以為很嚴密，而事實上等於不藏的，石榴盆後面，兩個小眼卜噠卜噠的從盆沿上往外偷看。

瑞宣從祖父一直看到自己的小女兒，沒說出什麼來便走進屋裡去。到屋裡，他對自己說：「這就是亡國奴的家庭教育，只有淚，哭喊，不合理的袒護，而沒有一點點硬氣兒！錢老人盼望有個會打仗的孩子，這表明錢詩人——受過日本人的毒打以後——徹底的覺悟過來：會打仗的孩子是並不多見的，而須趕快的產生下來。可是，這是不是晚了一些呢？日本人，在占據著北平的時候，會允許中國人自由的教育小孩子，把他們都教育成敢打仗的戰士嗎？錢詩人的醒悟恐怕已經太遲了？」正這麼自言自語的叨嘮，小妞子忽然從外面跑進來，院中也沒了聲音。瑞宣曉得院中已然風平浪靜，所以小妞子才開始活動。

小妞兒眼中帶出點得意與狡猾混合起來的神氣，對爸爸說：

「哥，捱打！妞妞，藏！藏花盆後頭！」說完，她露出一些頂可愛的小白牙，笑了。

瑞宣沒法子對妞子說：「你狡猾，壞，和原始的人一樣的狡猾，一樣的壞！你怕危險，不義氣！」他不能說，他知道妞子是在祖母和太爺爺的教養下由沒有牙長到了滿嘴都是頂可愛的小牙的年紀；她的油滑不是天生的，而是好幾代的聰明教給她的！這好幾代的聰明寧可失去他們的北平，也不教他們的小兒女受一巴掌的苦痛！

第 28 幕　蘭東陽

　　不管是有意的，還是無意的，冠先生交朋友似乎有個一定的方法。他永遠對最新的朋友最親熱。這也許是因為有所求而交友的緣故。等到新勁兒一過去，熱勁兒就也漸漸的消散，像晾涼了的饅頭似的。

　　現在，藍東陽是冠先生的寶貝。

　　即使我們知道冠先生對最新的朋友最親熱的原因，我們也無法不欽佩他的技巧。這技巧幾乎不是努力學習的結果，而差不多全部都是天才的產物。冠先生的最見天才的地方就是「無聊」。只有把握到一切都無聊 —— 無聊的啼笑，無聊的一問一答，無聊的露出牙來，無聊的眨巴眼睛，無聊的說地球是圓的，或燒餅是熱的好吃……才能一見如故的，把一個初次見面的友人看成自己的親手足一般，或者比親手足還更親熱。也只有那在什麼有用的事都可以不作，而什麼白費時間的事都必須作的文化裡，像在北平的文化裡，無聊的天才才能如魚得水的找到一切應用的工具。冠先生既是天才，又恰好是北平人。

　　相反的，藍東陽是沒有文化的，儘管他在北平住過了十幾年。藍先生的野心很大。因為野心大，所以他幾乎忘了北平是文化區；雖然他大言不慚的自居為文化的工程師，可是從生活上與學識上，他都沒注意到過文化的內容與問題。他所最關心的是怎樣得到權利，婦女，金錢，與一個虛假的文藝者的稱呼。

　　因此，以冠曉荷的浮淺無聊，會居然把藍東陽「唬」得一愣一愣的。凡是曉荷所提到的煙，酒，飯，茶的作法，吃法，他幾乎都不知道。及至冠家的酒飯擺上來，他就更佩服了冠先生 —— 冠先生並不瞎吹，而是真會享受。在他初到北平的時期，他以為到東安市場吃天津包子或褡褳火

燒，喝小米粥，便是享受。住過幾年之後，他才知道西車站的西餐與東興樓的中菜才是說得出口的吃食。今天，他才又知道鋪子中所賣的菜飯，無論怎麼精細，也說不上是生活的藝術；冠先生這裡是在每一碟鹹菜裡都下著一番心，在一杯茶和一盅酒的色，香，味，與杯盞上都有很大的考究；這是吃喝，也是歷史與藝術。是的，冠先生並沒有七盤八碗的預備整桌的酒席；可是他自己家裡作的幾樣菜是北平所有的飯館裡都吃不到的。除了對日本人，藍東陽是向來不輕於佩服人的。現在，他佩服了冠先生。

在酒飯之外，他還覺出有一股和暖的風，從冠先生的眼睛，鼻子，嘴，眉，和喉中刮出來。這是那種在桃花開了的時候的風，拂面不寒，並且使人心中感到一點桃色的什麼而發癢，癢得怪舒服。冠先生的親熱周到使東陽不由的要落淚。他一向以為自己是受壓迫的，因為他的文稿時常因文字不通而被退回來；今天，冠先生從他一進門便呼他為詩人，而且在吃過兩杯酒以後，要求他朗讀一兩首他自己的詩。他的詩都很短，朗誦起來並不費工夫。他讀完，冠先生張著嘴鼓掌。掌拍完，他的嘴還沒並上；好容易並上了，他極嚴肅的說：「好口歪！好口歪！的確的好口歪！」藍詩人笑得把一嚮往上吊著的那個眼珠完全吊到太陽穴裡去了，半天也沒落下來。

捧人是需要相當的勇氣的。冠先生有十足的勇氣 —— 他會完全不要臉。

「高第！」冠先生親熱的叫大女兒。「你不是喜歡新文藝嗎？跟東陽學學吧！」緊跟著對東陽說：「東陽，你收個女弟子吧！」

東陽沒答出話來。他晝夜的想女人，見了女人他可是不大說得出正經話來。

高第低下頭去，她不喜歡這個又瘦又髒又難看的詩人。

冠先生本盼望女兒對客人獻點殷勤，及至看高第不哼一聲，他趕緊提

起小磁酒壺來，讓客：「東陽，我們就是這一斤酒，你要多喝也沒有！先乾了杯！嘔！嘔！對！好，乾脆，這一壺歸你，你自己斟！我們喝良心酒！我和瑞豐另燙一壺！」

瑞豐和胖太太雖然感到一點威脅——東陽本是他們的，現在頗有已被冠先生奪了去的樣子——可是還很高興。一來是大赤包看丈夫用全力對付東陽，她便設法不教瑞豐夫婦感到冷淡；二來是他們夫婦都喜歡熱鬧，只要有好酒好飯的鬧閧著，他們倆就決定不想任何足以破壞眼前快樂的事情。以瑞豐說，只要教他吃頓好的，好像即使吃完就殺頭也沒什麼不可以的。胖太太還另有一件不好意思而高興的事：東陽不住的看她。她以為這是她戰敗了冠家的兩位姑娘，而值得驕傲。事實上呢，東陽是每看到女人便想到實際的問題；論起實際，他當然看胖乎乎的太太比小姐們更可愛。招弟專會戲弄「癩蝦蟆」。頂俏美的笑了一下，她問東陽：「你告訴告訴我，怎樣作個文學家，好不好？」並沒等他回答，她便提出自己的意見：「是不是不刷牙不洗臉，就可以作出好文章呢？」

東陽的臉紅了。

高第和尤桐芳都咯咯的笑起來。

冠先生很自然的，拿起酒杯，向東陽一點頭：「來，罰招弟一杯，我們也陪一杯，誰教她是個女孩子呢！」

吃過飯，大家都要求桐芳唱一隻曲子。桐芳最討厭有新朋友在座的時候「顯露原形」。她說這兩天有點傷風，嗓子不方便。瑞豐——久已對她暗裡傾心——幫她說了幾句話，解了圍。桐芳，為贖這點罪過，提議打牌。瑞豐領教過了冠家牌法的厲害，不敢應聲。胖太太比丈夫的膽氣大一點，可是也沒表示出怎麼熱烈來。藍東陽本是個「錢狠子」，可是現在有了八成兒醉意，又看這裡有那麼多位女性，他竟自大膽的說：「我來！說好，十六圈！不多不少，十扭圈！」他的舌頭已有點不大俐落了。

　　大赤包，桐芳，招弟，東陽，四位下了場。招弟為怕瑞豐夫婦太僵得慌，要求胖太太先替她一圈或兩圈。

　　冠先生稍有點酒意，拿了兩個細皮帶金星的鴨兒梨，向瑞豐點了點頭。瑞豐接過一個梨，隨主人來到院中。兩個人在燈影中慢慢的來回溜。冠先生的確是有點酒意了。他忽然噗哧的笑了一聲。而後，親熱的叫：「瑞豐！瑞豐！」瑞豐嘴饞，像個餓猴子似的緊著啃梨，嘴唇輕響的嚼，不等嚼碎就吞下去。滿口是梨，他只好由鼻子中答應了聲：「嗯！」「你批評批評！」冠先生口中謙虛，而心中驕傲的說：「你給我批評一下，不准客氣！你看我招待朋友還有什麼不周到的地方？」

　　瑞豐是容易受感動的，一見冠先生這樣的「不恥下問」，不由的心中顫動了好幾下。趕快把一些梨渣滓啐出去，他說：「我絕不說假話！你的 —— 無懈可擊！」

　　「是嗎？你再批評批評！你看，就是用這點兒 ——」他想不起個恰當的字，「這點兒，啊 —— 親熱勁兒，大概和日本人來往，也將就了吧？你看怎麼樣？批評一下！」「一定行！一定！」瑞豐沒有伺候過日本人，但是他以為只要好酒好菜的供養著他們，恐怕他們也不會把誰活活的吃了。

　　冠先生笑了一下，可是緊跟著又嘆了口氣。酒意使他有點感傷，心裡說：「有這樣本事，竟自懷才不遇！」

　　瑞豐聽見了這聲嘆氣，而不便說什麼。他不喜歡憂鬱和感傷！快活，哪怕是最無聊無恥的快活，對於他都勝於最崇高的哀怨。他急忙往屋裡走。曉荷，還拿著半個梨獨自站在院裡。

　　文章不通的人，據說，多數會打牌。東陽的牌打得不錯。一上手，他連胡了兩把。這兩把都是瑞豐太太放的衝。假若她知趣，便應該馬上停手，教招弟來。可是，她永遠不知趣，今天也不便改變作風。瑞豐倒還有這點敏感，可是不敢阻攔太太的高興；他曉得，他若開口教她下來，他就

至少須犧牲這一夜的睡眠，好通宵的恭聽太太的訓話。大赤包給了胖子一點暗示，他說日本人打牌是誰放衝誰給錢。胖太太還是不肯下來。打到一圈，大赤包笑著叫招弟：「看你這孩子，你的牌，可教祁太太受累！快來！好教祁二嫂休息休息！」胖太太這才無可如何的辦了交代，紅著臉張羅著告辭。瑞豐怕不好看，直搭訕著說：「再看兩把！天還早！」

第二圈，東陽聽了兩次和，可都沒和出來，因為他看時機還早而改了叫兒，以便多和一番。他太貪。這兩把都沒和，他失去了自信，而越打越慌，越背。他是打贏不打輸的人，他沒有牌品。在平日寫他那自認為是批評文字的時候，他總是攻擊別人的短處，而這些短處正是他想作而作不到的事。一個寫家被約去講演，或發表了一點政見，都被他看成是出風頭，為自己宣傳；事實上，那只是因為沒人來請他去講演，和沒有人請他發表什麼意見。他的嫉妒變成了諷刺，他的狹窄使他看起來好像挺勇敢，敢去戰鬥似的。他打牌也是這樣，當牌氣不大順的時候。他摔牌，他罵骰子，他怨別人打的慢，他嫌燈光不對，他挑剔茶涼。他自己毫無錯處，他不和牌完全因為別人的瞎打亂鬧。

瑞豐看事不祥，輕輕的拉了胖太太一把，二人不敢告辭，以免擾動牌局，偷偷的走出去。冠先生輕快的趕上來，把他們送到街門口。

第二天，瑞豐想一到學校便半開玩笑的向東陽提起高第姑娘來。假若東陽真有意呢，他就不妨真的作一次媒，而一箭雙鵰的把藍與冠都捉到手裡。

見到東陽，瑞豐不那麼樂觀了。東陽的臉色灰綠，一扯一扯的像要裂開。他先說了話：「昨天冠家的那點酒，菜，茶，飯，一共用多少錢？」

瑞豐知道這一問或者沒懷著好意，但是他仍然把他當作好話似的回答：「嘔，總得花二十多塊錢吧，儘管家中作的比外叫的菜便宜；那點酒不會很賤了，起碼也得四五毛一斤！」「他們贏了我八十！夠吃那麼四回

的！」東陽的怒氣像夏天的雲似的湧上來，「他們分給你多少？」

「分給我？」瑞豐的小眼睛睜得圓圓的。

「當然嘍！要不然，我跟他們絲毫的關係都沒有，你幹嘛給兩下里介紹呢？」

瑞豐，儘管是淺薄無聊的瑞豐，也受不了這樣的無情的，髒汙的，攻擊。他的小幹腦袋上的青筋全跳了起來。他明知道東陽不是好惹的，不該得罪的，可是他不能太軟了，為了臉面，他不能太軟了！他拿出北平人的先禮後拳的辦法來：「你這是開玩笑呢，還是 ── 」

「我不會開玩笑！我輸了錢！」

「打牌還能沒有輸贏？怕輸就別上牌桌呀！」

論口齒，東陽是鬥不過瑞豐的。可是東陽並不怕瑞豐的嘴。專憑瑞豐平日的處世為人的態度來說，就有許多地方招人家看不起的；所以，無論他怎樣能說會道，東陽是不會怕他的。

「你聽著！」東陽把臭黃牙露出來好幾個，像狗打架時那樣。「我現在是教務主任，不久就是校長，你的地位是在我手心裡攥著的！我一撒手，你就掉在地上！我告訴你，除非你賠償上八十塊錢，我一定免你的職！」

瑞豐笑了。他雖浮淺無聊，但究竟是北平人，懂得什麼是「裡兒」，哪叫「面兒」。北平的娘兒們，也不會像東陽這麼一面理。「藍先生，你快活了手指頭，紅中白板的摸了大半夜，可是教我拿錢；哈，天下哪有這麼便宜的事？要是有的話，我早去了，還輪不到尊家你呢！」

東陽不敢動武，他怕流血。當他捉到一個臭蟲 ── 他的床上臭蟲很多 ── 的時候，他都閉上眼睛去抹殺它，不敢明目張膽的作。今天，因為太看不起瑞豐了，他居然說出：「你不賠償的話，可留神我會揍你！」

瑞豐沒想到東陽會這樣的認真。他後悔了，後悔自己愛多事。可是，

自己的多事並不是沒有目的；他是為討東陽的喜歡，以便事情有些發展，好多賺幾個錢。這，在他想，不能算是錯誤。他原諒了自己，那點悔意像蜻蜓點水似的，輕輕的一挨便飛走了。

他沒有錢。三個月沒有發薪了。他曉得學校的「金庫」裡也不過統共有十幾塊錢。想到學校與自己的窘迫，他便也想到東陽的有錢。東陽的錢，瑞豐可以猜想得到，一部分是由新民會得來的，一部分也必是由愛錢如命才積省下來的。既然是愛錢如命，省吃儉用的省下來的，誰肯輕易一輸，就輸八十呢？這麼一想，瑞豐明白了，東陽的何以那麼著急，而且想原諒了他的無禮。他又笑了一下，說：「好吧，我的錯兒，不該帶你到冠家去！我可是一番好意，想給你介紹那位高第小姐；誰想你會輸那麼多的錢呢！」

「不用費話！給我錢！」東陽的散文比他的詩通順而簡明的多了。

瑞豐想起來關於東陽的笑話。據說：東陽給女朋友買過的小梳子小手帕之類的禮物，在和她鬧翻了的時候，就詳細的開一張單子向她索要！瑞豐開始相信這笑話的真實，同時也就很為了難 —— 他賠還不起那麼多錢，也沒有賠還的責任，可是藍東陽又是那麼蠻不講理！

「告訴你！」東陽滿臉的肌肉就像服了毒的壁虎似乎全部抽動著。「告訴你！不給錢，我會報告上去，你的弟弟逃出北平 —— 這是你親口告訴我的 —— 加入了遊擊隊！你和他通氣！」

瑞豐的臉白了。他後悔，悔不該那麼無聊，把家事都說與東陽聽，為是表示親密！不過，後悔是沒用的，他須想應付困難的辦法。

他想不出辦法。由無聊中鬧出來的事往往是無法解決的。他著急！真要是那麼報告上去，得抄家！

他是最怕事的人。因為怕事，所以老實；因為老實，所以他自居為孝子賢孫。可是，孝子賢孫現在惹下了滅門之禍！他告訴過東陽，老三逃出

去了。那純粹因為表示親密；假若還有別的原因的話，也不過是因為除了家長裡短，他並沒有什麼可對友人說的。他萬也沒想到東陽會硬說老三參加了遊擊隊！他沒法辯駁，他覺得忽然的和日本憲兵，與憲兵的電椅皮鞭碰了面！他一向以為日本人是不會和他發生什麼太惡劣的關係的，只要他老老實實的不反日，不惹事。今天，料想不到的，日本人，那最可怕的，帶著鞭板鎖棍的，日本人，卻突然的立在他面前。

他哄的一下出了汗。

他非常的著急，甚至於忘了先搪塞一下，往後再去慢慢的想辦法。急與氣是喜歡相追隨的弟兄，他瞪了眼。

東陽本來很怕打架，可是絲毫不怕瑞豐的瞪眼，瑞豐平日給他的印像太壞了，使他不去考慮瑞豐在真急了的時節也敢打人。「怎樣？給錢，還是等我去給你報告？」

一個人慌了的時候，最容易只沿著一條路兒去思索。瑞豐慌了。他不想別的，而只往壞處與可怕的地方想。聽到東陽最後的恐嚇，他又想出來：即使真賠了八十元錢，事情也不會完結；東陽哪時一高興，仍舊可以給他報告呀！「怎樣？」東陽又催了一板，而且往前湊，逼近了瑞豐。

瑞豐像一條癩狗被堵在死角落裡，沒法子不露出抵抗的牙與爪來了。他一拳打出去，倒彷彿那個拳已不屬他管束了似的。他不曉得這一拳應當打在哪裡，和果然打在哪裡，他只知道打著了一些什麼；緊跟著，東陽便倒在了地上。他沒料到東陽會這麼不禁碰。他急忙往地上看，東陽已閉上了眼，不動。輕易不打架的人總以為一打就會出人命的；瑞豐渾身上下都忽然冷了一下，口中不由的說出來：「糟啦！打死人了！」說完，不敢再看，也不顧得去試試東陽還有呼吸氣兒與否，他拿起腿便往外跑，像七八歲的小兒惹了禍，急急逃開那樣。

他生平沒有走過這麼快。像有一群惡鬼趕著，而又不願教行人曉得他

身後有鬼，他賊眉鼠眼的疾走。他往家中走。越是怕給家中惹禍的，當惹了禍的時候越會往家中跑。

到了家門口，他已喘不過氣來。扶住門堆子，他低頭閉上了眼，大汗珠拍噠拍噠的往地上落。這麼忍了極小的一會兒，他用袖子抹了抹臉上的汗，開始往院裡走。他一直奔了大哥屋中去。

瑞宣正在床上躺著。瑞豐在最近五年中沒有這麼親熱的叫過大哥：「大哥！」他的淚隨著聲音一齊跑出來。這一聲「大哥」，打動了瑞宣的心靈。他急忙坐起來問：「怎麼啦？老二！」

老二從牙縫裡擠出來：「我打死了人！」

瑞宣立起來，心裡發慌。但是，他的修養馬上來幫他的忙，教他穩定下來。他低聲的，關心而不慌張的問：「怎麼回事呢？坐下說！」說罷，他給老二倒了杯不很熱的開水。老二把水一口喝下去。老大的不慌不忙，與水的甜潤，使他的神經安貼了點。他坐下，極快，極簡單的，把與東陽爭吵的經過說了一遍。他沒說東陽的為人是好或不好，也不敢給自己的舉動加上誇大的形容；他真的害了怕，忘記了無聊與瞎扯。說完，他的手顫動著掏出香菸來，點上一支。瑞宣聲音低而懇切的問：「他也許是昏過去了吧？一個活人能那麼容易死掉？」

老二深深的吸了口煙。「我不敢說！」

「這容易，打電話問一聲就行了！」

「怎麼？」老二現在彷彿把思索的責任完全交給了大哥，自己不再用一點心思。

「打電話找他，」瑞宣和善的說明：「他要是真死了或是沒死，接電話的人必定能告訴你。」

「他要是沒死呢？我還得跟他說話？」

「他若沒死，接電話的人必說：請等一等。你就把電話掛上好啦。」

「對！」老二居然笑了一下，好像只要聽從哥哥的話，天大的禍事都可以化為無有了似的。

「我去，還是你去？」老大問。

「一道去好不好？」老二這會兒不願離開哥哥。在許多原因之中，有一個是他暫時還不願教太太知道這回事。他現在才看清楚：對哥哥是可以無話不說的，對太太就不能不有時候閉上嘴。

附近只有一家有電話的人家。那是在葫蘆肚裡，門前有排得很整齊的四棵大柳樹，院內有許多樹木的牛宅。葫蘆肚是相當空曠的。四圍雖然有六七家人家，可沒有一家的建築與氣勢能稍稍減去門外的荒涼的。牛宅是唯一的體面宅院，但是它也無補於事，因為它既是在西北角上，而且又深深的被樹木掩藏住 —— 不知道的人很不易想到那片樹木裡還有人家。這所房與其說是宅院，還不如說是別墅或花園 —— 雖然裡邊並沒有精心培養著的奇花異草。

牛先生是著名的大學教授，學問好，而且心懷恬淡。雖然在這裡已住了十二三年，可是他幾乎跟鄰居們全無來往。這也許是他的安分守己，無求於人的表示，也許是別人看他學識太深而不願來「獻醜」。瑞宣本來有機會和他交往，可是他 —— 瑞宣 —— 因不願「獻醜」而沒去遞過名片。瑞宣永遠願意從書本上欽佩著者的學問，而不肯去拜見到者 —— 他覺得那有點近乎巴結人。

瑞豐常常上牛宅來借電話，瑞宣今天是從牛宅遷來以後第一次來到四株柳樹底的大門裡。

老二借電話，而請哥哥說話。電話叫通，藍先生剛剛的出去。

「不過，事情不會就這麼完了吧？」從牛宅出來，老二對大哥說。

「慢慢的看吧！」瑞宣不很帶勁兒的回答。

「那不行吧？我看無論怎著，我得趕緊另找事，不能再到學校去；藍小子看不見我，也許就忘了這件事！」「也許！」瑞宣看明白老二是膽小，不敢再到學校去，可是不好意思明說出來。真的，他有許許多多的話要說。其中的最現成的恐怕就是：「這就是你前兩天所崇拜的人物，原來不過如此！」或者：「憑你藍東陽，冠曉荷，就會教日本人平平安安的統治北平？你們自己會為爭一個糖豆而打得狗血噴頭！」可是，他閉緊了嘴不說，他不願在老二正很難過的時候去教訓或譏諷，使老二更難堪。

「找什麼事情呢？」老二嘟囔著。「不管怎樣，這兩天反正我得請假！」

瑞宣沒再說什麼。假若他要說，他一定是說：「你不到學校去，我可就得去了呢！」是的：他不能和老二都在家裡蹲著，而使老人們看著心焦。他自從未參加那次遊行，就沒請假，沒辭職，而好幾天沒到學校去。現在，他必須去了，因為老二也失去了位置。他很難過；他生平沒作過這樣忽然曠課，又忽然復職的事！學校裡幾時才能發薪，不曉得。管它發薪與否，占住這個位置至少會使老人們稍微安點心。他準知道：今天老二必不敢對家中任何人說道自己的丟臉與失業；但是，過了兩三天，他必會開啟嘴，向大家乞求同情。假若瑞宣自己也還不到學校去，老人們必會因可憐老二而責備老大。他真的不喜歡再到學校去，可是非去不可，他嘆了口氣。「怎麼啦？」老二問。

「沒什麼！」老大低著頭說。

弟兄倆走到七號門口，不約而同的停了一步。老二的臉上沒了血色。

有三四個人正由三號門外向五號走，其中有兩個是穿制服的！

瑞豐想回頭就跑，被老大攔住：「兩個穿制服的是巡警。那不是白巡長？多一半是調查戶口。」

老二慌得很：「我得躲躲！穿便衣的也許是特務！」沒等瑞宣再說話，他急忙轉身順著西邊的牆角疾走。

瑞宣獨自向家中走。到了門口，巡警正在拍門。他笑著問：「幹什麼？白巡長！」

「調查戶口，沒別的事。」白巡長把話說得特別的溫柔，為是免得使住戶受驚。

瑞宣看了看那兩位穿便衣的，樣子確乎有點像偵探。他想，他們倆即使不為老三的事而來，至少也是被派來監視白巡長的。瑞宣對這種人有極大的反感。他們永遠作別人的爪牙，而且永遠威風凜凜的表示作爪牙的得意；他們寧可失掉自己的國籍，也不肯失掉威風。

白巡長向「便衣」們說明：「這是住在這裡最久的一家！」說著，他開啟了簿子，問瑞宣：「除了老三病故，人口沒有變動吧？」

瑞宣十分感激白巡長，而不敢露出感激的樣子來，低聲的回答了一聲：「沒有變動。」

「沒有親戚朋友住在這裡？」白巡長打著官腔問。「也沒有！」瑞宣回答。

「怎麼？」白巡長問便衣，「還進去嗎？」

這時候，祁老人出來了，向白巡長打招呼。

瑞宣很怕祖父把老三的事說漏了兜。幸而，兩個便衣看見老人的白鬚白髮，彷彿放了點心。他們倆沒說什麼，而只那麼進退兩可的一猶豫。白巡長就利用這個節骨眼兒，笑著往六號領他們。

瑞宣同祖父剛要轉身回去，兩個便衣之中的一個又轉回來，很傲慢的說：「聽著，以後就照這本簿子發良民證！我們說不定什麼時候，也許是在夜裡十二點，來抽查；人口不符，可得受罰，受頂大的罰！記住！」

瑞宣把一團火壓在心裡，沒出一聲。

老人一輩子最重要的格言是「和氣生財」。他極和藹的領受「便衣」的訓示，滿臉堆笑的說：「是！是！你哥兒們多辛苦啦！不進來喝口茶嗎？」

便衣沒再說什麼，昂然的走開。老人望著他的後影，還微笑著，好像便衣的餘威未盡，而老人的謙卑是無限的。瑞宣沒法子責備祖父。祖父的過度的謙卑是從生活經驗中得來，而不是自己創製的。從同一的觀點去看，連老二也不該受責備。從祖父的謙卑裡是可以預料到老二的無聊的。蘋果是香美的果子，可是爛了的時候還不如一條鮮王瓜那麼硬氣有用。中國確是有深遠的文化，可惜它已有點發霉發爛了；當文化霉爛的時候，一位絕對良善的七十多歲的老翁是會向「便衣」大量的發笑，鞠躬的。

「誰知道，」瑞宣心裡說：「這也許就是以柔克剛的那點柔勁。有這個柔勁兒，連亡國的時候都軟軟糊糊的，不知道怎麼一下子就全完了，像北平亡了的那樣！有這股子柔勁兒，說不定哪一會兒就會死而復甦啊！誰知道！」他不敢下什麼判斷，而只過去攙扶祖父 —— 那以「和氣生財」為至理的老人。祁老人把門關好，還插上了小橫閂，才同長孫往院裡走；插上了閂，他就感到了安全，不管北平城是被誰占據著。「白巡長說什麼來著？」老人低聲的問，彷彿很怕被便衣聽了去。「他不是問小三兒來著？」

「老三就算是死啦！」瑞宣也低聲的說。他的聲音低，是因為心中難過。

「小三兒算死啦？從此永遠不回來啦？」老人因驚異而有點發怒。「誰說的？怎麼個理兒？」

天佑太太聽見了一點，立刻在屋中發問：「誰死啦？老大！」

瑞宣知道說出來就得招出許多眼淚，可是又不能不說 —— 家中大小必須一致的說老三已死，連小順兒與妞子都必須會扯這個謊。是的，在死

城裡，他必須說那真活著的人死去了。他告訴了媽媽。

媽媽不出聲的哭起來。她最怕的一件事 —— 怕永不能再見到小兒子 —— 已經實現了一半兒！瑞宣說了許多他自己也不會太相信的話，去安慰媽媽。媽媽雖然暫時停止住哭，可是一點也不信老大的言語。

祁老人的難過是和兒媳婦的不相上下，可是因為安慰她，自己反倒閘住了眼淚。

瑞宣的困難反倒來自孩子們。小順兒與妞子刨根問底的提出好多問題：三叔哪一天死的？三叔死在了哪裡？三叔怎麼死的？死了還會再活嗎？他回答不出來，而且沒有心思去編造一套 —— 他已夠苦痛的了，沒心陪著孩子們說笑。他把孩子們交給了韻梅。她的想像力不很大，可是很會回答孩子們的問題 —— 這是每一位好的媽媽必須有的本事。

良民證！瑞宣死死的記住了這三個字！誰是良民？怎樣才算良民？給誰作良民？他不住的這麼問自己。回答是很容易找到的：不反抗日本人的就是日本人的良民！但是，他不願這麼簡單的承認了自己是亡國奴。他盼望能有一條路，教他們躲開這最大的恥辱。沒有第二條路，除了南京勝利。想到這裡，他幾乎要跪下，祈禱上帝，他可是並不信上帝。瑞宣是最理智，最不迷信的人。

良民證就是亡國奴的烙印。一旦伸手接過來，就是南京政府打了勝仗，把所有在中國的倭奴都趕回三島去，這個烙印還是烙印，還是可恥！一個真正的國民就永遠不伸手接那個屈膝的證件！永遠不該指望別人來替自己洗刷恥辱！可是，他須代表全家去接那作奴隸的證書；四世同堂，四世都一齊作奴隸！

輕蔑麼？對良民證冷笑麼？那一點用處也沒有！作亡國奴沒有什麼好商議的，作就伸手接良民證，不作就把良民證摔在日本人的臉上！冷笑，不抵抗而否認投降，都是無聊，懦弱！

正在這個時候，老二回來了，手裡拿著一封信。恐怕被別人看見似的。他向老大一點頭，匆匆的走進哥哥的屋中。瑞宣跟了進去。

「剛才是調查戶口，」瑞宣告訴弟弟。

老二點點頭，表示已經知道了。然後，用那封信──已經拆開──拍著手背，非常急躁的說：「要命就乾脆拿了去，不要這麼鈍刀慢剮呀！」

「怎麼啦？」老大問。

「我活了小三十歲了，就沒見過這麼沒心沒肺的人！」老二的小幹臉上一紅一白的，咬著牙說。

「誰？」老大眨巴著眼問。

「還能有誰！」老二拍拍的用信封抽著手背。「我剛要進門，正碰上郵差。接過信來，我一眼就認出來，這是老三的字！怎這麼胡塗呢！你跑就跑你的得了，為什麼偏偏要我老二陪綁呢！」他把信扔給了大哥。

瑞宣一眼便看明白，一點不錯，信封上是老三的筆跡。字寫得很潦草，可是每一個都那麼硬棒，好像一些跑動著的足球隊員似的。看清楚了字跡，瑞宣的眼中立刻溼了。他想念老三，老三是他的弟弟，也是他的好友。

信是寫給老二的，很簡單：「豐哥：出來好，熱鬧，興奮！既無兒女，連二嫂也無須留在家裡，外面也有事給她作，外面需要一切年輕的人！母親好嗎？大哥」到此為止，信忽然的斷了。大哥怎樣？莫非因為心中忽然一難過而不往下寫了麼？誰知道！沒有下款，沒有日月，信就這麼有頭無尾的完了。

瑞宣認識他的三弟，由這樣的一段信裡，他會看見老三的思路：老三不知因為什麼而極興奮。他是那樣的興奮，所以甚至忘了老二的沒出息，而仍盼他逃出北平──外面需要一切年輕的人。他有許多話要說，可是

顧慮到信件的檢查，而忽然的問母親好嗎？母親之外，大哥是他所最愛的人，所以緊跟著寫上「大哥」。可是，跟大哥要說的話也許須寫十張二十張紙；作不到，爽性就一字也不說了。

看著信，瑞宣也看見了老三，活潑，正直，英勇的老三！他捨不得把眼從信上移開。他的眼中有一些淚，一些欣悅，一些悲傷，一些希望，和許多許多的興奮。他想哭，也想狂笑。他看見了老二，也看見老三。他悲觀，又樂觀。他不知如何是好。

瑞豐一點也不能明白老大，正如同他一點也不能明白老三。他的心理很簡單 —— 怕老三連累了他。「告訴媽不告訴？哼！他還惦記著媽！信要被日本人檢查出來，連媽也得死！」他沒好氣的嘟囔。

瑞宣的複雜的，多半是興奮的，心情，忽然被老二這幾句像冰一樣冷的話驅逐開，驅逐得一乾二淨。他一時說不上話來，而順手把那封信掖到衣袋裡去。

「還留著？不趕緊燒了？那是禍根！」老二急扯白臉的說。老大笑了笑。「等我再看兩遍，一定燒！」他不願和老二辯論什麼。「老二！真的，你和二妹一同逃出去也不錯；學校的事你不是要辭嗎？」

「大哥！」老二的臉沉下來。「教我離開北平？」他把「北平」兩個字說得那麼脆，那麼響，倒好像北平就是他的生命似的，絕對不能離開，一步不能離開！

「不過是這麼一說，你的事當然由你作主！」瑞宣耐著性兒說。「藍東陽，啊，我怕藍東陽陷害你！」

「我已經想好了辦法。」老二很自信的說。「先不告訴你，大哥。我現在只愁沒法給老三去信，囑咐他千萬別再給家裡來信！可是他沒寫來通訊處；老三老那麼慌慌張張的！」說罷，他走了出去。

第 29 幕　斷煤了

　　天越來越冷了。在往年，祁家總是在陰曆五六月裡叫來一兩大車煤末子，再卸兩小車子黃土，而後從街上喊兩位「煤黑子」來搖煤球，搖夠了一冬天用的。今年，從七七起，城門就時開時閉，沒法子僱車去拉煤末子。而且，在日本人的橫行霸道之下，大家好像已不顧得注意這件事，雖然由北平的冬寒來說這確是件很重要的事。連小順兒的媽和天佑太太都忘記了這件事。只有祁老人在天未明就已不能再睡的時候，還盤算到這個問題，可是當長孫娘婦告訴他種種的困難以後，他也只好抱怨大家都不關心家事，沒能在七七以前就把煤拉到，而想不出高明的辦法來。

　　煤一天天的漲價。北風緊吹，煤緊加價。唐山的煤大部分已被日本人截了去，不再往北平來，而西山的煤礦已因日本人與我們的遊擊隊的混戰而停了工。北平的煤斷了來源！

　　祁家只有祁老人和天佑的屋裡還保留著炕，其餘的各屋裡都早已隨著「改良」與「進步」而拆去，換上了木床或鐵床。祁老人喜歡炕，正如同他喜歡狗皮襪頭，一方面可以表示出一點自己不喜新厭故的人格，另一方面也是因為老東西確實有它們的好處，不應當一筆抹殺。在北平的三九天，儘管祁老人住的是向陽的北房，而且牆很厚，窗子糊得很嚴，到了後半夜，老人還是感到一根針一根針似的小細寒風，向腦門子，向肩頭，繼續不斷的刺來。儘管老人把身子蜷成一團，像隻大貓，並且蓋上厚被與皮袍，他還是覺不到溫暖。只有炕洞裡升起一小爐火，他才能舒舒服服的躺一夜。

　　天佑太太並不喜歡睡熱炕，她之所以保留著它是她準知道孫子們一到三四歲就必被派到祖母屋裡來睡，而有一鋪炕是非常方便的。炕的面積

大，孩子們不容易滾了下去；半夜裡也容易照管，不至於受了熱或著了涼。可是，她的南屋是全院中最潮溼的，最冷的；到三九天，夜裡能把有水的瓶子凍炸。因此，她雖不喜歡熱炕，可也得偶爾的燒它一回，趕趕溼寒。

沒有煤！祁老人感到一種恐怖！日本人無須給他任何損害與干涉，只須使他在涼炕上過一冬天，便是極難熬的苦刑！天佑太太雖然沒有這麼惶恐，可也知道冬天沒有火的罪過是多麼大！

瑞宣不敢正眼看這件事。假若他有錢，他可以馬上出高價，乘著城裡存煤未賣淨的時候，囤起一冬或一年的煤球與煤塊。但是，他與老二都幾個月沒拿薪水了，而父親的收入是很有限的。

小順兒的媽以家主婦的資格已向丈夫提起好幾次：「冬天要是沒有火，怎麼活著呢？那，北平的人得凍死一半！」

瑞宣幾次都沒正式的答覆她，有時候他慘笑一下，有時候假裝耳聾。有一次，小順兒代替爸爸發了言：「媽，沒煤，順兒去挑選煤核兒！」又待了一會兒，他不知怎麼想起來：「媽！也會沒米，沒白麵吧？」

「別胡說啦！」小順兒的媽半惱的說：「你願意餓死！混小子！」

瑞宣愣了半天，心裡說：「怎見得不會不絕糧呢！」他一向沒想到過這樣的問題。經小順兒這麼一說，他的眼忽然看出老遠老遠去。今天缺煤，怎見得明天就不缺糧呢？以前，他以為亡城之苦是乾脆的受一刀或一槍；今天，他才悟過來，那可能的不是脆快的一刀，而是慢慢的，不見血的，凍死與餓死！想到此處，他否認了自己不逃走的一切理由。凍，餓，大家都得死，誰也救不了誰；難道因為他在家裡，全家就可以沒煤也不冷，沒米也不餓嗎？他算錯了帳！

掏出老三的那封信，他讀了再讀的讀了不知多少遍。他渴望能和老三

談一談。只有老三能明白他，能替他決定個主意。

他真的憋悶極了，晚間竟自和韻梅談起這回事。平日，對家務事，他向來不但不專制，而且多少多少糖豆酸棗兒的事都完全由太太決定，他連問也不問。現在，他不能再閉著口，他的腦中已漲得要裂。

韻梅不肯把她的水靈的眼睛看到山後邊去，也不願丈夫那麼辦。「孩子的話，幹嘛記在心上呢？我看，慢慢的就會有了煤！反正著急也沒用！挨餓？我不信一個活人就那麼容易餓死！你也走？老二反正不肯養活這一家人！我倒肯，可又沒賺錢的本事！算了吧，別胡思亂想啦，過一天是一天，何必繞著彎去發愁呢！」

她的話沒有任何理想與想像，可是每一句都那麼有份量，使瑞宣無從反駁。是的，他無論怎樣，也不能把全家都帶出北平去。那麼，一家老幼在北平，他自己就也必定不能走。這和二加二是四一樣的明顯。

他只能盼望國軍勝利，快快打回北平！

太原失陷！廣播電臺上又升起大氣球，「慶祝太原陷落！」學生們又須大遊行。

他已經從老二不敢再到學校裡去的以後就照常去上課。他教老人們看著他們哥兒倆都在家中閒著。

慶祝太原陷落的大遊行，他是不是去參加呢？既是學校中的教師，他理應去照料著學生。另一方面，從一種好奇心的催促，他也願意去參加 —— 他要看看學生與市民是不是還像慶祝保定陷落時那麼嚴肅沉默。會繼續的嚴肅，就會不忘了復仇。

可是，他又不敢去，假若學生們已經因無可奈何而變成麻木呢？他曉得人的面皮只有那麼厚，一揭開就完了！他記得學校裡有一次鬧風潮，有一全班的學生都退了學。可是，校長和教員們都堅不讓步，而學生們的家長又逼著孩子們回校。他們只好含羞帶愧的回來。當瑞宣在風潮後第一次

上課的時候，這一班的學生全低著頭，連大氣都不出一聲，一直呆坐了一堂；他們失敗了，他們羞愧！他們是血氣方剛的孩子！可是，第二天再上課，他們已經又恢復了常態，有說有笑的若無其事了。他們不過是孩子！他們的面皮只有那麼厚，一揭開就完了！一次遊行，兩次遊行，三次五次遊行，既不敢反抗，又不便老擰著眉毛，學生們就會以嬉皮笑臉去接受恥辱，而慢慢的變成了沒有知覺的人。學生如是，市民們就必更容易撕去臉皮，苟安一時。

他不知怎樣才好，他恨自己沒出息，沒有拋妻棄子，去奔赴國難的狠心與決心！

這幾天，老二的眉毛要擰下水珠來。胖太太已經有三四天沒跟他說話。他不去辦公的頭兩天，她還相信他的亂吹，以為他已另有高就。及至他們倆從冠宅回來，她就不再開口說話，而把怒目與撇嘴當作見面禮。他倆到冠宅去的目的是為把藍東陽的不近人情報告明白，而求冠先生與冠太太想主意，給瑞豐找事。找到了事，他們舊事重提的說：「我們就搬過來住，省得被老三連累上！」瑞豐以為冠氏夫婦必肯幫他的忙，因為他與東陽的吵架根本是因為冠家贏了錢。

冠先生相當的客氣，可是沒確定的說什麼。他把這一幕戲讓給了大赤包。

大赤包今天穿了一件紫色綢棉袍，唇上抹著有四兩血似的口紅，頭髮是剛剛燙的，很像一條綿羊的尾巴。她的氣派之大差不多是空前的，臉上的每一個雀斑似乎都表現著傲慢與得意。

那次，金三爺在冠家發威的那次，不是有一位帶著個妓女的退職軍官在座嗎？他已運動成功，不久就可以發表 —— 警察局特高科的科長。他叫李空山。他有過許多太太，多半是妓女出身。現在，既然又有了官職，他決定把她們都遣散了，而正經娶個好人家的小姐，而且是讀過書的小

姐。他看中了招弟。可是大赤包不肯把那麼美的招弟賤賣了。她願放手高第。李空山點了頭。雖然高第不很美，可的確是位小姐，作過女學生的小姐。再說，遇必要時，他還可以再弄兩個妓女來，而以高第為正宮娘娘，她們作妃子，大概也不至於有多少問題。大赤包的女兒不能白給了人。李空山答應給大赤包運動妓女檢查所的所長。這是從國都南遷以後，北平的妓館日見冷落，而成為似有若無的一個小機關。現在，為慰勞日本軍隊，同時還得防範花柳病的傳播，這個小機關又要復興起來。李空山看大赤包有作所長的本領。同時，這個機關必定增加經費，而且一加緊檢查就又必能來不少的「外錢」。別人還不大知道，李空山已確實的打聽明白，這將成為一個小肥缺。假若他能把這小肥缺弄到將來的丈母孃手裡，他將來便可以隨時給高第一點氣受，而把丈母孃的錢擠了過來 —— 大赤包一給他錢，他便對高第和氣兩天。他把這些都盤算好以後，才認真的給大赤包去運動。據最近的訊息：他很有把握把事情弄成功。

起床，睡倒，走路，上茅房，大赤包的嘴裡都輕輕的叫自己：「所長！所長！」這兩個字像塊糖似的貼在了她的舌頭上，每一咂就滿口是水兒！她高興，驕傲，恨不能一個箭步跳上房頂去，高聲喊出：「我是所長！」她對丈夫只哼兒哈兒的帶理不理，對大女兒反倒拿出好臉，以便誘她答應婚事，別犯牛脾氣。對桐芳，她也居然停止挑戰，她的理由是：「大人不和小人爭！」她是所長，也就是大人！

她也想到她將來的實權，而自己叨嘮：「動不動我就檢查！動不動我就檢查！怕疼，怕麻煩，給老太太拿錢來！拿錢來！拿錢來！」她一邊說，一邊點頭，把頭上的髮夾子都震落下兩三個來。她毫不客氣的告訴了瑞豐：「我們快有喜事了，那間小屋得留著自己用！誰教你早不搬來呢？至於藍東陽呀，我看他還不錯嗎！怎麼？你是為了我們才和他鬧翻了的？真對不起！可是，我們也沒有賠償你的損失的責任！我們有嗎？」她老氣

橫秋的問冠曉荷。

曉荷瞇了瞇眼，輕輕一點頭，又一搖頭；沒說什麼。

瑞豐和胖太太急忙立起來，像兩條捱了打的狗似的跑回家去。

更使他們夫婦難過的是藍東陽還到冠家來，並且照舊受歡迎，因為他到底是作著新民會的幹事，冠家不便得罪他。大赤包福至心靈的退還了東陽四十元錢：「我們玩牌向來是打對摺給錢的；那天一忙，就實價實收了你的；真對不起！」東陽也大方一下，給高第姐妹買了半斤花生米。大赤包對這點禮物也發了一套議論：

「東陽！你作的對！這個年月，一個年輕的小夥子得知道錢是好的，應當節省，好積攢下結婚費！禮輕人物重，不怕你給她們半個花生米，總是你的人心！你要是花一大堆錢，給她們買好些又貴又沒用的東西，我倒未必看得起你啦！」東陽聽完這一套，笑得把黃牙板全露出來，幾乎岔了氣。他自居為高第姐妹倆的愛人，因為她們倆都吃了他的幾粒花生米。這些，是桐芳在門外遇見胖太太，喊喊喳喳的報告出來的。胖太太氣得發昏，渾身的肥肉都打戰！

老二的耳朵，這幾天了，老抿著。對誰，他都非常的客氣。這一程子的飯食本來很苦，有時候因城門關閉，連大白菜都吃不到，而只用香油炒一點麻豆腐；老二這兩天再也不怨大嫂不會過日子。飯食太苦，而端起碗來，不管有菜沒有，便扒摟乾淨，嘴中嚼得很響，像鴨子吃東西那樣。他不但不怨飯食太苦，而且反倒誇獎大嫂在這麼困難的時候還能教大家吃上飯，好不容易！這麼一來，瑞宣和韻梅就更為了難，因老二的客氣原是為向兄嫂要點零錢，好買菸捲兒什麼的。老大隻好因此而多跑一兩趟當鋪！

胖太太一聲沒出，偷偷的提了個小包就回孃家了。這使老二終日像失了群的雞，東瞧瞧，西看看的在滿院子打轉，不知如何是好。他本不想把失業這事實報告給老人們，現在他不能再閉著嘴，因為他需要老人們的憐

愛 —— 和太太吵了架之後，人們往往想起來父母。他可並沒實話實說。他另編了一個故事。他曉得祁家的文化與好萊塢的恰恰相反：好萊塢的以打了人為英雄，祁家以捱了打為賢孝。所以，他不敢說他打了藍東陽，而說藍東陽打了他，並且要繼續的打他。祖父與媽媽都十分同情他。祖父說：「好！他打我們，是他沒理，我們絕不可以還手！」媽媽也說：「他還要打，我們就躲開他！」

「是呀！」老二很愛聽媽媽的話：「所以我不上學校去啦！我趕緊另找點事作，不便再受他的欺侮，也不便還手打他！是不是？」

他也不敢提出老三來，怕一提起來就涉及分家的問題。他正賦閒，必須吃家中的飯，似乎不便提到分家。即使在這兩天內，憲兵真為老三的事來捉他，他也只好認命；反正他不願意先出去捱餓。瑞宣本來有點怕到學校去，現在又很願意去了，為是躲開老二。老二的膽小如鼠並不是使老大看不起他的原因。老大知道，從一個意義來講，凡是在北平作順民的都是膽小的，老二並不是特例。老二的暫時失業也沒使老大怎樣的難過；大家庭本來就是今天我吃你，明天你吃我的一種算不清帳目的組織，他不嫌老二白吃幾天飯。可是，他討厭老二的毫不悔悟，而仍舊是那麼無聊。老大以為經過這點挫折，老二應該明白過來：東陽那樣的人是真正漢奸坯子，早就不該和他親近；在吃虧以後，就該立志永遠不再和這類人來往。老二應該稍微關心點國事，即使沒有捨身救國的決心，也該有一點國榮民榮，國辱民辱的感覺，知道一點羞恥。老二沒有一絲一毫的悔悟。因祖父，父母，兄嫂，都沒好意思責備他，他倒覺得頗安逸，彷彿失業是一種什麼新的消遣，他享受大家的憐憫。假若連胖太太也沒申斥他，他或者還許留下鬍子，和祖父一樣的退休養老呢！瑞宣最不喜歡在新年的時候，看到有些孩子戴起瓜皮帽頭兒，穿上小馬褂。他管他們叫做「無花果秧兒」。瑞豐就是，他以為，這種秧苗的長大起來最好的代表 —— 生出來就

老聲老氣的，永遠不開花。

　　為躲避老二，在慶祝太原陷落的這一天，他還上了學。他沒決定去參加遊行，也沒決定不去；他只是要到學校裡看看。到了學校，他自然而然的希望學生們來問他戰事的訊息，與中日戰爭的前途。他也希望大家都愁眉苦眼的覺到遊行的恥辱。

　　可是，沒人來問他什麼。他很失望。過了一會兒，他明白過來：人類是好爭勝的動物，沒人喜歡談論自己的敗陣；青年們恐怕特別是如此。有好幾個他平日最喜歡的少年，一見面都想過來跟他說話，可是又都那麼像心中有點鬼病似的，撩了他一眼，便一低頭的躲開。他們這點行動表示了青年人在無可如何之中還要爭強的心理。他走到操場去。那裡正有幾個學生踢著一個破皮球。看見他，他們都忽然的愣住好像是覺到自己作了不應作的事情而慚愧。可是，緊跟著，他們就又踢起球來，只從眼角撩著他。他趕緊走開。

　　他沒再回教員休息室，而一直走出校門，心中非常的難受。他曉得學生們並未忘了羞恥，可是假若這樣接二連三的被強迫著去在最公開的地方受汙辱，他們一定會把面皮塗上漆的。想到這裡，他心中覺得一刺一刺的疼。

　　在大街上，他遇到十幾部大卡車，滿滿的拉著叫化子 —— 都穿著由喜轎鋪賃來的綵衣。每一部車上，還有一份出喪的鼓手。汽車緩緩的駛行，鑼鼓無精打彩的敲打著，車上的叫化子都縮著脖子把手中的紙旗插在衣領上，以便揣起手來 —— 天相當的冷。他們的臉上幾乎沒有任何表情，就那麼縮著脖，揣著手，在車上立著或坐著。他們好像什麼都知道，又好像什麼都不知道。他們彷彿是因習慣了無可如何，因習慣了冷淡與侮辱，而完全心不在焉的活著，滿不在乎的立在汽車上，或斷頭臺上。

　　當汽車走過他的眼前，一個像藍東陽那樣的人，把手中提著的擴音喇

叭放在嘴上，喊起來：「孫子們，隨著我喊！中日親善！慶祝太原陷落！」花子們還是沒有任何表情，聲音不高不低的，懶洋洋的，隨著喊，連頭也不抬起來。他們好像已經亡過多少次國了，絕對不再為亡國浪費什麼感情。他們毫不動情幾乎使他們有一些尊嚴，像城隍廟中塑的泥鬼那樣的尊嚴。這點尊嚴甚至於冷淡了戰爭與興亡。瑞宣渾身都顫起來。遠處來了一隊小學生。他閉上了眼。他不忍把叫化子與小學生連到一處去思索！假若那些活潑的，純潔的，天真的，學生也像了叫化子……他不敢往下想！可是，學生的隊伍就離叫化子的卡車不很遠啊！

迷迷糊糊的他不曉得怎麼走回了小羊圈。在衚衕口上，他碰見了棚匠劉師傅。是劉師傅先招呼的他，他嚇了一跳。定了一定神，他才看明白是劉師傅，也看明白了衚衕。

二人進了那永遠沒有多少行人的小衚衕口，劉師傅才說話：

「祁先生，你看怎樣呀？我們要完吧？保定，太原，都丟啦！太原也這麼快？不是有 ── 」他說不上「天險」來。「誰知道！」瑞宣微笑著說，眼中發了溼。

「南京怎樣？」

瑞宣不能，不肯，也不敢再說「誰知道！」「盼著南京一定能打勝仗！」

「哼！」劉師傅把聲音放低，而極懇切的說：「你也許笑我，我昨天夜裡向東南燒了一股高香！禱告上海打勝仗！」「非勝不可！」

「可是，你看，上海還沒分勝負，怎麼人們就好像斷定了一定亡國呢？」

「誰？」

「誰？你看，上次保定丟了，就有人約我去耍獅子，我沒去；別人也

沒去。昨天，又有人來約了，我還是不去，別人可據說是答應下了。約我的人說：別人去，你不去，你可提防著點！我說，殺剮我都等著！我就想，人們怎那麼稀鬆沒骨頭呢？」瑞宣沒再說什麼。

「今天的遊行，起碼也有幾檔子『會』！」劉師傅把「會」字說的很重。「哼！走會是為朝山敬神的，今天會給日本人去當玩藝兒看！真沒骨頭！」

「劉師傅！」瑞宣已走到家門外的槐樹下面，站住了說：「像你這樣的全身武藝，為什麼不走呢？」

劉師傅怪不是味兒的笑了。「我早就想走！可是，老婆交給誰呢？再說，往哪兒走？腰中一個大錢沒有，怎麼走？真要是南京偷偷的派人來招兵，有路費，知道一定到哪裡去，我必定會跟著走！我只會搭棚這點手藝，我的拳腳不過是二把刀，可是我願意去和日本小鬼子碰一碰！」

他們正談到這裡，瑞豐從院中跑出來，小順兒在後面追著喊：「我也去！二叔！我也去！」

看見哥哥與劉師傅，瑞豐收住了腳。小順兒趕上，揪住二叔的衣裳：「帶我去！不帶我去，不行！」

「幹嘛呀？小順兒！放開二叔的衣裳！」瑞宣沉著點臉，而並沒生氣的說。

「二叔，去聽戲，不帶著我！」小順兒還不肯撒手二叔的衣裳，撅著嘴說。

瑞豐笑了。「哪兒呀！聽說中山公園唱戲，淨是名角名票，我去問問小文。他們要也參加的話，我同他們一道去；我還沒有看過小文太太彩唱呢。」

劉師傅看了他們哥兒倆一眼，沒說什麼。

瑞宣很難過。他可是不便當著別人申斥弟弟，而且也準知道，假若他指摘老二，老二必會說：「我不去看，人家也還是唱戲！我不去看戲，北平也不會就退還給中國人！」他木在了槐樹下面。

從樹上落下一個半乾了的，像個黑蟲兒似的，槐豆角來。小順兒急忙去拾它。他這一動，才把僵局開啟，劉師傅說了聲「回頭見！」便走開。瑞宣拉住了小順兒。瑞豐跟著劉師傅進了六號。

小順兒拿著豆角還不肯放棄了看戲，瑞宣耐著煩說：「二叔去打聽唱戲不唱！不是六號現在就唱戲！」

很勉強的，小順兒隨著爸爸進了街門。到院內，他把爸爸拉到了祖母屋中去。

南屋裡很涼，老太太今天精神不錯，正圍著被子在炕上給小順兒補襪子呢。做幾針，她就得把小破襪子放下，手伸到被子裡去取暖。

瑞宣的臉上本來就怪難過的樣子，一看到母親屋裡還沒升火，就更難看了。

老太太看出兒子的臉色與神氣的不對。母親的心是兒女們感情的溫度表。「又怎麼了？老大！」

瑞宣雖是個感情相當豐富的人，可是很不喜歡中國人的動不動就流淚。自從北平陷落，他特別的注意控制自己，雖然有多少多少次他都想痛哭。他不大愛看舊劇。許多原因中之一是：舊劇中往往在悲的時候忽然瞎鬧打趣，和悲的本身因哭得太兇太容易而使人很難過的要發笑。可是，他看過一回《寧武關》；他受了極大的感動。他覺得一個壯烈英武的戰士，在殉國之前去別母，是人世間悲慘的極度，只有最大的責任心才能勝過母子永別的苦痛，才不至於馬上碎了心斷了腸！假若寧武關不是別母而是別父，瑞宣想，它便不能成為最悲的悲劇。這齣戲使他當時落了淚，而且在

每一想起來的時候心中還很難過 —— 一想到這齣戲，他不由的便想起自己的母親！

現在，聽母親叫他，他忽然的又想起那齣戲。他的淚要落出來。他曉得自己不是周遇吉，但是，現在失陷的是太原 —— 情形的危急很像明末！

他忍住了淚，可也沒能說出什麼來。

「老大！」母親從炕蓆下摸出三五個栗子來，給了小順兒，叫他出去玩。「老二到底是怎回事？」

瑞宣依實的報告給母親，而後說：「他根本不該和那樣的人來往，更不應該把家中的祕密告訴那樣的人！藍東陽是個無聊的人，老二也是個無聊的人；可是藍東陽無聊而有野心，老二無聊而沒心沒肺；所以老二吃了虧。假若老二不是那麼無聊，不是那麼無心少肺，藍東陽就根本不敢欺侮他。假若老二不是那麼無聊，他滿可以不必怕東陽而不敢再上學去。他好事，又膽小，所以就這麼不明不白的失了業！」「可是，老二藏在家裡就準保平安沒事嗎？萬一姓藍的還沒有忘了這回事，不是還可以去報告嗎？」

「那 ——」瑞宣愣住了。他太注意老二的無聊了，而始終以為老二的不敢到學校去是白天見鬼。他忽略了藍東陽是可以認真的去賣友求榮的。「那 —— 老二是不會逃走的，我問過他！」

「那個姓藍的要真的去報告，你和老二恐怕都得教日本人抓去吧？錢先生受了那麼大的苦處，不是因為有人給他報告了嗎？」

瑞宣心中開啟了鼓。他看到了危險。可是，為使老母安心，他笑著說：「我看不要緊！」他可是說不出「不要緊」的道理來。

離開了母親，瑞宣開始發起愁來。他是那種善於檢查自己的心理狀

態的人，他納悶為什麼他只看到老二的無聊而忘了事情可能的變成很嚴重──老二和他要真被捕了去，這一家人可怎麼辦呢？在危亂中，他看明白，無聊是可以喪命的！隔著院牆，他喊老二。老二不大高興的走回來。在平日，要不是祖父，父母與太太管束的嚴，老二是可以一天到晚長在文家的；他沒有什麼野心，只是願意在那裡湊熱鬧，並且覺得能夠多看小文太太幾眼也頗舒服。礙於大家的眼目，他不敢常去；不過，偶爾去到那裡，他必坐很大的工夫──和別的無聊的人一樣，他的屁股沉，永遠討厭，不自覺。「幹什麼？」老二很不高興的問。

老大沒管弟弟的神色如何，開始說出心中的憂慮：「老二！我不知道為什麼老沒想到我剛剛想起來的這點事！你看，我剛剛想起來，假若藍東陽真要去報告，憲兵真要把你，或我，或我們倆，捕了去，我們怎辦呢？」

老二的臉轉了顏色。當初，他的確很怕東陽去告密；及至在家中忍了這麼三五天，而並沒有動靜，他又放了心，覺得只要老老實實的在家中避著便不會有危險。家便是他的堡壘，父母兄弟便是他的護衛。他的家便是老鼠的洞，有危險便藏起去，危險過去再跑出來；他只會逃避，而不會爭鬥與抵抗。現在，他害了怕──隨便就被逗笑了的人也最容易害怕，一個糖豆可以使他歡喜，一個死鼠也可以嚇他一跳。「那怎麼辦呢？」他舐了舐嘴唇才這樣問。

「老二！」瑞宣極懇切的說：「戰事很不利，在北平恐怕一時絕不會有出路！像藍東陽那樣的人，將來我們打勝的時候，必會治他的罪──他是漢奸！不幸我們失敗了，我們能殉國自然頂好，不能呢，也不許自動的，像藍東陽與冠曉荷那樣的，去給敵人作事。作一個國民至少應該明白這一點道理！你以前的錯誤，我們無須提起。今天，我希望你能挺起腰板，放棄了北平的一切享受與無聊，而趕快逃出去，給國家作些事。即使

你沒有多大本領，作不出有益於大家的事，至少你可以作個自由的中國人，不是奴隸或漢奸！不要以為我要趕走你！我是要把弟弟們放出去，而獨自奉養著祖父與父母。這個責任與困苦並不小，有朝一日被屠殺或被餓死，我陪侍著老人們一塊兒死；我有兩個弟弟在外面抗日，死我也可以瞑目了！你應當走！況且，藍東陽真要去報告老三的事，你我馬上就有被捕的危險；你應該快走！」

老大的真誠，懇切，與急迫，使瑞豐受了感動。感情不深厚的人更容易受感動；假若老二對亡國的大事不甚關心，他在聽文明戲的時候可真愛落淚。現在，他也被感動得要落下淚來，用力壓制著淚，他嗓音發顫的說：「好！我趕緊找二奶奶去，跟她商議一下！」

瑞宣明知道老二與胖太太商議是不會有好結果的，因為她比丈夫更浮淺更糊塗。可是他沒有攔阻老二，也沒囑咐老二不要聽太太的話；他永遠不肯趕盡殺絕的逼迫任何人。老二匆匆的走出去。

瑞宣雖然很懷疑他的一片話到底有多少用處，可是看老二這樣匆匆的出去，心中不由的痛快了一點。

第 30 幕　賀高升

人肉不是為鞭子預備著的。誰都不高興捱打。不過，剛強的人明知苦痛而不怕打，所以能在皮鞭下為正義咬上牙。與這種人恰恰相反的是：還沒有看見鞭子已想到自己的屁股的人，他們望到拿著鞭子的人就老遠的跪下求饒。藍東陽便是這樣的人。

當他和瑞豐吵嘴的時候，他萬也沒想到瑞豐會真動手打他。他最怕打架。因為怕打架，所以他的「批評」才永遠是偷偷摸摸的咒罵他所嫉妒的人，而不敢堂堂正正的罵陣。因為怕打架，他才以為政府的抗日是不智慧，而他自己是最聰明 —— 老遠的就向日本人下跪了！

因為他的身體虛弱，所以瑞豐的一拳把他打閉住了氣。不大一會兒，他就甦醒過來。喝了口水，他便跑了出去，唯恐瑞豐再打他。

在北平住得相當的久，他曉得北平人不打架。可是，瑞豐居然敢動手！「嗯！這傢夥必定有什麼來歷！」他坐在一家小茶館裡這麼推斷。他想回學校，去給那有來歷敢打他的人道歉。不，不能道歉！一道歉，他就失去了往日在學校的威風，而被大家看穿他的蠻不講理原來因為欠打。他想明白：一個人必須教日本人知道自己怕打，而絕對不能教中國人知道。他必須極怕日本人，而對中國人發威。

可是，瑞豐不敢再來了！這使他肆意的在校內給瑞豐播放醜事。他說瑞豐騙了他的錢，捱了他的打，沒臉再來作事。大家只好相信他的話，因為瑞豐既不敢露面，即使東陽是瞎吹也死無對證。他的臉，這兩天，扯動的特別的厲害。他得意。除了寫成好幾十段，每段一二十字或三四十字，他自稱為散文詩的東西，他還想寫一部小說，給日本人看。內容還沒想好，但是已想出個很漂亮的書名 —— 五色旗的復活。他覺得精力充沛，

見到街上的野狗他都扯一扯臉，示威；見到小貓，他甚至於還加上一聲「噗！」

瑞豐既然是畏罪而逃，東陽倒要認真的收拾收拾他了。東陽想去告密。但是，他打聽出來，告密並得不到賞金。不上算！反之，倒還是向瑞豐敲倆錢也許更妥當。可是，萬一瑞豐著了急而又動打呢？也不妥！

他想去和冠曉荷商議商議。對冠曉荷，他沒法不佩服；冠曉荷知道的事太多了。有朝一日，他想，他必定和日本人發生更密切的關係，他也就需要更多的知識，和冠曉荷一樣多的知識，好在吃喝玩樂之中取得日本人的歡心。即使作不到這一步，他也還應該為寫文章而和冠先生多有來往；假若他也像冠先生那樣對吃酒吸菸都能說出那麼一大套經驗與道理，他不就可以一點不感困難而像水一般的流出文章來麼。

另一方面，冠家的女人也是一種引誘的力量，他盼望能因常去閒談而得到某種的收穫。

他又到了冠家。大赤包的退還他四十元錢，使他驚異，興奮，感激。他沒法不表示一點謝意，所以出去給招弟們買來半斤花生米。

他不敢再打牌。甘心作奴隸的人是不會豪放的；敢一擲千金的人必不肯由敵人手下乞求一塊昭和糖吃。他想和曉荷商議商議，怎樣給祁家報告。可是，坐了好久，他始終不敢提出那回事。他怕冠家搶了他的祕密去！他佩服冠曉荷，也就更嫉妒冠曉荷。他的妒心使他不能和任何人合作。也正因為這個，他的心中才沒有親疏之分！他沒有中國朋友，也不認日本人作敵人。

他把祕密原封的帶了回來，而想等個最好的機會再賣出去。

慶祝太原陷落的遊行與大會使他非常的滿意，因為參加的人數既比上次保定陷落的慶祝會多了許多，而且節目也比上次熱鬧。但是，美中不

足，日本人不很滿意那天在中山公園表演的舊劇。戲目沒有排得好。當他和他的朋友們商議戲目的時候，沒有一個人的戲劇知識夠分得清《連環計》與《連環套》是不是一齣戲的。他們這一群都是在北平住過幾年，知道京戲好而不會聽，知道北平有酸豆汁與烤羊肉而不敢去吃喝的，而自居為「北平通」的人。他們用壓力把名角名票都傳了來，而不曉得「點」什麼戲。最使他們失敗的是點少了「粉戲」。日本上司希望看淫蕩的東西，而他們沒能照樣的供給。好多的粉戲已經禁演了二三十年，他們連戲名都說不上來，也不曉得哪個角色會演。

藍東陽想，假若他們之中有一個冠曉荷，他們必不至於這樣受窘。他們曉得怎麼去迎合，而不曉得用什麼去迎合；曉荷知道。

他又去看冠先生。他沒有意思把冠先生拉進新民會去，他怕冠先生會把他壓下去。他只想多和冠先生談談，從談話中不知不覺的他可以增加知識。

冠家門口圍著一圈兒小孩子，兩個老花子正往門堆上貼大紅的喜報，一邊兒貼一邊兒高聲的喊：「貴府老爺高升嘍！報喜來嘍！」

大赤包的所長發表了。為討太太的喜歡，冠曉荷偷偷的寫了兩張喜報，教李四爺給找來兩名花子，到門前來報喜。當他在高等小學畢業的時候，還有人來在門前貼喜報，唱喜歌。入了民國，這規矩漸漸的在北平死去。冠曉荷今天決定使它復活！叫化子討了三次賞，冠曉荷賞了三次，每次都賞的很少，以便使叫化子再討，而多在門前吵嚷一會兒。當藍東陽來到的時候，叫化子已討到第四次賞，而冠先生手中雖已攢好了二毛錢，可是還不肯出來，為是教他們再多喊兩聲。他希望全衚衕的人都來圍在他的門外。可是，他看明白，門外只有一群小孩子，最大的不過是程長順。

他的報子寫得好。大赤包被委為妓女檢查所的所長，冠先生不願把妓女的字樣貼在大門外。可是，他不曉得轉文說，妓女應該是什麼。思索了半天，他看清楚「妓」字的半邊是「支」字，由「支」他想到了「織」；於

是，他含著笑開始寫：「貴府冠夫人榮升織女檢查所所長⋯⋯」

東陽歪著臉看了半天，想不出織女是幹什麼的。他毫不客氣的問程長順：「織女是幹什麼的？」

長順兒是由外婆養大的，所以向來很老實。可是，看這個眉眼亂扯的人說話這樣不客氣，他想自己也不該老實的過火了。曀著鼻子，他回答：「牛郎的老婆！」

東陽恍然大悟：「嘔！管女戲子的！牛郎織女天河配，不是一齣戲嗎？」這樣猜悟出來，他就更後悔不早來請教關於唱戲的事；同時，他打定了主意：假若冠先生肯入新民會的話，他應當代為活動。冠宅門外剛貼好的紅報子使他這樣改變以前的主張。剛才，他還想只從冠先生的談話中得到一些知識，而不把他拉進「會」裡去；現在，他看明白，他應當誠意的和冠家合作，因為冠家並不只是有兩個錢而毫無勢力的 —— 看那張紅報子，連太太都作所長！他警告自己這回不要再太嫉妒了，沒看見官與官永遠應當拜盟兄弟與聯姻嗎？冠先生兩臂像趕雞似的掄動著，口中叱呼著：「走！走！把我的耳朵都吵聾了！」而後，把已握熱的二毛錢扔在地上：「絕不再添！聽見了吧？」說完，把眼睛看到別處去，教花子們曉得這是最後的一次添錢。

花子們拾起二毛錢，嘟嘟囔囔的走開。

冠曉荷一眼看到了藍東陽，馬上將手拱起來。

藍東陽沒見過世面，不大懂得禮節。他的處世的訣竅一向是得力於「無禮」 —— 北平人的禮太多，一見到個毫不講禮的便害了怕，而諸事退讓。

冠先生決定不讓東陽忘了禮。他拱起手來，先說出：「不敢當！不敢當！」

東陽還沒想起「恭喜！恭喜！」而只把手也拱起來。冠先生已經滿意，連聲的說：「請！請！請！」

二人剛走到院裡，就聽見使東陽和窗紙一齊顫動的一聲響。曉荷忙說：「太太咳嗽呢！太太作了所長，咳嗽自然得猛一些！」

大赤包坐在堂屋的正當中，聲震屋瓦的咳嗽，談笑，連呼吸的聲音也好像經由擴音機出來的。見東陽進來，她並沒有起立，而只極吝嗇的點了一下頭，而後把擦著有半斤白粉的手向椅子那邊一擺，請客人坐下。她的氣派之大已使女兒不敢叫媽，丈夫不敢叫太太，而都須叫所長。見東陽坐下，她把嗓子不知怎麼調動的，像有點懶得出聲，又像非常有權威，似乎有點痰，而聲音又那麼沉重有勁的叫：「來呀！倒茶！」東陽，可憐的，只會作幾句似通不通的文句的藍東陽，向來沒見過有這樣氣派的婦人，幾乎不知如何是好了！她已不止是前兩天的她，而是她與所長之「和」了！他不知說什麼好，所以沒說出話來。他心中有點後悔 —— 自己入了新民會的時候，為什麼不這樣抖一抖威風呢？從一個意義來說，作官不是也為抖威風麼？

曉荷又救了東陽。他向大赤包說：「報告太太！」

大赤包似怒非怒，似笑非笑的插嘴：「所長太太！不！乾脆就是所長！」

曉荷笑著，身子一扭咕，甜蜜的叫：「報告所長！東陽來給你道喜！」

東陽扯動著臉，立起來，依然沒找到話，而只向她咧了咧嘴，露出來兩三個大的黃牙。

「不敢當喲！」大赤包依然不往起立，像西太后坐在寶座上接受朝賀似的那麼毫不客氣。

正在這個時候，院中出了聲，一個尖銳而無聊的聲：「道喜來嘍！道喜來嘍！」

「瑞豐！」曉荷稍有點驚異的，低聲的說。

「也請！」大赤包雖然看不起瑞豐，可是不能拒絕他的賀喜；拒絕賀喜是不吉利的。

曉荷迎到屋門：「勞動！勞動！不敢當！」

瑞豐穿著最好的袍子與馬褂，很像來吃喜酒的樣子。快到堂屋的臺階，他收住了腳步，讓太太先進去 —— 這是他由電影上學來的洋規矩。胖太太也穿著她的最好的衣服，滿臉的傲氣教胖臉顯得更胖。她高揚著臉，扭著胖屁股，一步一喘氣的慢慢的上臺階。她手中提著個由稻香村買來的，好看而不一定好吃的，禮物籃子。

大赤包本還是不想立起來，及至看見那個花紅柳綠的禮物籃子，她不好意思不站起一下了。

在禮節上，瑞豐是比東陽勝強十倍的。他最喜歡給人家行禮，因為他是北平人。他親熱的致賀，深深的鞠躬，而後由胖太太手裡取過禮物籃子，放在桌子上。那籃子是又便宜，又俗氣，可是擺在桌子上多少給屋中添了一些喜氣。道完了喜，他親熱的招呼東陽：「東陽兄，你也在這裡？這幾天我忙得很，所以沒到學校去！你怎樣？還好吧？」

東陽不會這一套外場勁兒，只扯動著臉，把眼球吊上去，又放下來，沒說什麼。他心裡說：「早晚我把你小子圈在牢裡去，你不用跟我逗嘴逗牙的！」

這時候，胖太太已經坐在大赤包的身旁，而且已告訴了大赤包：瑞豐得了教育局的庶務科科長。她實在不為來道喜，而是為來雪恥 —— 她的丈夫作了科長！

「什麼？」冠家夫婦不約而同的一齊喊。大赤包有點不高興丈夫的聲音與她自己的沒分個先後，她說：「你讓我先說好不好？」

曉荷急忙往後退了兩小步，笑著回答：「當然！所長！對不起得很！」

「什麼？」大赤包立起來，把戴著兩個金箍子的大手伸出去：「你倒來給我道喜？祁科長！真有你的！你一聲不出，真沉得住氣！」說著，她用力和瑞豐握手，把他的手指握得生疼。「張順！」她放開手，喊男僕：「拿英國府來的白蘭地！」然後對大家說：「我們喝一杯酒，給祁科長，和科長太太，道喜！」「不！」瑞豐在這種無聊的場閤中，往往能露出點天才來：「不！我們先給所長，和所長老爺，道喜！」

「大家同喜！」曉荷很柔媚的說。

東陽立在那裡，臉慢慢的變綠，他妒，他恨！他後悔沒早幾天下手，把瑞豐送到監牢裡去！現在，他只好和瑞豐言歸於好，瑞豐已是科長！他恨瑞豐，而不便惹惱科長！酒拿到，大家碰了杯。

瑞豐喝不住糞，開始說他得到科長職位的經過：「我必得感謝我的太太！她的二舅是剛剛發表了的教育局局長的盟兄。局長沒有她的二舅簡直不敢就職，因為二舅既作過教育局局長，又是東洋留學生 —— 說東洋話和日本人完全一個味兒！可是，二舅不願再作事，他老人家既有點積蓄，身體又不大好，犯不上再出來操心受累。局長苦苦的哀求，都快哭了，二舅才說：好吧，我給你找個幫手吧。二舅一想就想到了我！湊巧，我的太太正在孃家住著，就對二舅說：二舅，瑞豐大概不會接受比副局長小的地位！二舅直央告她：先屈尊屈尊外甥女婿吧！副局長已有了人，而且是日本人指派的，怎好馬上就改動呢？她一看二舅病病歪歪的，才不好意思再說別的，而給我答應下來科長 —— 可必得是庶務科科長！」「副局長不久還會落到你的手中的！預祝高升！」曉荷又舉起酒杯來。

東陽要告辭。屋中的空氣已使他坐不住了。大赤包可是不許他走。「走？你太難了！今天難道還不熱鬧熱鬧嗎？怎麼，一定要走？好，我不死留你。你可得等我把話說完了！」她立起來，一隻手扶在心口上，一隻

手扶著桌角，頗像演戲似的說：「東陽，你在新民會；瑞豐，你入了教育局；我呢，得了小小的一個所長；曉荷，不久也會得到個地位，比我們的都要高的地位；在這個改朝換代的時代，我們這一下手就算不錯！我們得團結，互相幫忙，互相照應，好順順當當的開啟我們的天下，教我們的家中的每一個人都有事作，有權柄，有錢財！日本人當然拿第一份兒，我們，連我們的姑姑老姨，都須拿到第二份兒！我們要齊心努力的造成一個勢力，教一切的人，甚至於連日本人，都得聽我們的話，把最好的東西獻給我們！」

瑞豐歪著腦袋，像細聽一點什麼聲響的雞似的，用心的聽著。當大赤包說到得意之處，他的嘴唇也跟著動。

曉荷規規矩矩的立著，聽一句點一下頭，眼睛裡不知怎麼弄的，溼碌碌的彷彿有點淚。東陽的眼珠屢屢的吊上去，又落下來。他心中暗自盤算：我要利用你們，而不被你們利用；你不用花言巧語的引誘我，我不再上當！

胖太太撇著嘴微笑，心裡說：我雖沒當上科長，可是我丈夫的科長是我給弄到手的；我跟你一樣有本領，從此我一點也不再怕你！

大赤包的底氣本來很足，可是或者因為興奮過度的關係，說完這些話時，微微有點發喘。她用按在心口上的那隻手揉了揉胸。

她說完，曉荷領頭兒鼓掌。而後，他極柔媚甜蜜的請祁太太說話。

胖太太的胖臉紅了些，雙手抓著椅子，不肯立起來。她心中很得意，可是說不出話來。

曉荷的雙手極快極輕的拍著：「請啊！科長太太！請啊！」瑞豐知道除了在半夜裡罵他，太太的口才是不怎麼樣的。可是他不敢替太太說話，萬一太太今天福至心靈的有了口才呢！他的眼盯住了太太的臉，細細的察顏

觀色，不敢冒昧的張口。以前，他只像怕太太那麼怕她；現在，他怕她像怕一位全能的神似的！

胖太太立了起來。曉荷的掌拍得更響了。她，可是，並沒準備說話。笑了一下，她對瑞豐說：「我們家去吧！不是還有許多事哪嗎？」

大赤包馬上宣告：「對！我們改天好好的開個慶祝會，今天大家都忙！」

祁科長夫婦往外走，冠所長夫婦往外送；快到了大門口，大赤包想起來：「我說，祁科長！你們要是願意搬過來住，我們全家歡迎噢！」

胖太太找到了話說：「我們哪，馬上就搬到二舅那裡去。那裡離教育局近，房子又款式，還有……」她本想說：「還有這裡的祖父與父母都怯頭怯腦的，不夠作科長的長輩的資格。」可是看了瑞豐一眼，她沒好意思說出來；丈夫既然已作了科長，她不能不給他留點面子。

東陽反倒不告辭了，因為怕同瑞豐夫婦一道出來，而必須進祁宅去道道喜。他看不起瑞豐。

大赤包由外面回來便問曉荷：「到祁家去趟吧！去，找點禮物！」她知道家中有不少像瑞豐拿來的那種禮物籃子，找出兩個來，撣撣塵土就可以用——這種籃子是永遠川流不息的由這一家走到那一家的。「找兩個！東陽你也得去！」

東陽不甘心向瑞豐遞降表，可是「科長」究竟是有份量的。比如說：他很願意乘這個時機把校長趕跑，而由他自己去擔任。為實現這計劃，在教育局有個熟人是方便的。為這個，他應當給瑞豐送禮！他並且知道，只要送給北平人一點輕微的禮物，他就差不多會給你作天那麼大的事的。他點頭，願和冠家夫婦一同去到祁家賀喜。

曉荷找出兩份兒禮物來，一份兒是兩瓶永遠不會有人喝的酒，一份兒

是成匣的陳皮梅，藕粉，與餅乾；兩份兒都已遊歷過至少有二十幾家人家了。曉荷告訴僕人換一換捆束禮物的紅綠線。「得！這就滿好！禮輕人物重！」祁老人和天佑太太聽說瑞豐得了科長，喜歡得什麼似的！說真的，祁老人幾乎永遠沒盼望過子孫們去作官；他曉得樹大招風，官大招禍，而下願意子孫們發展得太快了 —— 他自己本是貧苦出身哪！天佑作掌櫃，瑞宣當教師，在他看，已經是增光耀祖的事，而且也是不招災不惹禍的事。他知道，家道暴發，遠不如慢慢的平穩的發展；暴發是要傷元氣的！作官雖然不必就是暴發，可是「官」，在老人心裡，總好像有些什麼可怕的地方！

　　天佑太太的心差不多和老公公一樣。她永遠沒盼望過兒子們須大紅大紫，而只盼他們結結實實的，規規矩矩的，作些不甚大而被人看得起的事。

　　瑞豐作了科長。老人與天佑太太可是都很喜歡。一來是，他們覺得家中有個官，在這亂鬧東洋鬼子的時際，是可以仗膽子的。二來是，祁家已有好幾代都沒有產生一個官了。現在瑞豐的作官既已成為事實，老人們假若一點不表示歡喜，就有些不近人情 —— 一個吃素的人到底不能不覺到點驕傲，當他用雞魚款待友人的時候。況且幾代沒官，而現在忽然有了官，祁老人就不能不想到房子 —— 他獨力置買的房子 —— 的確是有很好的風水。假若老人只從房子上著想，已經有些得意，天佑太太就更應該感到驕傲，因為「官兒子」是她生養的！即使她不是個淺薄好虛榮的人，她也應當歡喜。

　　可是，及至聽說二爺決定搬出去，老人們的眼中都發了一下黑。祁老人覺得房子的風水只便宜了瑞豐，而並沒榮耀到自己！再一想，作了官，得了志，就馬上離開老窩，簡直是不孝！風水好的房子大概不應當出逆子吧？老太爺決定在炕上躺著不起來，教瑞豐認識認識「祖父的冷淡」！天

佑太太很為難：她不高興二兒子竟自這麼狠心，得了官就踩腳一走。可是，她又不便攔阻他；她曉得現在的兒子是不大容易老拴在家裡的，這年月時行「娶了媳婦不要媽」！同時，她也很不放心，老二要是言聽計從的服從那個胖老婆，他是會被她毀了的。她想，她起碼應該警告二兒子幾句。可是，她又懶得開口 —— 兒子長大成人，媽媽的嘴便失去權威！她深深的明瞭老二是寧肯上了老婆的當，也不肯聽從媽媽的。最後，她決定什麼也不說，而在屋中躺著，裝作身體又不大舒服。

小順兒的媽決定沉住了氣，不去嫉妒老二作官。她的心眼兒向來是很大方的。她歡歡喜喜的給老人們和老二夫婦道了喜。聽到老二要搬了走，她也並沒生氣，因為她知道假若還在一處同居，官兒老二和官兒二太太會教她吃不消的。他們倆走了倒好。他們倆走後，她倒可以安心的伺候著老人們。在她看，伺候老人們是她的天職。那麼，多給老人們盡點心，而少生點兒弟妯娌間的閒氣，算起來還倒真不錯呢！

剛一聽到這個訊息，瑞宣沒顧了想別的，而只感到鬆了一口氣 —— 管老二幹什麼去呢，只要他能自食其力的活著，能不再常常來討厭，老大便謝天謝地！

待了一會兒，他可是趕快的變了卦。不，他不能就這麼不言不語的教老二夫婦搬出去。他是哥哥，理應教訓弟弟。還有，他與老二都是祁家的人，也都是中國的國民，祁瑞宣不能有個給日本人作事的弟弟！瑞豐不止是找個地位，苟安一時，而是去作小官兒，去作漢奸！瑞宣的身上忽然一熱，有點發癢；祁家出了漢奸！老三逃出北平，去為國效忠，老二可在家裡作日本人的官，這筆帳怎麼算呢？認真的說，瑞宣的心裡有許多界劃不甚清，黑白不甚明的線兒。他的理想往往被事實戰敗，他的堅強往往被人生的小苦惱給軟化，因此，他往往不固執己見，而無可無不可的，睜一眼閉一眼的，在家庭與社會中且戰且走的活著。對於忠奸之分，和與此類似

的大事上，他可是絕對不許他心中有什麼界劃不清楚的線條兒。忠便是忠，奸便是奸。這可不能像吃了一毛錢的虧，或少給了人家一個銅板那樣可以馬虎過去。

他在院中等著老二。石榴樹與夾竹桃什麼的都已收到東屋去，院中顯著空曠了一些。南牆根的玉簪，秋海棠，都已枯萎；一些黃的大葉子，都殘破無力的垂掛著，隨時有被風颳走的可能。在往年，祁老人必定早已用爐灰和煤渣兒把它們蓋好，上面還要扣上空花盆子。今年，老人雖然還常常安慰大家，說「事情不久就會過去」，可是他自己不會太相信這個話，他已不大關心他的玉簪花便是很好的證明。兩株棗樹上連一個葉子也沒有了，枝頭上蹲著一對縮著脖子的麻雀。天上沒有雲，可是太陽因為不暖而顯著慘淡。屋脊上有兩三棵幹了的草在微風裡擺動。瑞宣無聊的，悲傷的，在院中走溜兒。

一看見瑞豐夫婦由外面進來，他便把瑞豐叫到自己的屋中去。他對人最喜歡用暗示，今天他可絕不用它，他曉得老二是不大聽得懂暗示的人，而事情的嚴重似乎也不允許他多繞彎子。他開門見山的問：「老二，你決定就職？」老二拉了拉馬褂的領子，沉住了氣，回答：「當然！科長不是隨便在街上就可以挑選來的！」

「你曉得不曉得，這是作漢奸呢？」瑞宣的眼盯住了老二的。

「漢——」老二的確沒想過這個問題，他張著嘴，有半分多鐘沒說出話來。慢慢的，他並上了口；很快的，他去搜尋腦中，看有沒有足以駁倒老大的話。一想，他便想到：「科長——漢奸！兩個絕對聯不到一處的名詞！」想到，他便說出來了。

「那是在太平年月！」瑞宣給弟弟指出來。「現在，無論作什麼，我們都得想一想，因為北平此刻是教日本人占據著！」老二要說：「無論怎樣，科長是不能隨便放手的！」可是不敢說出來，他先反攻一下：「要那麼說

呀，大哥，父親開舖子賣日本貨，你去教書，不也是漢奸嗎？」

　　瑞宣很願意不再說什麼，而教老二幹老二的去。可是，他覺得不應當負氣。笑了笑，他說：「那大概不一樣吧？據我看，因家庭之累或別的原因，逃不出北平，可是也不蓄意給日本人作事的，不能算作漢奸。像北平這麼多的人口，是沒法子一下兒都逃空的。逃不了，便須賺錢吃飯，這是沒法子的事。不過，為賺錢吃飯而有計劃的，甘心的，給日本人磕頭，藍東陽和冠曉荷，和你，便不大容易說自己不是漢奸了。你本來可以逃出去，也應當逃出去。可是你不肯。不肯逃，而仍舊老老實實作你的事，你既只有當走不走的罪過，而不能算是漢奸。現在，你很高興能在日本人派來的局長手下作事，作行政上的事，你就已經是投降給日本人；今天你甘心作科長，明日也大概不會拒絕作局長；你的心決定了你的忠奸，倒不一定在乎官職的大小。老二！聽我的話，帶著弟妹逃走，作一個清清白白的人！我沒辦法，我不忍把祖父，父母都幹撂在這裡不管，而自己遠走高飛；可是我也絕不從日本人手裡討飯吃。可以教書，我便繼續教書；書不可以教了，我設法去找別的事；實在沒辦法，教我去賣落花生，我也甘心；我可就是不能給日本人作事！我覺得，今天日本人要是派我作個校長，我都應當管自己叫做漢奸，更不用說我自己去運動那個地位了！」

　　說完這一段話，瑞宣像吐出插在喉中的一根魚刺那麼痛快。他不但勸告了老二，也為自己找到了無可如何的，似妥協非妥協的，地步。這段話相當的難說，因為他所要分割開的是那麼微妙不易捉摸。可是他竟自把它說出來；他覺得高興 —— 不是高興他的言語的技巧，而是滿意他的話必是發自內心的真誠；他真不肯投降給敵人，而又真不易逃走，這兩重「真」給了他兩道光，照明白了他的心路，使他的話不致於混含或模糊。

　　瑞豐愣住了，他萬也沒想到大哥會囉嗦出那麼一大套。在他想：自己正在找事的時候找到了事，而且是足以使藍東陽都得害點怕的事，天下還

有比這更簡單，更可喜的沒有？沒有！那麼，他理應歡天喜地，慶祝自己的好運與前途；怎麼會說著說著說出漢奸來呢？他心中相當的亂，猜不準到底大哥說的是什麼意思。他決定不再問。他只能猜到：瑞宣的學問比他好，反倒沒作上官，一定有點嫉妒。妒就妒吧，誰教老二的運氣好呢！他立起來，正了正馬褂，像要笑，又像要說話，而既沒笑，也沒說話的搭訕著，可又不是不驕傲的，走了出去。既不十分明白哥哥的話，又找不到什麼足以減少哥哥的妒意的辦法，他只好走出去，就手兒也表示出哥哥有哥哥的心思，弟弟有弟弟的辦法，誰也別干涉誰！

　　他剛要進自己的屋子，冠先生，大赤包，藍東陽一齊來到。兩束禮物是由一個男僕拿著，必恭必敬的隨在後邊。大赤包的聲勢浩大，第一聲笑便把棗樹上的麻雀嚇跑。第二聲，把小順兒和妞子嚇得躲到廚房去：「媽！媽！」小順兒把眼睛睜得頂大，急切的這樣叫：「那，那院的大紅娘們來了！」是的，大赤包的袍子是棗紅色的。第三聲，把祁老人和天佑太太都趕到炕上去睡倒，而且都發出不見客的哼哼。

　　祁老人，天佑太太，瑞宣夫婦都沒有出來招待客人。小順兒的媽本想過來張羅茶水，可是瑞宣在玻璃窗上瞪了一眼，她便又輕輕的走回廚房去。

第 31 幕　上海陷

　　一次遊行，又一次遊行，學生們，叫化子們都「遊」慣了，小崔與孫七們也看慣了。他們倆不再責罵學生，學生也不再深深的低著頭。大家都無可如何的，馬馬虎虎的活著。苦悶，憂慮，惶惑，寒冷，恥辱，使大家都感到生活是一種「吃累」，沒有什麼趣味與希望。雖然如此，可是還沒法不活下去。

　　只有一個希望，希望各戰場我們勝利。北平已是下過了雨的雲，沒有作用的飄浮著；它只能希望別處的雲會下好雨。在各戰場中，大家特別注意上海；上海是他們的一大半希望。他們時時刻刻打聽上海的訊息，即使一個假訊息也是好的。只有上海的勝利能醫救他們的亡國病。他們甚至於到廟中燒香，到教堂去禱告，祈求勝利。他們喜愛街上的賣報的小兒們，因為他們的尖銳的聲音總是喊著好訊息 —— 恰恰和報紙上說的相反。他們寧可相信報童的「預言」，而不相信日本人辦的報紙。

　　可是我們在上海失利！

　　南京怎樣呢？上海丟掉，南京還能守嗎？還繼續作戰嗎？恐怕要和吧？怎麼和呢？華北恐怕是要割讓的吧？那樣，北平將永遠是日本人的了！

　　孫七正在一家小雜貨舖裡給店夥剃頭。門外有賣「號外」的。按照過去的兩三個月的經驗說，「號外」就是「訃文」！報童喊號外，一向是用不愉快的低聲；他們不高興給敵人喊勝利。一個鼻子凍紅了的小兒向舖內探探頭，純粹為作生意，而不為給敵人作宣傳，輕輕的問：「看號外？掌櫃的！」「什麼事？」孫七問，剃刀不動地方的颭著。

　　報童揉了揉鼻子：「上海 ——」

「上海怎樣？」

「──撤退！」

孫七的剃刀撒了手。刀子從店夥的肩頭滾到腿上，才落了地。幸虧店夥穿著棉襖棉褲，沒有受傷。

「這是鬧著玩的嗎？七爺！」店夥責備孫七。

「上海完了！」孫七慢慢的將刀子拾起，愣著出神。「噢！」店夥不再生氣，他曉得「上海完了」是什麼意思。報童也愣住了。

孫七遞過去一個銅板。報童嘆了口氣，留下一張小小的號外，走開。

剃頭的和被剃頭的爭著看：「上海皇軍總勝利！」店夥把紙搶過去，團成一團，扔在地上，用腳去搓。孫七繼續刮臉，近視眼擠咕擠咕的更不得力了！

小崔紅著倭瓜臉，程長順嚷著鼻子，二人辯論得很激烈。長順說：儘管我們在上海打敗，南京可必能守住！只要南京能守半年，敵兵來一陣敗一陣，日本就算敗了！想想看，日本是那麼小的國，有多少人好來送死呢！

小崔十分滿意南京能守住，但是上海的敗退給他的打擊太大，他已不敢再樂觀了。他是整天際在街面上的人，他曉得打架和打仗都必有勝有敗，「只要敢打，就是輸了也不算丟人。」根據這點道理，他懷疑南京是否還繼續作戰。他頂盼望繼續作戰，而且能在敗中取勝；可是，盼望是盼望，事實是事實。一二八那次，不是上海一敗就講和了嗎？他對長順說出他的疑慮。

長順把小學教科書找出來，指給小崔看：「看看這張南京圖吧！你看看！這是雨花臺，這是大江！哼，我們要是守好了，連個鳥兒也飛不進去！」

「南口，娘子關，倒都是險要呢，怎麼……」

長順不等小崔說完，搶過來：「南京是南京！娘子關是娘子關！」他的臉紅起來，急得眼中含著點淚。他本來是低著聲，怕教外婆聽見，可是越說聲音越大。他輕易不和人家爭吵，所以一爭吵便非常的認真；一認真，他就忘記了外婆。「長順！」外婆的聲音。

他曉得外婆的下一句的是什麼，所以沒等她說出來便回到屋中去，等有機會再和小崔爭辯。

六號的劉師傅差點兒和丁約翰打起來。在平日，他們倆只點點頭，不大過話；丁約翰以為自己是屬於英國府與耶穌的，所以看不起老劉；劉師傅曉得丁約翰是屬於英國府與耶穌的，所以更看不起他。今天，丁約翰剛由英國府回來，帶回一點奶油，打算給冠家送了去 —— 他已看見冠家門外的紅報子。在院中，他遇到劉師傅。雖然已有五六天沒見面，他可是沒準備和老劉過話。他只冷淡的 —— 也必定是傲慢的 —— 點了一下頭。

劉師傅決定不理會假洋人的傲慢，而想打聽打聽訊息；他以為英國府的訊息必然很多而可靠。他遞了個和氣，笑臉相迎的問：

「剛回來？怎麼樣啊？」

「什麼怎樣？」丁約翰的臉颳得很光，背挺得很直，頗像個機械化的人似的。

「上海！」劉師傅挪動了一下，擋住了丁約翰的去路；他的確為上海的事著急。

「噢，上海呀！」約翰偷偷的一笑。「完啦！」說罷他似乎覺得已盡到責任，而想走開。

老劉可是又發了問：「南京怎樣呢？」

丁約翰皺了皺眉，不高興起來。「南京？我管南京的事幹嘛？」他說

的確是實話，他是屬於英國府的，管南京幹嘛。老劉發了火。衝口而出的，他問：「難道南京不是我們的國都？難道你不是中國人？」

丁約翰的臉沉了下來。他知道老劉的質問是等於叫他洋奴。他不怕被呼為洋奴，劉師傅──一個臭棚匠──可是沒有叫他的資格！「噢！我不是中國人，你是，又怎麼樣？我並沒有看見尊家打倒一個日本人呀！」

老劉的臉馬上紅過了耳朵。丁約翰戳住了他的傷口。他有點武藝，有許多的愛國心與傲氣，可是並沒有去打日本人！假若丁約翰是英國府的奴才，他──劉棚匠──便是日本人的奴才，因為北平是被日本人占據住。他和約翰並沒有什麼區別！他還不出話來了！

丁約翰往旁邊挪了一步，想走開。

老劉也挪了一步，還擋著路。他想教約翰明白，他們兩個根本不同，可是一時找不到話，所以只好暫不放走約翰。

約翰見老劉答不出話來，知道自己占了上風；於是，雖然明知老劉有武藝而仍願意多說兩句帶稜刺的話：「擋著我幹什麼？有本事去擋日本人的坦克車呀！」

劉師傅本不願打架，他知道自己的手腳厲害，很容易打傷了人。現在，羞惱成怒，他瞪了眼。

丁約翰不上當，急忙走開。他知道在言語上占了上風，而又躲開老劉的拳腳，才是完全勝利。

劉師傅氣得什麼似的，可是沒追上前去；丁約翰既不敢打架，何必緊緊的逼迫呢。

小文揣著手，一動也不動的立在屋簷下。他嘴中叼著根香菸；菸灰結成個長穗，一點點的往胸前落。他正給太太計劃一個新腔。他沒注意丁劉二人為什麼吵嘴，正如同他沒注意上海戰事的誰勝誰敗。他專心一志的要

給若霞創造個新腔兒。這新腔將使北平的戲園茶社與票房都起一些波動，給若霞招致更多的榮譽，也給他自己的臉上添增幾次微笑。他的心中沒有中國，也沒有日本。他只知道宇宙中須有美妙的琴音與婉轉的歌調。

若霞有點傷風，不敢起床。

小文，在丁劉二人都走開之後，忽然靈機一動，他急忙走進屋去，拿起胡琴來。

若霞雖然不大舒服，可是還極關心那個新腔。「怎樣？有了嗎？」她問。

「先別打岔！快成了！」

丁約翰拿著奶油。到冠宅去道喜。

大赤包計算了一番，自己已是「所長」，是不是和一個擺臺的平起平坐呢？及至看到奶油，她毫不遲疑的和約翰握了手。她崇拜奶油。她不會外國語，不大知道外國事，可是她常用奶油作形容詞 ──「那個姑娘的臉像奶油那麼潤！」這樣的形容使她覺得自己頗知道外國事，而且彷彿是說著外國話！

約翰，在英國府住慣了，曉得怎樣稱呼人。他一口一個「所長」，把大赤包叫得心中直發癢。

曉荷見太太照舊喜歡約翰，便也拿出接待外賓的客氣與禮貌，倒好像約翰是國際聯盟派來的。見過禮以後，他開始以探聽的口氣問：

「英國府那方面對上海戰事怎樣看呢？」

「中國是不會勝的！」約翰極沉穩的，客觀的，像英國的貴族那麼冷靜高傲的回答。

「噢，不會勝？」曉荷瞇著眼問，為是把心中的快樂掩藏起一些去。

丁約翰點了點頭。

曉荷送給太太一個媚眼，表示：「我們放膽幹吧，日本人不會一時半會兒離開北平！」

「哼！他買了我，可賣了女兒！什麼玩藝兒！」桐芳低聲而激烈的說。

「我不能嫁那個人！不能！」高第哭喪著臉說。那個人就是李空山。大赤包的所長拿到手，李空山索要高第。「可是，光發愁沒用呀！得想主意！」桐芳自己也並沒想起主意，而只因為這樣一說才覺到「想」是比「說」重要著許多的。

「我沒主意！」高第坦白的說。「前些天，我以為上海一打勝，像李空山那樣的玩藝兒就都得滾迴天津去，所以我不慌不忙。現在，聽說上海丟了，南京也守不住……」她用不著費力氣往下說了，桐芳會猜得出下面的話。

桐芳是冠家裡最正面的注意國事的人。她注意國事，因為她自居為東北人。雖然她不知道家鄉到底是東北的哪裡，可是她總想回到說她的言語的人們裡去。她還清楚的記得瀋陽的「小河沿」，至少她希望能再看看「小河沿」的光景。因此，她注意國事；她知道，只有中國強勝了，才能收復東北，而她自己也才能回到老家去。

可是，當她知道一時還沒有回老家的可能，而感到絕望的時候，她反倒有時候無可如何的笑自己：「一國的大事難道就是為你這個小娘們預備著的嗎？」

現在，聽到高第的話，她驚異的悟出來：「原來每個人的私事都和國家有關！是的，高第的婚事就和國家有關！」悟出這點道理來，她害了怕。假若南京不能取勝，而北平長久的被日本人占著，高第就非被那個拿婦女當玩藝兒的李空山抓去不可！高第是她的好朋友。假若她自己已是家庭裡的一個只管陪男人睡覺的玩具，社會中的一個會吃會喝的廢物，她不願意任何別的女人和她一樣，更不用說她的好朋友了。「高第！你得走！」

桐芳放開膽子說。

「走？」高第愣住了。假若有像錢仲石那樣的一個青年在她身旁，她是不怕出走的。為了愛情，哪一個年輕的姑娘都希望自己能飛起去一次。可是，她身旁既沒有個可愛的青年男子，又沒有固定的目的地，她怎麼走呢？平日，和媽媽或妹妹吵嘴的時節，她總覺得自己十分勇敢。現在，她覺得自己連一點兒膽子也沒有。從她所知道一點史事中去找可資摹仿的事實，她只能找到花木蘭。可是木蘭從軍的一切詳細辦法與經驗，她都無從找到。中國歷史上可以給婦女行動作參考的記載是那麼貧乏，她覺到自己是自古以來最寂寞的一個人！

「我可以跟你走！」桐芳看出來，高第沒有獨自逃走的膽量。

「你，你為什麼要走呢？」高第假若覺得自己還是個「無家之鬼」，她可是把桐芳看成為關在籠中的鳥 —— 有食有水有固定的地方睡覺，一切都定好，不能再動。

「我為什麼一定要在這裡呢？」桐芳笑了笑。她本想告訴高第：光是你媽媽，我已經受不了，況且你媽媽又作了所長呢！可是，話都到嘴邊上了，她把它截住。她的人情世故使她留了點心 —— 大赤包無論怎麼不好，恐怕高第也不高興聽別人攻擊自己的媽媽吧。

高第沒再說什麼，她心中很亂。她決定不了自己該走不該，更不能替桐芳決定什麼。她覺得她須趕緊打好了主意，可是越急就越打不定主意。她長嘆了一口氣。

天佑在衚衕口上遇見了李四爺。兩個人說話答禮兒的怪親熱，不知不覺的就一齊來到五號。

祁老人這兩天極不高興，連白鬍子都不大愛梳弄了。對二孫與三孫的離開家裡，他有許多理由責備他們，也有許多理由可以原諒他們。但是，

他既不責備，也不原諒，他們。他只覺得心中堵得慌。他所引以自傲的四世同堂的生活眼看就快破碎了；孫子已走了兩個！他所盼望的三個月準保平安無事，並沒有實現；上海也丟了！雖他不大明白國事，他可是也看得出：上海丟了，北平就更沒有了恢復自由的希望，而北平在日本人手裡是什麼事都會發生的 —— 三孫子走後，二孫子不是也走了麼？看見瑞豐瑞全住過的空屋子，他具體的明白了什麼是戰爭與離亂！

見兒子回來，還跟著李四爺，老人的小眼睛裡又有了笑光。

天佑的思想使他比父親要心寬一些。三兒的逃走與二兒的搬出去，都沒給他什麼苦痛。他願意一家大小都和和氣氣的住在一處，但是他也知道近些年來年輕人是長了許多價錢，而老年人不再像從前那麼貴重了。他看明白：兒子們自有兒子們的思想與辦法，老人們最好是睜一眼閉一眼的別太認真了。因此，他並沒怎樣替瑞全擔憂，也不願多管瑞豐的事。

可是，近兩個月來，他的頭髮忽然的白了許多根！假若對父子家庭之間，他比父親心寬，對國事他可比父親更關心更發愁。祁老人的年月大一半屬於清朝的皇帝，而天佑在壯年就遇見了革命。從憂國，他一直的憂慮到他的生意；國和他的小小的生意是像皮與肉那樣的不可分開。他不反對發財。他可更注重「規矩」。他的財須是規規矩矩發的。他永遠沒想到過「趁火打劫」，和「渾水摸魚」。他從來沒想像過，他可以在天下大亂的時際去走幾步小道兒，走到金山裡去。因此，他準知道，只要國家一亂，他的生意就必然的蕭條，而他的按部就班的老實的計劃與期望便全都完事！他的頭髮沒法不白起來。

三位老者之中，李四爺當然的是最健壯的，可是他的背比兩三月前也更彎曲了一些。他不愁吃穿，不大憂慮國事，但是日本人直接的間接的所給他的苦痛，已足夠教他感到背上好像壓著一塊石頭。無論是領槓還是搬家，他常常在城門上遭受檢查，對著敵兵的刺刀，他須費多少話，賠多少

禮，才能把事辦妥；可是，在埋藏了死人，或把東西搬運到城外之後，城門關上了。他須在城外蹲小店兒。七十歲的人了，勞累了一天之後，他需要回家去休息，吃口熱飯，喝口熱茶，和用熱水燙燙腳。可是，他被關在城外。他須在小店兒裡與叫化子們擠在一處過夜。有時候，城門一連三五天不開；他須把一件衣服什麼的押在攤子上或小鋪裡，才能使自己不捱餓。他的時間就那麼平白無故的空空耗費了！他恨日本人！日本人隨便把城關上，和他開玩笑！日本人白白的搶去了他的時間與自由。

祁老人眼中的笑光並沒能保留好久。他本想和李四爺與天佑痛痛快快的談上一兩小時，把心中的積鬱全一下子吐盡。可是，他找不到話。他的每次都靈驗的預言：「北平的災難過不去三個月」，顯然的在這一次已不靈驗了。假若他這次又說對了，他便很容易把過去的多少災難與困苦像說鼓兒詞似的一段接著一段的述說。不幸，他這次沒能猜對。他須再猜一回。對國事，他猜不到。他覺得自己是落在什麼迷魂陣裡，看不清東西南北。他失去了自信。

天佑呢，見老人不開口，他自己便也不好意思發牢騷。假若他說出心中的憂慮，他就必然的惹起父親的注意——注意到他新生的許多根白髮。那會使父子都很難過的！

李四爺要說的話比祁家父子的都更多。一天到晚在街面上，他聽的多，見的廣，自然也就有了豐富的話料。可是，他打不起精神來作報告——近來所見所聞的都是使人心中堵得慌的事，說出來只是添愁！

三位老人雖然沒有完全愣起來，可是話語都來得極不順溜。他們勉強的笑，故意的咳嗽，也都無濟於事。小順兒的媽進來倒茶，覺出屋中的沉悶來。為招老人們的喜歡，她建議留四爺爺吃羊肉熱湯兒面。建議被接受了，可是賓主的心情都並沒因此而好轉。

天佑太太扶著小順兒，過來和四大爺打招呼。她這幾天因為天冷，

又犯了氣喘，可是還扎掙著過來，為是聽一聽訊息。她從來沒有像近來這樣關心國事過。她第一不放心「小三兒」，第二怕自己死在日本人管著的北平──也許棺材出不了城，也許埋了又被賊盜把她掘出來。為這兩件時刻惦記著，憂慮著的事，她切盼我們能打勝。只有我們打勝，「小三兒」──她的「老」兒子──才能回來，她自己也可以放心的死去了。

　　為是表示親熱，她對四爺說出她的顧慮。她的話使三位老者的心立刻都縮緊。他們的歲數都比她大呀！樂觀了一輩子的祁老人說了喪氣話：「四爺！受一輩子苦倒不算什麼，老了老了的教日本人收拾死，才，才，才，……」他說不下去了。

　　李四大媽差不多成了錢家的人了。錢少奶奶，和錢家的別人一樣，是剛強而不願多受幫助的。可是，在和李四媽處熟了以後，她不再那麼固執了。公公病著，父親近來也不常來，她需要一個朋友。儘管她不大喜歡說話，她心中可是有許多要說的──這些要說的話，在一個好友面前，就彷彿可以不說而心中也能感到痛快的。李四媽雖然代替不了她的丈夫，可是確乎能代替她的婆婆，而且比婆婆好，因為李四媽是朋友，而婆婆，無論怎樣，總是婆婆。她思念丈夫；因為思念他，她才特別注意她腹中的小孩。她永遠不會再看見丈夫，可是她知道她將會由自己身中產出一條新的生命，有了這新生命，她的丈夫便會一部分的還活在世上。在這一方面，她也需要一個年歲大的婦人告訴她一些經驗。這是她頭一胎，也是最後的一胎。她必須使他順利的產下來，而後由她自己把他養大。假若他能是個男的──她切盼他是個男的──他便是第二個孟石。她將照著孟石的樣子把他教養大，使他成為有孟石的一切好處，而沒有一點孟石的壞處的人！這樣一想，她便想到很遠很遠的地方去。可是，越想得遠，心中就越渺茫而也就越害怕。她不是懷著一個小孩，而是懷著一個「永生」的期望與責任！李四媽能告訴她許多使她不至於心慌得過度的話。李四媽的話使

她明白：生產就是生產，而不是什麼見神見鬼的事。李四媽的爽直與誠懇減少了錢少奶奶的惶惑不安。

　　錢老人已經能坐起一會兒來了。坐起來，他覺得比躺著更寂寞。躺著的時候，他可以閉上眼亂想；坐起來，他需要個和他說幾句話的人。聽到西屋裡四大媽對少奶奶咯啦咯啦的亂說，他就設法把她調過來。他與四大媽的談話幾乎永遠結束在將來的娃娃身上，而這樣的結束並不老是愉快的。四大媽不知道為什麼錢先生有時候是那麼喜歡，甚至於給這有四五個月才能降生的娃娃起了名字。「四大媽，你說是錢勇好，還是錢仇好？仇字似乎更厲害一些！」她回答不出什麼來。平日，她就有點怕錢先生，因為錢先生的言語是那麼難懂；現在，他問她哪個字好，她就更茫然的答不出了。不過，只要他歡喜，四大媽就受點憋悶也無所不可。可是，老人有時候一聽到將來的娃娃，便忽然動了怒。這簡直教四大媽手足無措了。他為什麼發怒呢？她去問錢少奶奶，才曉得老人不願意生個小亡國奴。雖然近來她已稍微懂了點「亡國奴」的意思，可是到底不明白為什麼它會招錢先生那麼生氣。她以為「亡國奴」至多也不過像「他媽的」那樣不受聽而已。她弄不明白，只好擠咕著老近視眼發愣，或傻笑。

　　雖然如此，錢先生可是還很喜歡四大媽。假若她有半日沒來，他便不知要問多少次。等她來到，他還要很誠懇的，甚至於近乎囉嗦的，向她道歉；使她更莫名其妙。他以為也許言語之間得罪了她，而她以為即使有一星半點的頂撞也犯不著這麼客氣。

　　瑞宣把上海的壞訊息告訴了錢先生。他走後，四大媽來到。老人整天的一語未發，也不張羅吃東西。四大媽急得直打轉兒，幾次想去和他談會兒話，可是又不敢進去。她時時的到窗外聽一聽屋裡的動靜，只有一次她聽到屋裡說：「一定是小亡國奴了！」

　　瑞宣把訊息告訴了錢先生以後，獨自在「酒缸」上喝了六兩白乾。搖

搖晃晃的走回家來，他倒頭便睡。再一睜眼，已是掌燈的時分；喝了兩杯茶，他繼續睡下去。他願意一睡不再醒，永遠不再聽到壞訊息！他永遠沒這樣「荒唐」過；今天，他沒了別的辦法！

第 32 幕　南京陷

南京陷落！

天很冷。一些灰白的雲遮住了陽光。水傾倒在地上，馬上便凍成了冰。麻雀藏在房簷下。

瑞宣的頭上可是出著熱汗。上學去，走在半路，他得到這一部歷史上找不到幾次的訊息。他轉回家來。不顧得想什麼，他只願痛哭一場。昏昏糊糊的，他跑回來。到了屋中，他已滿頭大汗。沒顧得擦汗，他一頭紮到床上，耳中直轟轟的響。

韻梅覺出點不對來，由廚房跑過來問：「怎麼啦？沒去上課呀？」

瑞宣的淚忽然落下來。

「怎麼啦？」她莫名其妙，驚異而懇切的問。

他說不上話來。像為父母兄弟的死亡而啼哭那樣，他毫不羞愧的哭著，漸漸的哭出聲來。

韻梅不敢再問，又不好不問，急得直搓手。

用很大的力量，他停住了悲聲。他不願教祖父與母親聽見。還流著淚，他啐了一口唾沫，告訴她：「你去吧！沒事！南京丟了！」

「南京丟了？」韻梅雖然沒有像他那麼多的知識與愛國心，可是也曉得南京是國都。「那，我們不是完啦嗎？」他沒再出聲。她無可如何的走出去。

廣播電臺上的大氣球又驕傲的升起來，使全北平的人不敢仰視。「慶祝南京陷落！」北平人已失去他們自己的城，現在又失去了他們的國都！

瑞豐同胖太太來看瑞宣。他們倆可是先到了冠宅去。冠先生與大赤包

熱烈的歡迎他們。

　　大赤包已就了職，這幾天正計劃著：第一，怎樣聯絡地痞流氓們，因為妓女們是和他們有最密切關係的。冠曉荷建議去找金三爺。自從他被金三爺推翻在地上，叫了兩聲爸爸以後，他的心中就老打不定主意── 是報仇呢？還是和金三爺成為不打不相識的朋友呢？對於報仇，他不甚起勁；這兩個字，聽起來就可怕！聖人懂得仁愛，英雄知道報仇；曉荷不崇拜英雄，不敢報仇；他頂不喜歡讀《水滸傳》── 一群殺人放火的惡霸，沒意思！他想應當和金三爺擺個酒，嘻嘻哈哈的吃喝一頓，忘了前嫌。他總以為金三爺的樣子，行動，和本領，都有點像江湖奇俠── 至少他也得是幫會裡的老頭子！這樣，他甚至於想到拜金三爺為師。師在五倫之中，那麼那次的喊爸爸也就無所不可了。現在，為幫助大赤包聯絡地痞流氓，就更有拜老頭子的必要，而金三爺的影子便時時出現在他的心眼中。再說，他若與金三爺發生了密切關係，也就順手兒結束了錢冠兩家的仇怨── 他以為錢先生既已被日本人「管教」過，想必見臺階就下，一定不會拒絕與他言歸於好的。大赤包贊同這個建議。她氣派十分大的閉了閉眼，才說：「應該這麼辦！即使他不在幫裡，憑他那兩下子武藝，給我們作個打手也是好的！你去辦吧！」曉荷很得意的笑了笑。

　　第二，怎麼籠絡住李空山和藍東陽。東陽近來幾乎有工夫就來，雖然沒有公然求婚，可是每次都帶來半斤花生米或兩個凍柿子什麼的給小姐；大赤包看得出這是藍詩人的「愛的投資」。她讓他們都看明白招弟是動下得的── 她心裡說：招弟起碼得嫁個日本司令官！可是，她又知道高第不很聽話，不肯隨著母親的心意去一箭雙鵰的籠絡住兩個人。論理，高第是李空山的。可是，她願教空山在做駙馬以前多給她效點勞；一旦作了駙馬爺，老丈母孃就會失去不少的權威的。同時，在教空山等候之際，她也願高第多少的對東陽表示點親熱，好教他給曉荷在新民會中找個地位。高

第可是對這兩個男人都很冷淡。大赤包不能教二女兒出馬，於是想到了尤桐芳。她向曉荷說明：「反正桐芳愛飛眼，教她多瞟李空山兩下，他不是就不緊迫著要高第了嗎？你知道，高第也得招呼著藍東陽啊！」

「那怪不好意思的吧？」曉荷滿臉賠笑的說。

大赤包沉了臉：「有什麼不好意思？我要是去偷人，你才戴綠帽子！桐芳是什麼東西？你有什麼不好意思的？李空山要是真喜歡她，教她走好啦！我還留著我的女兒，給更體面的人呢！」

曉荷不敢違抗太太的命令，又實在覺得照令而行有點難為情。無論多麼不要臉的男人也不能完全剷除了嫉妒，桐芳是他的呀！無可如何的，他只答應去和桐芳商議，而不能替桐芳決定什麼。這很教大赤包心中不快，她高聲的說出來：「我是所長！一家子人都吃著我，喝著我，就得聽我的吩咐！不服氣，你們也長本事賺錢去呀！」

第三，她須展開兩項重要的工作：一個是認真檢查，一個是認真愛護。前者是加緊的，狠毒的，檢查妓女；誰吃不消可以沒法通融免檢 —— 只要肯花錢。後者是使妓女們來認大赤包作乾孃；彼此有了母女關係，感情上自然會特別親密；只要她們肯出一筆「認親費」，並且三節都來送禮。這兩項工作的展開，都不便張貼佈告，俾眾周知，而需要一個得力的職員去暗中活動，把兩方面的關係弄好。冠曉荷很願意擔任這個事務，可是大赤包怕他多和妓女們接觸，免不了發生不三不四的事，所以另找了別人 —— 就是那曾被李四爺請來給錢先生看病的那位醫生。他叫高亦陀。大赤包頗喜歡這個人，更喜歡他的二千元見面禮。

第四，是怎樣對付暗娼。戰爭與災難都產生暗娼。大赤包曉得這個事實。她想作一大筆生意 —— 表面上嚴禁暗娼，事實上是教暗門子來「遞包袱」。暗娼們為了生活，為了保留最後的一點廉恥，為了不吃官司，是沒法不出錢的；只憑這一筆收入，大赤包就可以發相當大的財。

　　為實現這些工作計劃，大赤包累得常常用拳頭輕輕的捶胸口幾下。她的裝三磅水的大暖水瓶老裝著雞湯，隨時的呷兩口，免得因勤勞公事而身體受了傷。她拚命的工作，心中唯恐怕戰爭忽然停止，而中央的官吏再回到北平；她能摟一個是一個，只要有了錢，就是北平恢復了舊觀也沒大關係了。

　　南京陷落！大赤包不必再拚命，再揪著心了。她從此可以從從容容的，穩穩當當的，作她的所長了。她將以「所長」為梯子，而一步一步的走到最高處去。她將成為北平的第一個女人 —— 有自己的汽車，出入在東交民巷與北京飯店之間，戴著鑲有最大的鑽石的戒指，穿著足以改變全東亞婦女服裝式樣的衣帽裙鞋！

　　她熱烈的歡迎瑞豐夫婦。她的歡迎詞是：「我們這可就一塊石頭落了地，可以放心的作事啦！南京不是一年半載可以得回來的，我們痛痛快快的在北平多快活兩天兒吧！告訴你們年輕的人們吧，人生一世，就是吃喝玩樂；別等到老掉了牙再想吃，老毛了腰再想穿；那就太晚嘍！」然後，她對胖太太：「祁二太太，你我得打成一氣，我要是北平婦女界中的第一號，你就必得是第二號。比如說：我今天燙貓頭鷹頭，你馬上也就照樣的去燙，有我們兩個人在北海或中山公園溜一個小圈兒，明天全北平的女人就都得爭著改燙貓頭鷹頭！趕到她們剛燙好不是，哼，我們倆又改了樣！我們倆教她們緊著學都跟不上，教她們手忙腳亂，教她們沒法子不來磕頭認老師！」她說到這裡，瑞豐打了岔：「冠所長！原諒我插嘴！我這兩天正給她思索個好名字，好去印名片。你看，我是科長，她自然少不了交際，有印名片的必要！請給想一想，是祁美豔好，還是祁菊子好？她原來叫玉珍，太俗氣點！」

　　大赤包沒加思索，馬上決定了：「菊子好！像日本名字！凡是帶日本味兒的都要時興起來！」

曉荷像考古學家似的說：「菊子夫人不是很有名的電影片兒嗎？」

「誰說不是！」瑞豐表示欽佩的說：「這個典故就出自那個影片呀！」

大家全笑了笑，覺得都很有學問。

「祁科長！」大赤包叫。「你去和令兄說說，能不能把金三爺請過來？」她扼要的把事情說明白，最後補上：「天下是我們的了，我們反倒更得多交朋友了！你說是不是？」瑞豐高興作這種事，趕快答應下來。「我跟瑞宣也還有別的事商量。」說完，他立起來。「菊子，你不過那院去？」

胖菊子搖了搖頭。假若可能，她一輩子也不願再進五號的門。

瑞豐獨自回到家中，應酬公事似的向祖父和母親問了安，就趕快和瑞宣談話：

「那什麼，你們學校的校長辭職 —— 這訊息別人可還不知道，請先守祕密！ —— 我想大哥你應當活動一下。有我在局裡，運動費可以少花一點。你看，南京已經丟了，我們反正是亡了國，何必再固執呢？再說，教育經費日內就有辦法，你能多抓幾個，也好教老人們少受點委屈！怎麼樣？要活動就得趕快！這年月，找事不容易！」一邊說，他一邊用食指輕輕的彈他新買的假像牙的香菸菸嘴。說完，把菸嘴叼在口中，像高射炮尋找飛機似的左右轉動。叼著這根假像牙的東西，他覺得氣派大了許多，幾乎比科長所應有的氣派還大了些！

瑞宣的眼圈還紅著，臉上似乎是浮腫起來一些，又黃又鬆。聽弟弟把話說完，他半天沒言語。他懶得張口。他曉得老二並沒有犯賣國的罪過，可是老二的心理與態度的確和賣國賊的同一個味道。他無力去誅懲賣國賊，可也不願有與賣國賊一道味兒的弟弟。說真的，老二隻吃了浮淺，無聊，與俗氣的虧，而並非是什麼罪大惡極的人。可是，在這國家危亡的時候，浮淺，無聊，與俗氣，就可以使人變成漢奸。在漢奸裡，老二也不過

是個小三花臉兒，還離大白臉的奸雄很遠很遠。老二可恨，也可憐！

「怎樣？你肯出多少錢？」老二問。

「我不願作校長，老二！」瑞宣一點沒動感情的說。「你不要老這個樣子呀，大哥！」瑞豐板起臉來。「別人想多花錢運動都弄不到手，你怎麼把肉包子往外推呢？你開口就是國家，閉口就是國家，可是不看看國家成了什麼樣子！連南京都丟了，光你一個人有骨頭又怎麼樣呢？」老二的確有點著急。他是真心要給老大運動成功，以便兄弟們可以在教育界造成個小小的勢力，彼此都有些照應。

老大又不出聲了。他以為和老二辯論是浪費唇舌。他勸過老二多少次，老二總把他的話當作耳旁風。他不願再白費力氣。

老二本來相當的怕大哥。現在，既已作了科長，他覺得不應當還那麼膽小。他是科長，應當向哥哥訓話：「大哥，我真替你著急！你要是把機會錯過，以後吃不上飯可別怨我！以我現在的地位，交際當然很廣，賺得多，花得也多，你別以為我可以幫助你過日子！」

瑞宣還不想和老二多費什麼唇舌，他寧可獨力支援一家人的生活，也不願再和老二多囉嗦。「對啦！我幹我的，你幹你的好啦！」他說。他的聲音很低，可是語氣非常的堅決。

老二以為老大一定是瘋了。不然的話，他怎敢得罪科長弟弟呢！

「好吧，我們各奔前程吧！」老二要往外走，又停住了腳。「大哥，求你一件事。別人轉託的，我不能不把話帶到！」他簡單的說出冠家想請金三爺吃酒，求瑞宣給從中拉攏一下。他的話說得很簡單，好像不屑於和哥哥多談似的。最後，他又板著臉教訓：「冠家連太太都能作官，大哥你頂好對他們客氣一點！這年月，多得罪人不會有好處！」

瑞宣剛要動氣，就又控制住自己。仍舊相當柔和的，他說：「我沒工

夫管那種閒事，對不起！」

老二猛的一推門就走出去。他也下了決心不再和瘋子哥哥打交道。在院中，他提高了聲音叨嘮，為是教老人們聽見：「簡直豈有此理！太難了！太難了！有好事不肯往前巴結，倒好像作校長是丟人的事！」

「怎麼啦？老二！」祁老人在屋中問。

「什麼事呀？」天佑太太也在屋中問。

韻梅在廚房裡，從門上的一塊小玻璃往外看；不把情形看準，她不便出來。

老二沒進祖父屋中去，而站在院中賣嚷嚷：「沒事，你老人家放心吧！我想給大哥找個好差事，他不幹！以後呢，我的開銷大，不能多孝順你老人家；大哥又不肯去多抓點錢；這可怎麼好？我反正盡到了手足的情義，以後家中怎樣，我可就不負責嘍！」

「老二！」媽媽叫：「你進來一會兒！我問你幾句話！」「還有事哪，媽！過兩天我再來吧！」瑞豐匆匆的走出去。他無意使母親與祖父難堪，但是他急於回到冠家去，冠家的一切都使他覺著舒服合適。

天佑太太的臉輕易不會發紅，現在兩個顴骨上都紅起一小塊來。她的眼也發了亮。她動了氣。這就是她生的，養大的，兒子！作了官連媽媽也不願意搭理啦！她的病身子禁不起生氣，所以近二三年來她頗學會了點視而不見，聽而不聞的本事，省得教自己的病體加重。今天這口氣可是不好咽，她的手哆嗦起來，嘴中不由的罵出：「好個小兔崽子！好嗎！連你的親孃都不認了！就憑你作了個小科長！」

她這麼一出聲，瑞宣夫婦急忙跑了過來。他們倆曉得媽媽一動氣必害大病。瑞宣頂怕一家人沒事拌嘴鬧口舌。他覺得那是大家庭制度的最討厭的地方。但是，母親生了氣，他又非過來安慰不可。多少世紀傳下來的規

矩，差不多變成了人的本能；不論他怎樣不高興，他也得擺出笑臉給生了氣的媽媽看。好在，他只須走過來就夠了，他曉得韻梅在這種場合下比他更聰明，更會說話。

韻梅確是有本事。她不問婆婆為什麼生氣，而抄著根兒說：「老太太，又忘了自己的身子吧！怎麼又動氣呢？」這兩句話立刻使老太太憐愛了自己，而覺得有哼哼兩聲的必要。一哼哼，怒氣就消減了一大半，而責罵也改成了叨嘮：「真沒想到啊，他會對我這個樣！對兒女，我沒有偏過心，都一樣的對待！我並沒少愛了一點老二呀，他今天會……」老太太落了淚，心中可是舒展多了。

老太爺還沒弄清楚都是怎麼一回事，也湊過來問：「都是怎麼一回子事呀？亂七八糟的！」

瑞宣攙祖父坐下。韻梅給婆婆擰了把熱毛巾，擦擦臉；又給兩位老人都倒上熱茶，而後把孩子拉到廚房去，好教丈夫和老人們安安靜靜的說話兒。

瑞宣覺得有向老人們把事說清楚的必要。南京陷落了，國已亡了一大半。從一個為子孫的說，他不忍把老人們留給敵人，而自己逃出去。可是，對得住父母與祖父就是對不住國家。為贖自己對不住國家的罪過，他至少須消極的不和日本人合作。他不願說什麼氣節不氣節，而只知這在自己與日本人中間必須畫上一條極顯明的線。這樣，他須得到老人們的協助；假若老人們一定要吃得好喝得好，不受一點委屈，他便沒法不像老二似的那麼投降給敵人。他決定不投降給敵人，雖然他又深知老人們要生活得舒服一點是當然的；他們在世界上的年限已快完了，他們理當要求享受一點。他必須向老人們道歉，同時也向他們說清楚：假若他們一定討要享受，他會狠心逃出北平的。

很困難的，他把心意說清楚。他的話要柔和，而主意又拿定不變；他

不願招老人們難過，而又不可避免的使他們難過；一直到說完，他才覺得好像割去一塊病似的，痛快了一些。

母親表示得很好：「有福大家享，有苦大家受；老大你放心，我不會教你為難！」

祁老人害了怕。從孫子的一大片話中，他聽出來：日本人是一時半會兒絕不能離開北平的了！日本人，在過去的兩三個月中，雖然沒直接的傷害了他，可是已經弄走了他兩個孫子。日本人若長久占據住北平，焉知道這一家人就不再分散呢？老人寧可馬上死去，也不願看家中四分五裂的離散。沒有兒孫們在他眼前，活著或者和死了一樣的寂寞。他不能教瑞宣再走開！雖然他心中以為長孫的拒絕作校長有點太過火，可是他不敢明說出來；他曉得他須安慰瑞宣：「老大，這一家子都仗著你呀！你看怎辦好，就怎辦！好吧歹吧，我們得在一塊兒忍著，忍過去這步壞運！反正我活不了好久啦，你還能不等著抓把土埋了我嗎！」老人說到末一句，聲音已然有點發顫了。

瑞宣不能再說什麼。他覺得他的態度已經表示得夠明顯，再多說恐怕就不怎麼合適了。聽祖父說得那樣的可憐，他勉強的笑了：「對了，爺爺！我們就在一塊兒苦混吧！」

話是容易說的；在他心裡，他可是曉得這句諾言是有多大份量！他答應了把四世同堂的一個家全扛在自己的雙肩上！

同時，他還須遠遠的躲開占據著北平的日本人！

他有點後悔。他知道自己的賺錢的本領並不大。他的愛惜羽毛不許他見錢就抓。那麼，他怎能獨力支援一家人的生活呢？再說，日本人既是北平的主人，他們會給他自由嗎？可是，無論怎樣，他也感到一點驕傲——他表明了態度，一個絕對不作走狗的態度！走著瞧吧，誰知道究竟怎樣呢！

　　這時候，藍東陽來到冠家。他是為籌備慶祝南京陷落大會來到西城，順便來向冠家的女性們致敬 —— 這回，他買來五根灌餡兒糖。在路上，他已決定好絕口不談慶祝會的事。每逢他有些不願別人知道的事，他就覺得自己很重要，很深刻；儘管那件事並沒有保守祕密的必要。

　　假若他不願把自己知道的告訴別人，他可是願意別人把所知道的都告訴給他。他聽說，華北的政府就要成立 —— 成立在北平。華北的日本軍人，見南京已經陷落，不能再延遲不決；他們必須先拿出個華北政府來，好和南京對抗 —— 不管南京是誰出頭負責。聽到這個訊息，他把心放下去，而把耳朵豎起來。放下心去，因為華北有了日本人組織的政府，他自己的好運氣便會延長下去。豎起耳朵來，他願多聽到一些訊息，好多找些門路，教自己的地位再往上升。他的野心和他的文字相仿，不管通與不通，而硬往下做！他已經決定了：他須辦一份報紙，或一個文藝刊物。他須作校長。他須在新民會中由幹事升為主任幹事。他須在將要成立的政府裡得到個位置。事情越多，才越能成為要人；在沒有想起別的事情以前，他決定要把以上的幾個職位一齊拿到手。他覺得他應當，可以，必須，把它們拿到手，因為他自居為懷才未遇的才子；現在時機來到了，他不能隨便把它放過去。他是應運而生的莎士比亞，不過要比莎士比亞的官運財運和桃花運都更好一些。

　　進到屋中，把五根糖扔在桌兒上，他向大家咧了咧嘴，而後把自己像根木頭似的摔在椅子上。除了對日本人，他不肯講禮貌。

　　瑞豐正如怨如慕的批評他的大哥。他生平連想都沒大想到過，他可以作教育局的科長。他把科長看成有天那麼大。把他和科長聯在一塊，他沒法不得意忘形。他沒有冠先生的聰明，也沒有藍東陽的沉默。「真！作校長彷彿是丟人的事！你就說，天下竟會有這樣的人！看他文文雅雅的，他的書都白唸了！」

冠曉荷本想自薦。他從前作過小官；既作過小官，他以為，就必可以作中學校校長。可是，他不願意馬上張口，露出飢不擇食的樣子。這一下，他輸了棋。藍東陽開了口：「什麼？校長有缺嗎？花多少錢運動？」他輕易不說話，一說可就說到根兒上；他張口就問了價錢。

曉荷像吃多了白薯那樣，冒了一口酸水，把酸水嚥下去，他仍然笑著，不露一點著急的樣子。他看了看大赤包，她沒有什麼表示。她看不起校長，不曉得校長也可以抓錢，所以沒怪曉荷。曉荷心中安定了一些。他很怕太太當著客人的面兒罵他無能。

瑞豐萬沒想到東陽來得那麼厲害，一時答不出話來了。

東陽的右眼珠一勁兒往上吊，喉中直咯咯的響，嘴唇兒顫動著，湊過瑞豐來。像貓兒看準了一個蟲子，要往前撲那麼緊張，他的臉色發了綠，上面的青筋全跳了起來。他的嘴像要咬人似的，對瑞豐說：「你辦去好啦，我出兩千五百塊錢！你從中吃多少，我不管，事情成了，我另給你三百元！今天我先交二千五，一個星期內我要接到委任令！」「教育局可不是我一個人的呀！」瑞豐簡直忘了他是科長。他還沒學會打官話。

「是呀！反正你是科長呀！別的科長能薦人，你怎麼不能？你為什麼作科長，假若你連一句話都不能給我說！」東陽的話和他的文章一樣，永遠不管邏輯，而只管有力量。「不管怎樣，你得給我運動成功，不然的話，我還是去給你報告！」「報告什麼！」可憐的瑞豐，差不多完全教東陽給弄胡塗了。

「還不是你弟弟在外邊抗日？好嗎，你在這裡作科長，你弟弟在外邊打遊擊戰，兩邊兒都教你們占著，敢情好！」東陽越說越氣壯，綠臉上慢慢的透出點紅來。

「這，這，這，」瑞豐找不出話來，小幹臉氣得焦黃。

　　大赤包有點看不上東陽了，可是不好出頭說話；她是所長，不能輕易發言。

　　曉荷悟出一點道理來：怪不得他奔走這麼多日子，始終得不到個位置呢；時代變了，他的方法已然太老，太落伍了！他自己的辦法老是擺酒，送禮，恭維，和擺出不卑不亢的架子來。看人家藍東陽！人家託情運動事直好像是打架，沒有絲毫的客氣！可是，人家既是教務主任，又是新民會的幹事，現在又瞪眼「買」校長了！他佩服了東陽！他覺得自己若不改變作風，天下恐怕就要全屬於東陽，而沒有他的份兒了！

　　胖菊子—— 一向比瑞豐厲害，近來又因給丈夫運動上官職而更自信 —— 決定教東陽見識見識她的本事。還沒說話，她先推了東陽一把，把他幾乎推倒。緊跟著，她說：「你這小子可別這麼說話，這不是對一位科長說話的規矩！你去報告！去！去！馬上去！我們鬥一鬥誰高誰低吧！你敢去報告，我就不敢？我認識人，要不然我的丈夫他不會作上科長！你去報告好了，你說我們老三抗日，我也會說你是共產黨呀！你是什麼揍的？我問問你！」胖太太從來也沒高聲的一氣說這麼多話，累得鼻子上出了油，胸口也一漲一落的直動。她的臉上通紅，可是心中相當的鎮定，她沒想到既能一氣罵得這麼長，而且這麼好。她很得意。她平日最佩服大赤包，今天她能在大赤包面前顯露了本事，她沒法不覺得驕傲。

　　她這一推和一頓罵把東陽弄軟了。他臉上的怒氣和兇橫都忽然的消逝。好像是罵舒服了似的，他笑了。曉荷沒等東陽說出話來便開了口：「我還沒作過校長，倒頗想試一試，祁科長你看如何？嘔，東陽，我絕不搶你的事，先別害怕！我是把話說出來，給大家作個參考，請大家都想一想怎麼辦最好。」

　　這幾句話說得是那麼柔和，周到，屋中的空氣馬上不那麼緊張了。藍東陽又把自己摔在椅子上，用黃牙咬著手指甲。瑞豐覺得假若冠先生出頭

和東陽競爭，他天然的應當幫助冠先生。胖菊子不再出聲，因為剛才說的那一段是那麼好，她正一句一句的追想，以便背熟了好常常對朋友們背誦。大赤包說了話。先發言的勇敢，後發言的卻占了便宜。她的話，因為是最後說的，顯著比大家的都更聰明合理：「我看哪，怎麼運動校長倒須擱在第二，你們三個 —— 東陽，瑞豐，曉荷 —— 第一應當先拜為盟兄弟。你們若是成為不願同年同月同日同時生，而願同年同月同日同時死的弟兄，你們便會和和氣氣的，真真誠誠的，彼此幫忙。慢慢的，你們便會成為新朝廷中的一個勢力。你們說對不對？」

瑞豐，論輩數，須叫曉荷作叔叔，不好意思自己提高一輩。

東陽本來預備作冠家的女婿，也不好意思和將來的岳父先拜盟兄弟。

曉荷見二人不語，笑了笑說：「所長所見極是！肩膀齊為弟兄，不要以為我比你們大幾歲，你們就不好意思！所長，就勞你大駕，給我預備香燭紙馬吧！」

第 33 幕　恥走狗

瑞宣以為華北政府既費了那麼多的日子才產生出來，它必定有一些他所不知道的人物，好顯出確有點改朝換代的樣子。哪知道，其中的人物又是那一群他所熟知的，也是他所痛恨的，軍閥與官僚。由這一點上看，他已看清日本人是絕對沒有絲毫誠心去履行那些好聽的口號與標語的。只有卑鄙無能的人才能合他們的脾味，因為他們把中國人看成只配教貪官汙吏統轄著的愚夫愚婦 —— 或者豬狗！

看著報紙上的政府人員名單，他胸中直堵得慌。他不明白，為什麼中國會有這麼多甘心作走狗的人！這錯處在哪裡呢？是的，歷史，文化，時代，教育，環境，政治，社會，民族性，個人的野心……都可以給一些解釋，但是什麼解釋也解釋不開這個媚外求榮的羞恥！他們實際上不能，而在名義上確是，代表著華北的人民；他們幾個人的行動教全華北的人民都失去了「人」的光彩！

他恨這群人，他詛咒著他們的姓名與生存！

可是，緊跟著他就也想起瑞豐，東陽，與冠曉荷。這三個小鬼兒的地位比偽政府中的人低多了，可是他們的心理與志願卻和大漢奸們是一模一樣的。誰敢說，瑞豐不會作到教育督辦？誰敢說，冠曉荷不會作財政總長呢？這麼一想，他想明白了：假若聖賢是道德修養的積聚；漢奸卻恰恰的相反 —— 是道德修養的削減。聖賢是正，漢奸是負。浮淺，愚蠢，無聊，像瑞豐與曉荷，才正是日本人所喜歡要的，因為他們是「負」數。日本人喜歡他們，正如同日本人喜歡中國的鴉片煙鬼。

想到這裡，他也就想出對待「負數」的辦法來。殺！他們既是負數，就絕對沒有廉恥。他們絕不會受任何道德的，正義的，感動；他們只怕

死。殺戮是對待他們的最簡截的辦法，正如同要消滅蝗災只有去趕盡殺絕了蝗蟲。誰去殺他們呢？華北的每一個人，因為每一個人都受了他們的連累，都隨著他們喪失了人格。殺他們與殺日本人是每一個良善國民的無可推諉的責任！

可是，他就管不了自己的弟弟！不要說去殺，他連打老二一頓都不肯！假若老二幫助日本人，他卻成全了老二！他和老二有一樣的罪過：老二賣國，老大不干涉賣國的人！他不干涉老二，全華北的人民也都不干涉偽政府的漢奸，華北便像一個一動也不動的死海，只會蒸發臭氣！想到這裡，他無可如何的笑了。一切是負數 —— 偽政府，瑞豐，曉荷，那些不敢誅奸的老實人，和他自己！他只能「笑」自己，因為自己的存在已是負數的！

慶祝南京陷落的大會與遊行，比前幾次的慶祝都更熱鬧。瑞宣的臉一青一紅的在屋中聽著街上的叫化子與鼓手們的喧呼與鑼鼓。他難過。可是他已不再希望在天安門或在任何地方有什麼反抗的舉動 —— 一切都是負數！他既看到自己的無用與無能，也就不便再責備別人。他的唯一的可以原諒自己的地方是家庭之累，那麼，連漢奸當然也都有些「累」而都可以原諒了！最會原諒自己的是最沒出息的！

可是，不久他便放棄了這種輕蔑自己與一切人的態度，他聽到蔣委員長的繼續抗戰的宣言。這宣言，教那最好戰的日本人吃了一驚，教漢奸們的心中冷了一冷，也教瑞宣又挺起胸來。不！他不能自居為負數而自暴自棄。別人，因為中央繼續抗戰，必會逃出北平去為國效忠。中央，他想，也必會派人來，撫慰民眾和懲戒漢奸！一高興，他的想像加倍的活動，他甚至於想到老三會偷偷的回來，作那懲處漢奸或別的重要工作！那將是多麼興奮，多麼像傳奇的事呀，假若他能再看見老三！

瑞宣，既是箇中國的知識分子，不會求神或上帝來幫助他自己和他的

國家。他只覺得繼續抗戰是中國的唯一的希望。他並不曉得中國與日本的武力相差有多少，也幾乎不想去知道。愛國心現在成了他的宗教信仰，他相信中國必有希望，只要我們肯去抵抗侵略。

他去看錢先生，他願一股腦兒的把心中所有話都說淨。南京的陷落好像舞台上落下幕來，一場爭鬥告一段落。戰爭可是並沒停止，正像幕落下來還要再拉起去。那繼續抗戰的政府，與為國效忠的軍民，將要受多少苦難，都將要作些什麼，他無從猜到。他可是願在這將要再開幕的時候把他自己交代清楚：他的未來的苦難也不比別人的少和小，雖然他不能扛著槍到前線去殺敵，或到後方作義民。他決定了：在淪陷的城內，他一定不能因作孝子而向敵人屈膝；他寧可丟了腦袋，也不放棄了膝磕。這是一件不容易的事，像掉在海裡而拒絕喝水那麼不容易。可是，他很堅決，無論受多大的苦處，他要掙扎過去，一直到北平城再看到國旗的時候！老三既不在家，他只好去把這個決定說給錢先生；只有對一位看得起他的，相信他的朋友，交代清楚，他才能開始照計而行去作事，去賺錢；不然的話，他就覺得去作事賺錢是與投降一樣可恥的。

在南京陷落的訊息來到的那一天，錢先生正決定下床試著走幾步。身上的傷已差不多都平復了，他的臉上也長了一點肉，雖然嘴還痛痛著，腮上的坑兒可是小得多了。多日未刮臉，長起一部柔軟而黑潤的鬍鬚，使他更像了詩人。他很不放心他的腿。兩腿腕時常腫起來，痠痛。這一天，他覺得精神特別的好，腿腕也沒發腫，所以決定下床試一試。他很怕兩腿是受了內傷，永遠不能行走！他沒告訴兒媳婦，怕她攔阻。輕輕的坐起來，他把腿放下去；一低頭，他才發現地上沒有鞋。是不是應當喊少奶奶來給找鞋呢？正在猶豫不定之間，他聽到四大媽的大棉鞋塌拉塌拉的響。

「來啦？四大媽？」他極和氣的問。

「來嘍！」四大媽在院中答應。「甭提啦，又跟那個老東西鬧了一肚子

氣！」

「都七十多了，還鬧什麼氣喲！」錢先生精神特別的好，故意找話說。

「你看哪，」她還在窗外，不肯進來，大概為是教少奶奶也聽得見：「他剛由外邊回來，就撅著大嘴，說什麼南京丟了，氣橫橫的不張羅吃，也不張羅喝！我又不是看守南京的，跟我發什麼脾氣呀，那個老不死的東西！」

錢先生只聽到「南京丟了，」就沒再往下聽。光著襪底，他的腳碰著了地。他急於要立起來，好像聽到南京陷落，他必須立起來似的。他的腳剛有一部分碰著地，他的腳腕就像一根折了的秫稭棍似的那麼一軟，他整個的摔倒在地上。這一下幾乎把他摔昏了過去。在冰涼的地上趴伏了好大半天，他才緩過氣來。他的腿腕由沒有感覺而發麻，而發酸，而鑽心的疼。他咬上了嘴唇，不哼哼出來。疼得他頭上出了黃豆大的汗珠，他還是咬住了殘餘的幾個牙，不肯叫出來。他掙扎著坐起來，抱住他的腳。他疼，可是他更注意他的腳是日久沒用而發了麻，還是被日本人打傷不會再走路。他急於要知道這點區別，因為他必須有兩條會活動的腿，才能去和日本人拚命。扶著床沿，一狠心，他又立起來了，像有百萬個細針一齊刺著他的腿腕。他的汗出得更多了。可是他立住了。他掙扎著，想多立一會兒，眼前一黑，他趴在了床上。這樣臥了許久許久，他才慢慢爬上床去，躺好。他的腳還疼，可是他相信只要慢慢的活動，他一定還能走路，因為他剛才已能站立了那麼一會兒。他閉上了眼。來往於他的心中的事只有兩件，南京陷落與他的腳疼。

慢慢的，他的腳似乎又失去知覺，不疼也不麻了。他覺得好像沒有了腳。他趕緊蜷起腿來，用手去摸；他的確還有腳，一雙完整的腳。他自己笑了一下。只要有腳能走路，他便還可以作許多的事。那與南京陷落，與孟石仲石和他的老伴兒的死亡都有關係的事。

　　他開始從頭兒想。他應當快快的決定明天的計劃，但是好像成了習慣似的，他必須把過去的那件事再想一遍，心裡才能覺得痛快，才能有條有理的去思想明天的事。他記得被捕的那天的光景。一閉眼，白巡長，冠曉荷，憲兵，太太，孟石，就都能照那天的地位站在他的眼前。他連牆根的那一朵大秋葵也還記得。跟著憲兵，他走到西單商場附近的一條衚衕裡。他應當曉得那是什麼衚衕，可是直到現在也沒想起來。在衚衕裡的一條小死巷裡，有個小門。他被帶進去。一個不小的院子，一排北房有十多間，像兵營，一排南房有七八間，像是馬棚改造的。院中是三合土砸的地，很平，像個小操場。剛一進門，他就聽到有人在南屋裡慘叫。他本走得滿頭大汗，一聽見那慘叫，馬上全身都覺得一涼。他本能的立住了像快走近屠場的牛羊似的那樣本能的感到危險。憲兵推了他一把，他再往前走。他橫了心，抬起頭來。「至多不過是一死！」他口中念道著。

　　到盡東頭的一間北屋裡，有個日本憲兵搜檢他的身上。他只穿著那麼一身褲褂，一件大衫，和一隻鞋，沒有別的東西。檢查完，他又被帶到由東數第二間北屋去。在這裡，一個會說中國話的日本人問他的姓名籍貫年歲職業等等，登記在卡片上。當他回答沒有職業的時候，那個人把筆咬在口中，細細的端詳了他一會兒。這是個，瘦硬的臉色青白的人。他覺得這個瘦人也許不會很兇，所以大大方方的教他端詳。那個人把筆從口中拿下來，眼還緊盯著他，又問：「犯什麼罪？」他的確不知道自己犯了什麼罪。像平日對好友發笑似的，他很天真的笑了一下，而後搖了搖頭。他的頭還沒有停住，那個瘦子就好像一條飢狼似的極快的立起來，極快的給了他一個嘴巴。他崒出一個牙來。瘦子，還立著，青白的臉上起了一層霜似的，又問一聲：「犯什麼罪？」

　　他的怒氣撐住了疼痛，很安詳的，傲慢的，他一個字一個字的說：「我不知道！」

　　又是一個嘴巴，打得他一歪身。他想高聲的叱責那個人，他想質問他有沒有打人的權，和憑什麼打人。可是他想起來，面前的是日本人。日本人要是有理性就不會來打中國。因此，他什麼也不願說；對一個禽獸，何必多費話呢。他至少應當說：「你們捕了我來，我還不曉得為了什麼。我應當問你們，我犯了什麼罪！」可是，連這個他也懶得說了。看了看襟上的血，他閉了閉眼，心裡說：「打吧！你打得碎我的臉，而打不碎我的心！」

　　瘦硬的日本人嚥了一口氣，改了口：「你犯罪不犯？」隨著這句話，他的手又調動好了距離；假若他得到的是一聲「不」，或是一搖頭。他會再打出個最有力的嘴巴。

　　他看明白了對方的惡意，可是他反倒橫了心。嚥了一口帶血的唾沫，他把腳分開一些，好站得更穩。他決定不再開口，而準備捱打。他看清：對方的本事只是打人，而自己自幼兒便以打人為不合理的事，那麼，他除了準備捱打之外，還有什麼更好的方法呢？再說，他一輩子作夢也沒夢到，自己會因為國事軍事而受刑；今天，受到這樣的對待，他感到極大的痛苦，可是在痛苦之中也感到忽然來到的光榮。他咬上了牙，準備忍受更多的痛苦，為是多得到一些光榮！

　　手掌又打到他的臉上，而且是一連串十幾掌。他一聲不響，只想用身體的穩定不動作精神的抵抗。打人的微微的笑著，似乎是笑他的愚蠢。慢慢的，他的脖子沒有力氣；慢慢的，他的腿軟起來；他動了。左右開弓的嘴巴使他像一個不倒翁似的向兩邊擺動。打人的笑出了聲 —— 打人不是他的職務，而是一種宗教的與教育的表現；他欣賞自己的能打，會打，肯打，與勝利。被打的低下頭去，打人的變了招數，忽然給囚犯右肋上一拳，被打的倒在了地上。打人的停止了笑，定睛看地上的那五十多歲一堆沒有了力氣的肉。

　　在燈光之中，他記得，他被塞進一輛大汽車裡去。因為臉腫得很高，他已不易睜開眼。同時，他也顧不得睜眼看什麼。汽車動了，他的身子隨著動，心中一陣清醒，一陣昏迷，可是總知道自己是在什麼東西中動搖——他覺得那不是車，而是一條在風浪中的船。慢慢的，涼風把他完全吹醒。從眼皮的隙縫中，他看到車外的燈光，一串串的往後跑。他感到眩暈，閉上了眼。他不願思索什麼。他的妻兒，詩畫，花草，與茵陳酒，都已像從來就不是他的。在平日，當他讀陶詩，或自己想寫一首詩的時節，他就常常的感到妻室兒女與破罈子爛罐子都是些障礙，累贅，而詩是在清風明月與高山大川之間的。一想詩，他的心靈便化在一種什麼抽像的宇宙裡；在那裡，連最美的山川花月也不過是暫時的，粗糙的，足以限制住思想的東西。他所追求的不只是美麗的現像，而是宇宙中一點什麼氣息與律動。他要把一切阻障都去掉，而把自己化在那氣息與律動之間，使自己變為無言的音樂。真的，他從來沒能把這個感覺寫出來。文字不夠他用的；一找到文字，他便登時限制住了自己的心靈！文字不能隨著他的心飛騰，盪漾在宇宙的無形的大樂裡，而只能落在紙上。可是，當他一這麼思索的時候，儘管寫不出詩來，他卻也能得到一些快樂。這個快樂不寄存在任何物質的，可捉摸的事物上，而是一片空靈，像綠波那麼活動可愛，而多著一點自由與美麗。綠波只會流入大海，他的心卻要飛入每一個星星裡去。在這種時候，他完全忘了他的肉體；假若無意中摸到衣服或身體，他會忽然的顫抖一下，像受了驚似的。

　　現在，他閉上了眼，不願思索一切。真的，他最先想到的就是：「大概拉去槍斃！」可是，剛想到這個，他便把眼閉得更緊一點，問自己：「怕嗎？怕嗎？」緊跟著，他便阻止住亂想，而願和作詩的時候似的忘了自己，忘了一切。「死算什麼呢！」他口中咀嚼著這一句。待了一會兒，他又換了一句：「死就是化了！化了！」他心中微微的感到一點愉快。他的

臉上身上還都疼痛，可是心中的一點愉快教他輕視疼痛，教他忘了自己。又待了一會兒，在一陣迷糊之後，他忽然想起來：現在教他「化了」的不是詩，而是人世間的一點抽象的什麼；不是把自己融化在什麼山川的精靈裡，使自己得到最高的和平與安恬，而是把自己化入一股剛強之氣，去抵抗那惡的力量。他不能只求「化了」，而是須去抵抗，爭鬥。假若從前他要化入宇宙的甘泉裡去，現在他須化成了血，化成忠義之氣；從前的是可期而不可得的，現在是求仁得仁，馬上可以得到的；從前的是天上的，現在的是人間的。是的，他須把血肉擲給敵人，用勇敢和正義結束了這個身軀！一股熱氣充滿了他的胸膛，他笑出了聲。

　　車停住了。他不知道那是什麼地方，也不屑於細看。殉國是用不著選擇地點的。他只記得那是一座大樓，彷彿像學校的樣子。他走得很慢，因為腳腕上砸著鐐。他不曉得為什麼敵人是那麼不放心他，一定給他帶鐐，除非是故意的給他多增加點痛苦。是的，敵人是敵人，假若敵人能稍微有點人心人性，他們怎會製作戰爭呢？他走得慢，就又捱了打。胡裡胡塗的，辨不清是鐐子磕的痛，還是身上被打的痛，他被扔進一間沒有燈亮的屋子去。他倒了下去，正砸在一個人的身上。底下的人罵了一聲。他掙扎著，下面的人推搡著，不久，他的身子著了地。那個人沒再罵，他也一聲不出；地上是光光的，連一根草也沒有，他就那麼昏昏的睡去。

　　第二天一整天沒事，除了屋裡又新增了兩個人。他顧不得看同屋裡的人都是誰，也不顧得看屋子是什麼樣。他的臉腫得發漲，牙沒有刷，面沒有洗，渾身上下沒地方不難過。約摸在上午十點鐘的時候，有人送來一個飯糰，一碗開水。他把水喝下去，沒有動那團飯。他閉著眼，兩腿伸直，背倚著牆，等死。他只求快快的死，沒心去看屋子的同伴。

　　第三天還沒事。他生了氣。他開始明白：一個亡了國的人連求死都不可得。敵人願費一個槍彈，才費一個槍彈；否則他們會教你活活的腐爛在

那裡。他睜開了眼。屋子很小，什麼也沒有，只在一面牆上有個小窗，透進一點很亮的光。窗欄是幾根鐵條。屋子當中躺著一個四十多歲的人，大概就是他曾摔在他身上的那個人。這個人的臉上滿是凝定了的血條，像一道道的爆了皮的油漆；他蜷著腿，而伸著兩臂，臉朝天仰臥，閉著眼。在他的對面，坐著一對青年男女，緊緊的擠在一塊兒；男的不很俊秀，女的可是長得很好看；男的揚著頭看頂棚，好久也不動一動；女的一手抓著男的臂，一手按著自己的膝蓋，眼睛 —— 很美的一對眼睛 —— 一勁兒眨巴，像受了最大的驚恐似的。看見他們，他忘了自己求死的決心。他張開口，想和他們說話。可是，口張開而忘了話，他感到一陣迷亂。他的腦後抽著疼。他閉上眼定了定神。再睜開眼，他的唇會動了。低聲而真摯的，他問那兩個青年：「你們是為了什麼呢？」

男青年嚇了一跳似的，把眼從頂棚上收回。女的開始用她的秀美的眼向四面找，倒好像找什麼可怕的東西似的。「我們 ——」男的拍了女的一下。女的把身子更靠緊他一些。

「你們找打！別說話！」躺著的人說。說了這句話，他似乎忘了他的手；手動了動，他疼得把眼鼻都擰在一處，頭向左右亂擺：「哎喲！哎喲！」他從牙縫裡放出點再也攔不住的哀叫。「哎喲！他們吊了我三個鐘頭，腕子斷了！斷了！」

女的把臉全部的藏在男子的懷裡。男青年嚥下一大口唾沫去。

屋外似乎有走動，很重的皮鞋聲在走廊中響。中年人忽然的坐起來，眼中發出怒的光，「我⋯⋯」他想高聲的喊。

他的手極快的摀住中年人的嘴。中年人的嘴還在動，熱氣噴著他的手心。「我喊，把走獸們喊來！」中年人掙扎著說。

他把中年人按倒。屋中沒了聲音，走廊中皮鞋還在響。

用最低的聲音，他問明白：那箇中年人不曉得自己犯了什麼罪，只是因為他的相貌長得很像另一個人。日本人沒有捉住那另一個人，而捉住了他，教他替另一個人承當罪名；他不肯，日本人吊了他三點鐘，把手腕吊斷。

那對青年也不曉得犯了什麼罪，而被日本人從電車上把他們捉下來。他們是同學，也是愛人。他們還沒受過審，所以更害怕；他們知道受審必定受刑。

聽明白了他們的「犯罪」經過，第一個來到他心中的事就是想援救他們。可是，看了看腳上的鐐，他啞笑了一下，不再說話。呆呆的看著那一對青年，他想起自己的兒子來。從模樣上說，那個男學生一點也不像孟石和仲石，但是從一點抽象的什麼上說，他越看，那個青年就越像自己的兒子。他很想安慰他的兒子幾句。待了一會兒，他又覺得那一點也不像他的兒子。他的兒子，仲石，會把自己的身體和日本人的身體摔碎在一處，摔成一團肉醬。他的兒子將永遠活在民族的心裡，永遠活在讚美的詩歌裡；這個青年呢？這個青年大概只會和愛人在一處享受溫柔鄉的生活吧？他馬上開了口：「你挺起胸來！不要怕！我們都得死，但須死得硬梆！你聽見了嗎？」

他的聲音很低，好像是對自己說呢。那個青年只對他翻了翻白眼。

當天晚上，門開了，進來一個敵兵，拿著手電筒。用電筒一掃，他把那位姑娘一把拉起來。她尖叫了一聲。男學生猛的立起來，被敵兵一拳打歪，窩在牆角上。敵兵往外扯她。她掙扎。又進來一個敵兵。將她抱了走。

青年往外追，門關在他的臉上。倚著門，他呆呆的立著。

遠遠的，女人尖銳的啼叫，像針尖似的刺進來，好似帶著一點亮光。

女人不叫了。青年低聲的哭起來。

他想立起來，握住青年的手。可是他的腳腕已經麻木，立不起來。他想安慰青年幾句，他的舌頭好像也麻木了。他瞪著黑暗。他忽然的想到：「不能死！不能死！我須活著，離開這裡，他們怎樣殺我們，我要怎樣殺他們！我要為仇殺而活著！」

快到天亮，鐵欄上像蛛網顫動似的有了些光兒。看著小窗，他心中發噤，曉風很涼。他盼望天快明，倒好像天一明他就可以出去似的。他往四處找那個青年，看不見。他願把心中的話告訴給青年：「我常在基督教教堂外面看見『信，望，愛』。我不大懂那三個字的意思。今天，我明白了：相信你自己的力量，盼望你不會死，愛你的國家！」

他正這麼思索，門開了，像扔進一條死狗似的，那個姑娘被扔了進來。

小窗上一陣發紅，光顫抖著透進來。

女的光著下身，上身只穿著一件貼身的小白坎肩。她已不會動。血道子已幹在她的大腿上。

男青年脫下自己的褂子，給她蓋上了腿，而後，低聲的叫：「翠英！翠英！」她不動，不出聲。他拉起她的一隻手 —— 已經冰涼！他把嘴堵在她的耳朵上叫：「翠英！翠英！」她不動。她已經死了一個多鐘頭。

男青年不再叫，也不再動她。把手插在褲袋裡，他向小窗呆立著。太陽已經上來，小窗上的鐵欄都發著光 —— 最近才安上的。男青年一動不動的站著，仰著點頭，看那三四根發亮的鐵條。他足足的這麼立了半個多鐘頭。忽然的他往起一躥，手扒住窗沿，頭要往鐵條上撞。他的頭沒能夠到鐵條。他極失望的跳下來。

他 —— 錢先生 —— 呆呆的看著，猜不透青年是要逃跑，還是想自殺。

　　青年轉過身來，看著姑娘的身體。看著看著，熱淚一串串的落下來。一邊流淚，他一邊往後退；退到了相當的距離，他又要往前躥，大概是要把頭碰在牆上。

　　「幹什麼？」他 —— 錢老人 —— 喝了一句。

　　青年愣住了。

　　「她死，你也死嗎？誰報仇？年輕的人，長點骨頭！報仇！報仇！」

　　青年又把手插到褲袋中去愣著。愣了半天，他向死屍點了點頭。而後，他輕輕的，溫柔的，把她抱起來，對著她的耳朵低聲的說了幾句話。把她放在牆角，他向錢先生又點了點頭，彷彿是接受了老人的勸告。

　　這時候，門開開，一個敵兵同著一個大概是醫生的走進來。醫生看了看死屍，掏出張印有表格的紙單來，教青年簽字。「傳染病！」醫生用中國話說：「你簽字！」他遞給青年一支頭號的派克筆。青年咬上了嘴唇，不肯接那支筆。錢先生嗽了一聲，送過一個眼神。青年簽了字。

　　醫生把紙單很小心的放在袋中，又去看那個一夜也沒出一聲的中年人。中年人的喉中響了兩聲，並沒有睜一睜眼；他是個老實人，彷彿在最後的呼吸中還不肯多哼哼兩聲，在沒了知覺的時候還吞嚥著冤屈痛苦，不肯發洩出來；他是世界上最講和平的一箇中國人。醫生好像很得意的眨巴了兩下眼睛，而後很客氣的對敵兵說：「消毒！」敵兵把還沒有死的中年人拖了出去。

　　屋中剩下醫生和兩個活人，醫生彷彿不知怎麼辦好了；搓著手，他吸了兩口氣；然後深深的一鞠躬，走出去，把門倒鎖好。

　　青年全身都顫起來，腿一軟，他蹲在了地上。

　　「這是傳染病！」老人低聲的說。「日本人就是病菌！你要不受傳染，設法出去；最沒出息的才想自殺！」門又開了，一個日本兵拿來姑娘的衣

服，扔給青年。「你，她，走！」

青年把衣服扔在地上，像條飢狼撲食似的立起來。錢先生又咳嗽了一聲，說了聲「走！」

青年無可如何的把衣服給死屍穿上，抱起她來。敵兵說了話：「外邊有車！對別人說，殺頭的！殺頭的！」青年抱著死屍，立在錢先生旁邊，彷彿要說點什麼。老人把頭低了下去。

青年慢慢的走出去。

第 34 幕　受毒刑

　　剩下他一個人，他忽然覺得屋子非常的大了，空洞得甚至於有點可怕。屋中原來就什麼也沒有，現在顯著特別的空虛，彷彿丟失了些什麼東西。他閉上了眼。他舒服了一些。在他的心中，地上還是躺著那箇中年人，牆角還坐著那一對青年男女。有了他們，他覺得有了些倚靠。他細細的想他們的聲音，相貌，與遭遇。由這個，他想到那個男青年的將來 —— 他將幹什麼去呢？是不是要去從軍？還是……不管那個青年是幹什麼去，反正他已給了他最好的勸告。假若他的勸告被接受，那個青年就必定會像仲石那樣去對付敵人。是的，敵人是傳染病，仲石和一切的青年們都應當變成消毒劑！想到這裡，他睜開了眼。屋子不那麼空虛了，它還是那麼小，那麼牢固；它已不是一間小小的囚房，而是抵抗敵人，消滅敵人的發源地。敵人無緣無故的殺死那箇中年人與美貌的姑娘，真的；可是隻有那樣的任意屠殺才會製造仇恨和激起報復。敵人作得很對！假若不是那樣，憑他這個只會泡點茵陳酒，玩玩花草的書呆子，怎會和國家的興亡發生了關係呢？

　　他的心平了下去。他不再為敵人的殘暴而動怒。這不是講理的時候，而是看誰殺得過誰的時候了。不錯，他的腳上是帶著鐐，他的牙已有好幾個活動了，他的身體是被關在這間製造死亡的小屋裡；可是，他的心裡從來沒有像現在這樣充實過。身子被囚在小屋裡，他的精神可是飛到歷史中去，飛到中國一切作戰的地方去。他手無寸鐵，但是還有一口氣。他已說服了一個青年，他將在這裡等候著更多的人，用他的一口氣堅強他們，鼓勵他們，直到那口氣被敵人打斷。假若他還能活著走出去，他希望他的骨頭將和敵人的碎在一處，像仲石那樣！

　　他忘記了他的詩，畫，酒，花草，和他的身體，而只覺得他是那一口氣。他甚至於覺得那間小屋很美麗。它是他自己的，也是許多人的，監牢，而也是個人的命運與國運的聯絡點。看著腳上的鐐，摸著臉上的傷，他笑了。他決定吞食給他送來的飯糰，好用它所給的一點養分去抵抗無情的鞭打。他須活著；活著才能再去死！他像已落在水裡的人，抓住一塊木頭那樣把希望全寄託給它。他不能，絕對不能，再想死。他以前並沒有真的活著過；什麼花呀草呀，那才真是像一把沙子，隨手兒落出去。現在他才有了生命，這生命是真的，會流血，會疼痛，會把重如泰山的責任肩負起來。

　　有五六天，他都沒有受到審判。最初，他很著急；慢慢的，他看明白：審問與否，權在敵人，自己著急有什麼用呢？他壓下去他的怒氣。從門縫送進一束稻草來，他把它墊在地上，沒事就抽出一兩根來，纏弄著玩。在草心裡，他發現了一條小蟲，他小心把蟲放在地上，好像得到一個新朋友。蟲老老實實的臥在那裡，只把身兒蜷起一點。他看著它，想不出任何足以使蟲更活潑，高興，一點的辦法。像道歉似的，他向蟲低語：「你以為稻草裡很安全，可是落在了我的手裡！我從前也覺得很安全，可是我的一切不過是根稻草！別生氣吧，你的生命和我的生命都一邊兒大；不過，我們若能保護自己，我們的生命才更大一些！對不起，我驚動了你！可是，誰叫你信任稻草呢？」

　　就是在捉住那個小蟲的當天晚上，他被傳去受審。審問的地方是在樓上。很大的一間屋子，像是課堂。屋裡的燈光原來很暗，可是他剛剛進了屋門，極強的燈光忽然由對面射來，使他瞎了一會兒。他被拉到審判官的公案前，才又睜開眼；一眼就看見三個發著光的綠臉 —— 它們都是化裝過的。三個綠臉都不動，六隻眼一齊凝視著他，像三隻貓一齊看著個老鼠那樣。忽然的，三個頭一齊向前一探，一齊露出白牙來。

他看著他們，沒動一動。他是中國的詩人，向來不信「怪力亂神」，更看不起玩小把戲。他覺得日本人的鄭重其事玩把戲，是非常的可笑。他可是沒有笑出來，因為他也佩服日本人的能和魔鬼一樣真誠！

把戲都表演過，中間坐的那個綠小鬼向左右微一點頭，大概是暗示：「這是個厲害傢夥！」他開始問，用生硬的中國語問：

「你的是什麼？」

他脫口而出的要說：「我是箇中國人！」可是，他控制住自己。他要愛護自己的身體，不便因快意一時而招致皮骨的損傷。同時，他可也想不起別的，合適的答話。「你的是什麼？」小鬼又問了一次。緊跟著，他說明瞭自己的意思：「你，共產黨？」

他搖了搖頭。他很想俏皮的反問：「抗戰的南京政府並不是共產黨的！」可是，他又控制住了自己。

左邊的綠臉出了聲：「八月一號，你的在那裡？」「在家裡！」

「在家作什麼？」

想了想：「不記得了！」

左邊的綠臉向右邊的兩張綠臉遞過眼神：「這傢夥厲害！」右邊的綠臉把脖子伸出去，像一條蛇似的口裡嘶嘶的響：「你！你要大大的打！」緊跟著，他收回脖子來，把右手一揚。

他 —— 錢老人 —— 身後來了一陣風，皮鞭像燒紅的鐵條似的打在背上，他往前一栽，把頭碰在桌子上。他不能再控制自己，他像怒了的虎似的大吼了一聲。他的手按在桌子上：「打！打！我沒的說！」

三張綠臉都咬著牙微笑。他們享受那嗖嗖的鞭聲與老人的怒吼。他們與他毫無仇恨，他們找不出他的犯罪行為，他們只願意看他受刑，喜歡聽他喊叫；他們的職業，宗教，與崇高的享受，就是毒打無辜的人。

　　皮鞭像由機器管束著似的，均勻的，不間斷的，老那麼準確有力的抽打。慢慢的，老人只能哼了，像一匹折了腿的馬那樣往外吐氣，眼珠子弩出多高。又捱了幾鞭，他一陣噁心，昏了過去。

　　醒過來，他仍舊是在那間小屋裡。他口渴，可是沒有水喝。他的背上的血已全定住，可是每一動彈，就好像有人撕扯那一條條的傷痕似的。他忍著渴，忍著痛，雙肩靠在牆角上，好使他的背不至於緊靠住牆。他一陣陣的發昏。每一發昏，他就覺得他的生命像一些蒸氣似的往外發散。他已不再去想什麼，只在要昏過的時候呼著自己的名字。他已經不辨晝夜，忘了憤怒與怨恨，他只時時的呼叫自己，好像是提醒自己：「活下去！活下去！」這樣，當他的生命像一股氣兒往黑暗中飛騰的時候，就能遠遠的聽見自己的呼喚而又退回來。他於是咬上牙，閉緊了眼，把那股氣兒關在身中。生命的盪漾減少了他身上的苦痛；在半死的時候，他得到安靜與解脫。可是，他不肯就這樣釋放了自己。他寧願忍受苦痛，而緊緊的抓住生命。他須活下去，活下去！

　　日本人的折磨人成了一種藝術。他們第二次傳訊他的時候，是在一個晴美的下午。審官只有一個，穿著便衣。他坐在一間極小的屋子裡，牆是淡綠色的；窗子都開著，陽光射進來，射在窗臺上的一盆丹紅的四季繡球上。他坐在一個小桌旁邊，桌上鋪著深綠色的絨毯，放著一個很古雅的小瓶，瓶中插著一枝秋花。瓶旁邊，有兩個小酒杯，與一瓶淡黃的酒。他手裡拿著一卷中國古詩。

　　當錢先生走進來的時候，他還看著那卷詩，彷彿他的心已隨著詩飛到很遠的地方，而忘了眼前的一切。及至老人已走近，他才一驚似的放下書，趕緊立起來。他連連的道歉，請「客人」坐下。他的中國話說得非常的流利，而且時時的轉文。

　　老人坐下。那個人口中連連的吸氣，往杯中倒酒，倒好了，他先舉起

杯：「請！」老人一揚脖，把酒喝下去。那個人也飲乾，又吸著氣倒酒。乾了第二杯，他笑著說：「都是一點誤會，誤會！請你不必介意！」

「什麼誤會？」老人在兩杯酒入肚之後，滿身都發了熱。他本想一言不發，可是酒力催著他開開口。

日本人沒正式的答覆他，而只狡猾的一笑；又斟上酒。看老人把酒又喝下去，他才說話：「你會作詩？」

老人微一閉眼，作為回答。

「新詩？還是舊詩？」

「新詩還沒學會！」

「好的很！我們日本人都喜歡舊詩！」

老人想了想，才說：「中國人教會了你們作舊詩，新詩你們還沒學了去！」

日本人笑了，笑出了聲。他舉起杯來：「我們乾一杯，表示日本與中國的同文化，共榮辱！四海之內皆兄弟也，而我們差不多是同胞弟兄！」

老人沒有舉杯。「兄弟？假若你們來殺戮我們，你我便是仇敵！兄弟？笑話！」

「誤會！誤會！」那個人還笑著，笑得不甚自然。「他們亂來，連我都不盡滿意他們！」

「他們是誰？」

「他們——」日本人轉了轉眼珠。「我是你的朋友！我願意和你作最好的朋友，只要你肯接受我的善意的勸告！你看，你是老一輩的中國人，喝喝酒，吟吟詩。我最喜歡你這樣的人！他們雖然是不免亂來，可是他們也並不完全閉著眼瞎撞，他們不喜歡你們的青年人，那會作新詩和愛讀新詩的青年人；這些人簡直不很像中國人，他們受了英美人的欺騙，而反對

日本。這極不聰明！日本的武力是天下無敵的，你們敢碰碰它，便是自取滅亡。因此，我雖攔不住他們動武，也勸不住你們的青年人反抗，可是我還立志多交中國朋友，像你這樣的朋友。只要你我能推誠相見，我們便能慢慢的展開我們的勢力與影響，把日華的關係弄好，成為真正相諒相助，共存共亡的益友！你願意作什麼？你說一聲，沒有辦不到的！我有力量釋放了你，叫你達到學優而仕的願望！」多大半天，老人沒有出聲。

「怎樣？」日本人催問。「嘔，我不應當催促你！真正的中國人是要慢條斯禮的！你慢慢去想一想吧？」

「我不用想！願意釋放我，請快一點！」

「放了你之後呢？」

「我不答應任何條件！餓死事小，失節事大！」

「你就不為我想一想？我憑白無故的放了你，怎麼交代呢？」

「那隨你！我很愛我的命，可是更愛我的氣節！」「什麼氣節？我們並不想滅了中國！」

「那麼，打仗為了什麼呢？」

「那是誤會！」

「誤會？就誤會到底吧！除非歷史都是說謊，有那麼一天，我們會曉得什麼是誤會！」

「好吧！」日本人用手慢慢的摸了摸臉。他的右眼合成了一道細縫，而左眼睜著。「餓死事小，你說的，好，我餓一餓你再看吧！三天內，你將得不到任何吃食！」

老人立了起來，頭有點眩暈；扶住桌子，他定了神。日本人伸出手來，「我們握握手不好嗎？」

老人沒任何表示，慢慢的往外走。已經走出屋門，他又被叫住：「你

什麼時候想明白了，什麼時候通知我，我願意作你的朋友！」

回到小屋中，他不願再多想什麼，只堅決的等著飢餓。是的，日本人的確會折磨人，打傷外面，還要懲罰內裡。他反倒笑了。

當晚，小屋裡又來了三個犯人，全是三四十歲的男人。由他們的驚恐的神色，他曉得他們也都沒有罪過；真正作了錯事的人會很沉靜的等待判決。他不願問他們什麼，而只低聲的囑咐他們：「你們要挺刑！你們認罪也死，不認罪也死，何苦多饒一面呢？用不著害怕，國亡了，你們應當受罪！挺著點，萬一能挺過去，你們好知道報仇！」

三天，沒有他的東西吃。三天，那三個新來的人輪流著受刑，好像是打給他看。飢餓，疼痛，與眼前的血肉橫飛，使他閉上眼，不出一聲。他不願死，但是死亡既來到，他也不便躲開。他始終不曉得到底犯了什麼罪，也不知道日本人為什麼偏偏勸他投降，他氣悶。可是，餓了三天之後，他的腦子更清楚了；他看清：不管日本人要幹什麼，反正他自己應當堅定！日本人說他有罪，他便是有罪，他須破著血肉去接取毒刑，日本人教他投降，他便是無罪，他破出生命保全自己的氣節。把這個看清，他覺得事情非常的簡單了，根本用不著氣悶。他給自己設了個比喻：假若你遇見一隻虎，你用不著和它講情理，而須決定你自己敢和它去爭鬥不敢！不用思索虎為什麼咬你，或不咬你，你應當設法還手打它！

他想念他的小兒子，仲石。他更想不清楚為什麼日本人始終不提起仲石來。莫非仲石並沒有作了那件光榮的事？莫非冠曉荷所報告的是另一罪行？假若他真是為仲石的事而被捕，他會毫不遲疑的承認，而安心等著死刑。是的，他的確願意保留著生命，去作些更有意義的事；可是，為了補充仲石的壯烈，他是不怕馬上就死去的。日本人，可是，不提起仲石，而勸他投降。什麼意思呢？莫非在日本人眼中，他根本就像個只會投降的人？這麼一想，他發了怒。真的，他活了五十多歲，並沒作出什麼有益於

國家與社會的事。可是，消極的，他也沒作過任何對不起國家與社會的事。為什麼日本人看他像漢奸呢？嘔！嘔！他想出來了：那山水畫中的寬衣博帶的人物，只會聽琴看花的人物，不也就是對國事袖手旁觀的人麼？日本人當然喜歡他們。他們至多也不過會退隱到山林中去，「不食周粟」；他們絕不會和日本人拚命！「好！好！好！」他對自己說：「不管仲石作過還是沒作過那件事，我自己應當作個和國家緊緊拴在一處的新人，去贖以前袖手旁觀國事的罪過！我不是被國事連累上，而是因為自己偷閒取懶誤了國事；我罪有應得！從今天起，我須把生死置之度外的去保全性命，好把性命完全交給國家！」

這樣想清楚，雖然滿身都是汙垢和傷痕，他卻覺得通體透明，像一塊大的水晶。

日本人可是並不因為他是塊水晶而停止施刑；即使他是金鋼鑽，他們也要設法把他磨碎。

他挺著，挺著，不哼一聲。到忍受不了的時候，他喊：「打！打！我沒的說！」他咬著牙，可是牙被敲掉。他暈死過去，他們用涼水噴他，使他再活過來。他們灌他涼水，整桶的灌，而後再教他吐出來。他們用榿子軋他的腿，甩火絨炙他的頭。他忍著挺受。他的日子過得很慢，當他清醒的時候；他的日子過得很快，當他昏迷過去的工夫。他決定不屈服，他把生命像一口唾液似的，在要啐出去的時節，又吞嚥下去。

審問他的人幾乎每次一換。不同的人用不同的刑，問不同的話。他已不再操心去猜測到底他犯了什麼罪。他看出來：假若他肯招認，他便是犯過一切的罪，隨便承認一件，都可以教他身首分離。反之他若是決心挺下去，他便沒犯任何罪，只是因不肯誣賴自己而受刑罷了。他也看明白：日本人也不一定準知道他犯了什麼罪，可是既然把他捉來，就不便再隨便放出去；隨便打著他玩也是好的。貓不只捕鼠，有時候捉到一隻美麗無辜的

小鳥，也要玩弄好大半天！

　　他的同屋的人，隨來隨走，他不記得一共有過多少人。他們走，是被釋放了，還是被殺害了，他也無從知道。有時候，他昏迷過去好大半天；再睜眼，屋中已經又換了人。看著他的血肉模糊的樣子，他們好像都不敢和他交談。他可是隻要還有一點力氣，便鼓舞他們，教他們記住仇恨和準備報仇。這，好似成了他還需生活下去的唯一的目的與使命。他已完全忘了自己，而只知道他是一個聲音；只要有一口氣，他就放出那個聲音 —— 不是哀號與求憐，而是教大家都挺起脊骨，豎起眉毛來的訊號。

　　到最後，他的力氣已不能再支援他。他沒有了苦痛，也沒有了記憶；有好幾天，他死去活來的昏迷不醒。

　　在一天太陽已平西的時候，他甦醒過來。睜開眼，他看見一個很體面的人，站在屋中定睛看著他。他又閉上了眼。恍恍惚惚的，那個人似乎問了他一些什麼，他怎麼答對的，已經想不起來了。他可是記得那個人極溫和親熱的拉了拉他的手，他忽然清醒過來；那隻手的熱氣好像走到了他的心中。他聽見那個人說：「他們錯拿了我，一會兒我就會出去。我能救你。我在幫，我就說你也在幫，好不好？」以後的事，他又記不清了，恍惚中他好像在一本冊子上按了鬥箕，答應永遠不向別人講他所受過的一切折磨與苦刑。在燈光中，他被推在一座大門外。他似醒似睡的躺在牆根。

　　秋風兒很涼，時時吹醒了他。他的附近很黑，沒有什麼行人，遠處有些燈光與犬吠。他忘了以前的一切，也不曉得他以後要幹什麼。他的殘餘的一點力氣，只夠使他往前爬幾步的。他拚命往前爬，不知道往哪裡去，也不管往哪裡去。手一軟，他又伏在地上。他還沒有死，只是手足都沒有力氣再動一動。像將要入睡似的，他恍忽的看見一個人 —— 冠曉荷。

　　像將溺死的人，能在頃刻中看見一生的事，他極快的想起來一切。冠曉荷是這一切的頭兒。一股不知道哪裡得的力氣，使他又揚起頭來。他看

清：他的身後，也就是他住過那麼多日子的地方，是北京大學。他決定往西爬，冠曉荷在西邊。他沒想起家，而只想起在西邊他能找到冠曉荷！冠曉荷把他送到獄中，冠曉荷也會領他回去。他須第一個先教冠曉荷看看他，他還沒死！

他爬，他滾，他身上流著血汗，汗把傷痕醃得極痛，可是他不停止前進；他的眼前老有個冠曉荷。冠曉荷笑著往前引領他。

他回到小羊圈，已經剩了最後的一口氣。他爬進自己的街門。他不曉得怎樣進了自己的屋子，也不認識自己的屋子。醒過來，他馬上又想起冠曉荷。傷害一個好人的，會得到永生的罪惡。他須馬上去宣佈冠曉荷的罪惡……慢慢的，他認識了人，能想起一點過去的事。他幾乎要感激冠曉荷。假若不是冠曉荷，他或者就像一條受了傷的野狗似的死在路上。當他又會笑了以後，他常常為這件事發笑 —— 一個害人的會這麼萬想不到的救了他所要害的人！對瑞宣，金三爺，和四大媽的照應與服侍，他很感激。可是，他的思想卻沒以感激他們為出發點，而想怎樣酬答他們。只有一樁事，盤旋在他的腦海中 —— 他要想全了自從被捕以至由獄中爬出來的整部經過。他天天想一遍。病越好一些，他就越多想起一點。不錯，其中有許多許多小塊的空白，可是，漸漸的他已把事情的經過想出個大致。漸漸的，他已能夠一想起其中的任何一事件，就馬上左右逢源的找到與它有關的情節來，好像幼時背誦《大學》《中庸》那樣，不論先生抽提哪一句，他都能立刻接答下去。這個背熟了的故事，使他不因為身體的漸次痊好，和親友們的善意深情，而忘了他所永不應忘了的事 —— 報仇。

瑞宣屢屢的問他，他總不肯說出來，不是為他對敵人起過誓，而是為把它存在自己的心中，像儲存一件奇珍似的，不願教第二個人看見。把它嚴嚴的存在自己心中，他才能嚴密的去執行自己的復仇的計劃；書生都喜歡紙上談兵，只說而不去實行；他是書生，他知道怎樣去矯正自己。

在他入獄的經過中，他引為憾事的只有他不記得救了他的人是誰。他略略的記得一點那個人的模樣；姓名，職業，哪裡的人，他已都不記得；也許他根本就沒有詢問過。他並不想報恩；報仇比報恩更重要。雖然如此，他還是願意知道那是誰；至少他覺得應當多交一個朋友，說不定那個人還會幫助他去報仇的。

對他的妻與兒，他也常常的想起，可是並不單獨的想念他們。他把他們和他入獄的經過放在一處去想，好增加心中的仇恨。他不該入獄，他們不該死。可是，他入了獄，他們死掉。這都不是偶然的，而是因為日本人要捉他，要殺他們。他是讀書明理的人，他應當辨明恩怨。假若他只把毒刑與殺害看成「命該如此」，他就沒法再像個人似的活著，和像個人似的去死！

想罷了入獄後的一切，他開始想將來。

對於將來，他幾乎沒有什麼可顧慮的，除了安置兒媳婦的問題。她，其實，也好安置。不過，她已有了孕；他可以忘了一切，而不輕易的忘了自己的還未出世的孫子或孫女。他可以犧牲了自己，而不能不管他的後代。他必須去報仇，可是也必須愛護他孫子。仇的另一端是愛，它們的兩端是可以折回來碰到一處，成為一個圈圈的。

「少奶奶！」他輕輕的叫。

她走進來。他看見了她半天才說：「你能走路不能啊？我要教你請你的父親去。」

她馬上答應了。她的健康已完全恢復，臉上已有了點紅色。她心中的傷痕並沒有平復，可是為了腹中的小兒，和四大媽的誠懇的勸慰，她已決定不再隨便的啼哭或暗自發愁，免得傷了胎氣。

她走後，他坐起來，閉目等候著金三爺。他切盼金三爺快快的來到，

可是又後悔沒有囑咐兒媳不要走得太慌，而自己嘟囔著：「她會曉得留心的！她會！可憐的孩子！」嘟囔了幾次，他又想笑自己：這麼婆婆媽媽的怎像個要去殺敵報仇的人呢！

少奶奶去了差不多一個鐘頭才回來。金三爺的發光的紅腦門上冒著汗，不是走出來的，而是因為隨著女兒一步一步的蹭，急出來的。到了屋中，他嘆了口氣：「要隨著她走一天的道兒，我得急死！」

少奶奶向來不大愛說話，可是在父親跟前，就不免撒點嬌：「我還直快走呢！」

「好！好！你去歇會兒吧！」錢老人的眼中發出點和善的光來。在平日，他說不上來是喜愛她，還是不喜愛她。他彷彿只有個兒媳，而公公與兒媳之間似乎老隔著一層帳幕。現在，他覺得她是個最可憐最可敬的人。一切將都要滅亡，只有她必須活著，好再增多一條生命，一條使死者得以不死的生命。

「三爺！勞你駕，把桌子底下的酒瓶拿過來！」他微笑著說。

「剛剛好一點，又想喝酒！」金三爺對他的至親好友是不鬧客氣的。可是，他把酒瓶找到，並且找來兩個茶杯。倒了半杯酒，他看了親家一眼，「夠了吧？」

錢先生頗有點著急的樣子：「給我！我來倒！」金三爺吸了口氣，把酒倒滿了杯，遞給親家。

「你呢？」錢老人拿著酒杯問。

「我也得喝？」

錢老人點了點頭：「也得是一杯！」

金三爺只好也給自己倒了一杯。

「喝！」錢先生把杯舉起來。

「慢點喲！」金三爺不放心的說。

「沒關係！」錢先生分兩氣把酒喝乾。

亮了亮杯底，他等候著親家喝。一見親家也喝完，他叫了聲：「三爺！」而後把杯子用力的摔在牆上，摔得粉碎。「怎麼回事？」金三爺莫名其妙的問。

「從此不再飲酒！」錢先生閉了閉眼。

「那好哇！」金三爺眨巴著眼，拉了張小凳，坐在床前。

錢先生看親家坐好，他猛的由床沿上出溜下來，跪在了地上；還沒等親家想出主意，他已磕了一個頭。金三爺忙把親家拉了起來。「這是怎回事？這是怎回事？」一面說，他一面把親家扶到床沿上坐好。

「三爺，你坐下！」看金三爺坐好，錢先生繼續著說：「三爺，我求你點事！雖然我給你磕了頭，你可是能管再管，不要勉強！」

「說吧，親家，你的事就是我的事！」金三爺掏出菸袋來，慢慢的擰煙。

「這點事可不算小！」

「先別嚇唬我！」金三爺笑了一下。

「少奶奶已有了孕。我，一個作公公的，沒法照應她。我打算 ——」

「教她回孃家，是不是？你說一聲就是了，這點事也值得磕頭？她是我的女兒呀！」金三爺覺得自己既聰明又慷慨。「不，還有更麻煩的地方！她無論生兒生女，你得替錢家養活著！我把兒媳和後代全交給了你！兒媳還年輕，她若不願守節，任憑她改嫁，不必跟我商議。她若是改了嫁，小孩可得留給你，你要像教養親孫子似的教養他。別的我不管，我只求你必得常常告訴他，他的祖母，父親，叔父，都是怎樣死的！三爺，這個麻煩可不小，你想一想再回答我！你答應，我們錢家歷代祖宗有靈，都要感激

你；你不答應，我絕不惱你！你想想看！」

金三爺有點摸不清頭腦了，吧唧著菸袋，他愣起來。他會算計，而不
會思想。女兒回家，外孫歸他養活，都作得到；家中多添兩口人還不至於
教他吃累。不過，親家這是什麼意思呢？他想不出！為不願多發愣，他反
問了句：「你自己怎麼辦呢？」

酒勁上來了，錢先生的臉上發了點紅。他有點急躁。「不用管我，我
有我的辦法！你若肯把女兒帶走，我把這些破桌子爛板凳，託李四爺給賣
一賣。然後，我也許離開北平，也許租一間小屋，自己瞎混。反正我有我
的辦法！我有我的辦法！」

「那，我不放心！」金三爺臉上的紅光漸漸的消失，他的確不放心親
家。在社會上，他並沒有地位。比他窮的人，知道他既是錢狠子，手腳又
厲害，都只向他點頭哈腰的敬而遠之。比他富的人，只在用著他的時候才
招呼他；把事辦完，他拿了傭錢，人家就不再理他。他只有錢先生這麼個
好友，能在生意關係之外，還和他喝酒談心。他不能教親家離開北平，也
不能允許他租一間小屋子去獨自瞎混。「那不行！連你，帶我的女兒，都
歸了我去！我養活得起你們！你五十多了，我快奔六十！讓我們天天一塊
兒喝兩杯吧！」

「三爺！」錢先生只這麼叫了一聲，沒有說出別的來。他不能把自己
的計劃說出來，又覺得這是違反了「事無不可對人言」的道理。他也知道
金三爺的話出於一片至誠，自己不該狠心的不說出實話來。沉默了好久，
他才又開了口：「三爺，年月不對了，我們應當各奔前程！乾脆一點，你
答應我的話不答應？」

「我答應！你也得答應我，搬到我那裡去！」

很難過的，錢先生扯謊：「這麼辦，你先讓我試一試，看我能獨自混
下去不能！不行，我一定找你去！」金三爺愣了許久才勉強的點了頭。

「三爺，事情越快辦越好！少奶奶願意帶什麼東西走，隨她挑選！你告訴她去，我沒臉對她講！三爺，你幫了我的大忙！我，只要不死，永遠，永遠忘不了你的恩！」

金三爺要落淚，所以急忙立起來，把菸袋鍋用力磕了兩下子。而後，長嘆了一口氣，到女兒屋中去。

錢先生還坐在床沿上，心中說不出是應當高興，還是應當難過。妻，孟石，仲石，都已永不能再見；現在，他又訣別了老友與兒媳 —— 還有那個未生下來的孫子！他至少應當等著看一看孫子的小臉；他相信那個小臉必定很像孟石。同時，他又覺得只有這麼狠心才對，假若他看見了孫子，也許就只顧作祖父而忘了別的一切。「還是這樣好！我的命是白挑選來的，不能只消磨在抱孫子上！我應當慶祝自己有這樣的狠心 —— 敵人比我更狠得多呀！」看了看酒瓶，他想再喝一杯。可是，他沒有去動它。只有酒能使他高興起來，但是他必須對得起地上破碎的杯子！他嚥了一大口唾沫。

正這樣呆坐，野求輕手躡腳的走進來。老人笑了。按著他的決心說，多看見一個親戚或朋友與否，已經都沒有任何關係。可是，他到底願意多看見一個人；野求來的正是時候。

「怎麼？都能坐起來了？」野求心中也很高興。

錢先生笑著點了點頭。「不久我就可以走路了！」「太好了！太好了！」野求揉著手說。

野求的臉上比往常好看多了，雖然還沒有多少肉，可是顏色不發綠了。他穿著件新青布棉袍，腳上的棉鞋也是新的。一邊和姐丈閒談，他一邊掏胸前儘裡邊的口袋。掏了好大半天，他掏出來十五張一塊錢的鈔票來。笑著，他輕輕的把錢票放在床上。

「幹嘛？」錢先生問。

野求笑了好幾氣，才說出來：「你自己買點什麼吃！」說完，他的小薄嘴唇閉得緊緊的，好像很怕姐丈不肯接受。「你哪兒有富餘錢給我呢？」

「我，我，找到個相當好的事！」

「在哪兒？」

野求的眼珠停止了轉動，愣了一會兒。「新政府不是成立了嗎？」

「哪個新政府？」

野求嘆了口氣。「姐丈！你知道我，我不是沒有骨頭的人！可是，八個孩子，一個病包兒似的老婆，教我怎辦呢？難道我真該瞪著眼看他們餓死嗎？」

「所以你在日本人組織的政府裡找了差事！」錢先生不錯眼珠的看著野求的臉。

野求的臉直抽動。「我沒去找任何人！我曉得廉恥！他們來找我，請我去幫忙。我的良心能夠原諒我！」

錢先生慢慢的把十五張票子拿起來，而極快的一把扔在野求的臉上：「你出去！永遠永遠不要再來，我沒有你這麼個親戚！走！」他的手顫抖著指著屋門。

野求的臉又綠了。他的確是一片熱誠的來給姐丈送錢，為是博得姐丈的歡心，誰知道結果會是碰了一鼻子灰。他不能和姐丈辯駁，姐丈責備的都對。他只能求姐丈原諒他的不得已而為之，可是姐丈既不肯原諒，他就沒有一點辦法。他也不好意思就這麼走出去，姐丈有病，也許肝火旺一點，他應當忍著氣，把這一場和平的結束過去，省得將來彼此不好見面。姐丈既是至親，又是他所最佩服的好友，他不能就這麼走出去，絕了交。他不住的舔他的薄嘴唇。坐著不妥，立起來也不合適，他不知怎樣才好。

「還不走？」錢先生的怒氣還一點也沒減，催著野求走。野求含著淚，慢慢的立起來。「默吟！我們就……」羞愧與難過截回去了他的話。他低著頭，開始往外走。「等等！」錢先生叫住了他。

他像個受了氣的小媳婦似的趕緊立住，仍舊低著頭。「去，開開那隻箱子！那裡有兩張小畫，一張石谿的，一張石谷的，那是我的鎮宅的寶物。我買得很便宜，才一共花了三百多塊錢。光是石谿的那張，賣好了就可以賣四五百。你拿去，賣幾個錢，去作個小買賣也好；哪怕是去賣花生瓜子呢，也比投降強！」把這些話說完，錢先生的怒氣已去了一大半。他愛野求的學識，也知道他的困苦，他要成全他，成全一個好友是比責罵更有意義的。「去吧！」他的聲音像平日那麼柔和了。「你拿去，那只是我的一點小玩藝兒，我沒心程再玩了！」

野求顧不得去想應當去拿畫與否，就急忙去開箱子。他只希望這樣的服從好討姐丈的歡喜。箱子裡沒有多少東西，所有的一些東西也不過是些破書爛本子。他願意一下子就把那兩張畫找到，可是又不敢慌忙的亂翻；他尊重圖書，特別尊重姐丈的圖書；書越破爛，他越小心。找了好久，他看不到所要找的東西。

「沒有嗎？」錢先生問。

「找不到！」

「把那些破東西都拿出來，放在這裡！」他拍了拍床。「我找！」

野求輕輕的，像挪動一些珍寶似的，一件件的往床上放那些破書。錢先生一本本的翻弄。他們找不到那兩張畫。「少奶奶！」錢先生高聲的喊，「你過來！」

他喊的聲音是那麼大，連金三爺也隨著少奶奶跑了過來。

看到野求的不安的神氣，親家的急躁，與床上的破紙爛書，金三爺說

了聲：「這又是那一出？」

　　少奶奶想招呼野求，可是公公先說了話：「那兩張畫兒呢？」

　　「哪兩張？」

　　「在箱子裡的那兩張，值錢的畫！」

　　「我不知道！」少奶奶莫名其妙的回答。

　　「你想想看，有誰開過那個箱子沒有！」

　　少奶奶想起來了。

　　金三爺也想起來了。

　　少奶奶也想起丈夫與婆婆來，心中一陣發酸，可是不敢哭出來。

　　「是不是一個紙卷喲？」金三爺說。

　　「是！是！沒有裱過的畫！」

　　「放在孟石的棺材裡了！」

　　「誰？」

　　「親家母！」

　　錢先生愣了好半天，嘆了口氣。

第 35 幕　跪城門

　　春天好似不管人間有什麼悲痛，又帶著它的溫暖與香色來到北平。地上與河裡的冰很快的都化開，從河邊與牆根都露出細的綠苗來。柳條上綴起鵝黃的碎點，大雁在空中排開隊伍，長聲的呼應著。一切都有了生意，只有北平的人還凍結在冰裡。

　　苦了小順兒和妞子。這本是可以買幾個模子，磕泥餑餑的好時候。用黃土泥磕好了泥人兒，泥餅兒，都放在小凳上，而後再從牆根採來葉兒還捲著的香草，擺在泥人兒的前面，就可以唱了呀：「泥泥餑餑，泥泥人兒耶，老頭兒喝酒，不讓人兒耶！」這該是多麼得意的事呀！可是，媽媽不給錢買模子，而當挖到了香草以後，唱著「香香蒿子，辣辣罐兒耶」的時候，父親也總是不高興的說：「別嚷！別嚷！」

　　他們不曉得媽媽近來為什麼那樣吝嗇，連磕泥餑餑的模子也不給買。爸爸就更奇怪，老那麼橫虎子似的，說話就瞪眼。太爺爺本是他們的「救主」，可是近來他老人家也彷彿變了樣子。在以前，每逢柳樹發了綠的時候，他必定帶著他們到護國寺去買赤包兒秧子，葫蘆秧子，和什麼小盆的「開不夠」與各種花仔兒。今年，他連蘿蔔頭，白菜腦袋，都沒有種，更不用說是買花秧去了。

　　爺爺不常回來，而且每次回來，都忘記給他們帶點吃食。這時候不是正賣豌豆黃，愛窩窩，玫瑰棗兒，柿餅子，和天津蘿蔔麼？怎麼爺爺總說街上什麼零吃也沒有賣的呢？小順兒告訴妹妹：「爺爺準是愛說瞎話！」

　　祖母還是待他們很好，不過，她老是鬧病，哼哼唧唧的不高興。她常常唸叨三叔，盼望他早早回來，可是當小順兒自告奮勇，要去找三叔的時候，她又不准。小順兒以為只要祖母準他去，他必定能把三叔找回來。他

有把握！妞子也很想念三叔，也願意陪著哥哥去找他。因為這個，他們小兄妹倆還常拌嘴。小順兒說：「妞妞，你不能去！你不認識路！」妞子否認她不識路：「我連四牌樓，都認識！」

　　一家子裡，只有二叔滿面紅光的怪精神。可是，他也不是怎麼老不回來。他只在新年的時候來過一次，大模大樣的給太爺爺和祖母磕了頭就走了，連一斤雜拌兒也沒給他們倆買來。所以他們倆拒絕了給他磕頭拜年，媽媽還直要打他們；臭二叔！胖二嬸根本沒有來過，大概是，他們猜想，肉太多了，走不動的緣故。

　　最讓他們羨慕的是冠家。看人家多麼會過年！當媽媽不留神的時候，他們倆便偷偷的溜出去，在門口看熱鬧。哎呀，冠家來了多少漂亮的姑娘呀！每一個都打扮得那麼花哨好看，小妞子都看呆了，嘴張著，半天也閉不上！她們不但穿得花哨，頭和臉都打扮得漂亮，她們也都非常的活潑，大聲的說著笑著，一點也不像媽媽那麼愁眉苦眼的。她們到冠家來，手中都必拿著點禮物。小順兒把食指含在口中，連連的吸氣。小妞子「一、二、三，」的數著；她心中最大的數字是「十二」，一會兒她就數到了「十二個瓶子！十二包點心！十二個盒子！」她不由的發表了意見：「他們過年，有多少好吃的呀！」他們還看見一次，他們的胖嬸子也拿著禮物到冠家去。他們最初以為她是給他們買來的好吃食，而跑過去叫她，她可是一聲也沒出便走進冠家去。因此，他們既羨慕冠家，也恨冠家——冠家奪去他們的好吃食。他們回家報告給媽媽：敢情胖嬸子並不是胖得走不動，而是故意的不來看他們。媽媽低聲的囑咐他們，千萬別對祖母和太爺爺說。他們不曉得這是為了什麼，而只覺得媽媽太奇怪；難道胖二嬸不是他們家的人麼？難道她已經算是冠家的人了麼？但是，媽媽的話是不好違抗的，他們只好把這件氣人的事存在心裡。小順兒告訴妹妹：「我們得聽媽媽的話喲！」說完他像小大人似的點了點頭，彷彿增長了學問似的。

是的，小順兒確是長了學問。你看，家中的大人們雖然不樂意聽冠家的事，可是他們老嘀嘀咕咕的講論錢家。錢家，他由大人的口中聽到，已然只剩了一所空房子，錢少奶奶回了孃家，那位好養花的老頭兒忽然不見了。他上哪兒去了呢？沒有人知道。太爺爺沒事就和爸爸嘀咕這回事。有一回，太爺爺居然為這個事而落了眼淚。小順兒忙著躲開，大人們的淚是不喜歡教小孩子看見的。媽媽的淚不是每每落在廚房的爐子上麼？

更教小順兒心裡跳動而不敢說什麼的事，是，聽說錢家的空房子已被冠先生租了去，預備再租給日本人。日本人還沒有搬了來，房屋可是正在修理——把窗子改矮，地上換木板好擺日本的「榻榻密」。小順兒很想到一號去看看，又怕碰上日本人。他只好和了些黃土泥，教妹妹當泥瓦匠，建造小房子。他自己作監工的。無論妹妹把窗子蓋得多麼矮，他總要挑剔：「還太高！還太高！」他捏了個很小的泥人，也就有半寸高吧。「你看看，妹，日本人是矮子，只有這麼高呀！」

這個遊戲又被媽媽禁止了。媽媽彷彿以為日本人不但不是那麼矮，而且似乎還很可怕；她為將要和日本人作鄰居，愁得什麼似的。小順兒看媽媽的神氣不對，不便多問；他只命令妹妹把小泥屋子毀掉，他也把那個不到半寸高的泥人揉成了個小球，扔在門外。

最使他們倆和全家傷心的是常二爺在城門洞裡被日本人打了一頓，而且在甕圈兒裡罰跪。

常二爺的生活是最有規律的，而且這規律是保持得那麼久，倒好像他是大自然的一個鐘擺，老那麼有規律的擺動，永遠不倦怠與停頓。因此，他雖然已經六十多歲，可是他自己似乎倒不覺得老邁；他的年紀彷彿專為給別人看的，像一座大鐘那樣給人們報告時間。因此，雖然他吃的是粗茶淡飯，住的是一升火就像磚窯似的屋子，穿的是破舊的衣裳，可是他，自青年到老年，老那麼活潑結實，直像剛挖出來的一個紅蘿蔔，雖然帶著泥

土，而鮮伶伶的可愛。

　　每到元旦，他在夜半就迎了神，祭了祖，而後吃不知多少真正小磨香油拌的素餡餃子——他的那點豬肉必須留到大年初二祭完財神，才作一頓元寶湯的。吃過了素餡餃子，他必須熬一通夜。他不賭錢，也沒有別的事情，但是他必須熬夜，為是教竈上老有火亮，貼在壁上的竈王爺面前老燒著一線高香。這是他的宗教。他並不信竈王爺與財神爺真有什麼靈應，但是他願屋中有點光亮與溫暖。他買不起鞭炮，與成斤的大紅燭，他只用一線高香與竈中的柴炭，迎接新年，希望新年與他的心地全是光明的。後半夜，他發睏的時候，他會出去看一看天上的星；經涼風兒一吹，他便又有了精神。進來，他抓一把專為過年預備的鐵蠶豆，把它們嚼得嘣嘣的響。

　　他並不一定愛吃那些豆子，可是真滿意自己的牙齒。天一亮，他勒一勒腰帶，順著小道兒去「逛」大鐘寺。沒有人這麼早來逛廟，他自己也並不希望看見什麼豆汁攤子，大糖葫蘆，沙雁，風車與那些紅男綠女。他只是為走這麼幾里地，看一眼那座古寺；只要那座廟還存在，世界彷彿就並沒改了樣，而他感到安全。

　　看見了廟門，他便折回來，沿路去向親戚朋友拜年。到十點鐘左右，他回到家，吃點東西，便睡一個大覺。大年初二，很早的祭了財神，吃兩三大碗餛飩，他便進城去拜年，祁家必是頭一家。

　　今年，他可是並沒有到大鐘寺去，也沒到城裡來拜年。他的世界變了，變得一點頭腦也摸不到。夜裡，遠處老有槍聲，有時候還打炮。他不知道是誰打誰，而心裡老放不下去。像受了驚嚇的小兒似的，睡著睡著他就猛的一下子嚇醒。有的時候，他的和鄰居的狗都拚命的叫，叫得使人心裡發顫。第二天，有人告訴他：夜裡又過兵來著！什麼兵？是我們的，還是敵人的？沒人知道。

　　假若夜裡睡不消停，白天他心裡也不踏實。謠言很多。儘管他的門前是那麼安靜，可是隻要過來一輛大車或一個行人，便帶來一片謠言。有的說北苑來了多少敵兵，有的說西苑正修飛機場，有的說敵兵要抓幾千名案子，有的說沿著他門前的大道要修公路。抓案？他的兒子正年輕力壯啊！他得設法把兒子藏起去。修公路？他的幾畝田正在大道邊上；不要多，只占去他二畝，他就受不了！他決定不能離開家門一步，他須黑天白日盯著他的兒子與田地！

　　還有人說：日本人在西苑西北屠了兩三個村子，因為那裡窩藏著我們的遊擊隊。這，常二爺想，不能是謠言；半夜裡的槍聲炮響不都是在西北麼？他願意相信我們還有遊擊隊，敢和日本鬼子拚命。同時，他又怕自己的村子也教敵人給屠了。想想看吧，德勝門關廂的監獄不是被我們的遊擊隊給砸開了麼？他的家離德勝門也不過七八里路呀！屠村子是可能的！

　　他不但聽見，也親眼看見了：順著大道，有許多人從西北往城裡去，他們都扶老攜幼的，挑著或揹著行李。他打聽明白：這些人起碼都是小康之家，家中有房子有地。他們把地像白給似的賣出去，放棄了房子，搬到城裡去住。他們怕屠殺。這些人也告訴他：日本人將來不要地稅，而是要糧食，連稻草與麥桿兒全要。你種多少地，收多少糧，日本人都派人來監視；你收糧，他拿走！你不種，他照樣的要！你不交，他治死你！

　　常二爺的心跳到口中來。揹著手在他的田邊上繞，他須細細的想一想。他有智慧，可是腦子很慢。是不是他也搬進城去住呢？他向西山搖了搖頭。山，他，他的地，都永遠不能動！不能動！真的，他的幾畝地並沒給過他任何物質上的享受。他一年到頭只至多吃上兩三次豬肉，他的唯一的一件禮服是那件洗過不知多少次的藍布大褂。可是，他還是捨不得離開他的地。離開他的地，即使吃喝穿住都比現在好，他也不一定快活。有地，才有他會作的事；有地，他才有了根。

　　不！不！什麼都也許會遇見，只有日本人來搶莊稼是謠言，道地的謠言！他不能先信謠言，嚇唬自己。看著土城，他點了點頭。他不知道那是金元時代的遺蹟，而只曉得他自幼兒就天天看見它，到如今它也還未被狂風吹散。他也該像這土城，永遠立在這裡。由土城收回眼神，他看到腳前的地，麥苗兒，短短的，黑綠的麥苗兒，一壠一壠的一直通到鄰家的地，而後又連到很遠很遠的地，又……他又看到西山。謠言！謠言！這是他的地，那是王家的，那是丁家的，那是……西山；這才是實在的！別的都是謠言！

　　不過，萬一敵人真要搶糧來，怎辦呢？即使不來搶，而用兵馬給踐踏壞了，怎辦呢？他想不出辦法！他的背上有點癢，像是要出汗！他只能晝夜的看守著他的地。有人真來搶劫，他會拚命！這麼決定了，他又高興一點，開始順著大道去挑選馬糞。挑選著一堆馬糞，他就回頭看一看他的地，而後告訴自己：都是謠言，地是丟不了的！金子銀子都容易丟了，只有這黑黃的地土永遠丟不了！

　　快到清明了，他更忙了一些。一忙，他心裡反倒踏實了好多。夜裡雖還時時聽到槍聲，可是敵人並沒派人來要糧。麥苗已經不再趴在地上，都隨著春風立起來，油綠油綠的。一行行的綠麥，鑲著一條條的黃土，世界上還有什麼比這更好看呢？再看，自己的這一塊地，收拾得多麼整齊，麥壠有多麼直溜！這塊地的本質原不很好，可是他的精神與勞力卻一點不因土壤而懈怠。老天爺不下雨，或下雨太多，他都無法挽救旱澇；可是隻要天時不太壞，他就用上他的全力去操作，不省下一滴汗。看看他的地，他覺得應當驕傲，高興！他的地不僅出糧食，也表現著他的人格。他和地是一回事。有這塊地，連日月星辰也都屬於他了！

　　對祁家那塊墳地，他一點也不比自己的那塊少賣力氣。「快清明了！」他心中說：「應當給他們拍一拍墳頭！誰管他們來不來燒紙呢！」他給墳頭

添了土，拍得整整齊齊的。一邊拍，一邊他想念祁家的人，今年初二，他沒能去拜年，心中老覺得不安。他盼望他們能在清明的時節來上墳。假若他們能來，那就說明了城裡的人已不怕出城，而日本人搶糧的話十之八九是謠言了。

離他有二里地的馬家大少爺鬧嗓子，已經有一天多不能吃東西。馬家有幾畝地，可是不夠吃的，多虧大少爺在城裡法院作法警，月間能交家三頭五塊的。大少爺的病既這麼嚴重，全家都慌了，所以來向常二爺要主意。常二爺正在地裡忙著，可是救命的事是義不容辭的。他不是醫生，但是憑他的生活經驗與人格，鄰居們相信他或者比相信醫生的程度還更高一些。他記得不少的草藥偏方，從地上挖巴挖巴就能治病，既省錢又省事。在他看，只有城裡的人才用得著醫生，唯一的原因是城裡的人有錢。對馬家少爺的病，他背誦了許多偏方，都覺得不適用。鬧嗓子是重病。最後，他想起來六神丸。他說：

「這可不是草藥，得上城裡買去，很貴！」

貴也沒辦法呀，救命要緊！馬家的人從常二爺的口中聽到藥名，彷彿覺得病人的命已經可以保住。他們絲毫不去懷疑六神丸。只要出自常二爺之口，就是七神丸也一樣能治病的。問題只在哪兒去籌幾塊錢，和託誰去買。

七拼八湊的，弄到了十塊錢。誰去買呢？當然是常二爺。大家的邏輯是：常二爺既知道藥名，就也必知道到哪裡去買；而且，常二爺若不去買，別人即使能買到，恐怕也會失去效驗的！

「得到前門去買呀！」常二爺不大願意離開家，可又不便推辭，只好提出前門教大家考慮一下。前門，在大家的心中，是個可怕的地方。那裡整天整夜的擁擠著無數的人馬車輛，動不動就會碰傷了人。還有，鄉下的土財主要是想進城花錢，不是都花在前門外麼？那裡有穿著金線織成的衣

服的女人，據說這種女人「吃」土財主十頃地像吃一個燒餅那麼容易！況且，前門離西直門還有十多里路呢。

不過，唯其因為前門這樣的可怕，才更非常二爺出馬不行。嘴上沒有鬍鬚的人哪能隨便就上前門呢！

常二爺被自己的話繞在裡邊了！他非去不可！眾望所歸，還有什麼可說的呢？揣上那十塊錢，他勒了勒腰帶，準備進城。已經走了幾步，有人告訴他，一進西直門就坐電車，一會兒就到前門。他點了點頭，而心中很亂；他不曉得坐電車都有多少手續與規矩。他一輩子只曉得走路，坐車已經是個麻煩，何況又是坐電車呢！不，他告訴自己，不坐車，走路是最妥當的辦法！

剛一進西直門，他就被日本兵攔住了。他有點怕，但是決定沉住了氣。心裡說：「我是天字第一號的老實人，怕什麼呢？」

日本人打手式教他解開懷。他很快的就看明白了，心中幾乎要高興自己的沉著與聰明。在解鈕釦之前，他先把懷中掖著的十塊錢票子取了出來，握在手中。心裡說：「除了這個，準保你什麼也搜不著！有本事的話，你也許能摸住一兩個蝨子！」

日本人劈手把錢搶過去，回手就是左右開弓兩個嘴巴。常二爺的眼前飛起好幾團金星。

「大大的壞，你！」日本兵指著老人的鼻子說。說罷，他用手捏著老人的鼻子，往城牆上拉；老人的頭碰在了牆上，日本兵說：「看！」

老人看見了，牆上有一張告示。可是，他不認那麼多的字。對著告示，他嘛了幾口氣。怒火燒著他的心，慢慢的他握好了拳。他是箇中國人，北方的中國人，北平郊外的中國人。他不認識多少字，他可是曉得由孔夫子傳下來的禮義廉恥。他吃的是糠，而道出來的是仁義。他一共有幾

敵地，而他的人格是頂得起天來的。他是個最講理的，知恥的，全人類裡最拿得出去的，人！他不能這麼白白的捱打受辱，他可以不要命，而不能隨便丟棄了「理」！

可是，他也是世界上最愛和平的人。慢慢的，他把握好的拳頭又放開了。他的鄰居等著吃藥呢！他不能只顧自己的臉面，而忘了馬少爺的命！慢慢的，他轉過身來，像對付一條惡狗似的，他忍著氣央求：「那幾塊錢是買藥的，還給我吧！那要是我自己的錢，就不要了，你們當兵的也不容易呀！」日本兵不懂他的話，而只向旁邊的一箇中國警察一努嘴。警察過來拉住老人的臂，往甕圈裡拖。老人低聲的問：「怎麼回事？」

警察用很低的聲音，在老人耳邊說：「不准用我們的錢啦，一律用他們的！帶著我們的錢，有罪！好在你帶的少，還不至於有多大的罪過。得啦，」他指著甕圈內的路旁，「老人家委屈一會兒吧！」

「幹什麼？」老人問。

「跪一會兒！」

「跪？」老人從警察手中奪出胳臂來。

「好漢不吃眼前虧！你這麼大的年紀啦，招他捶巴一頓，受不了！沒人笑話你，這是常事！多咱我們的軍隊打回來，把這群狗養的都殺絕。」

「我不能跪！」老人挺起胸來。

「我可是好意呀，老大爺！論年紀，你和我父親差不多！這總算說到家了吧？我怕你再捱打！」

老人沒了主意，日本兵有槍，他自己赤手空拳。即使他肯拚命，馬家的病人怎麼辦呢？極慢極慢的，眼中冒著火，他跪了下去。他從手到腳都哆嗦著。除了老親和老天爺，他沒向任何人屈過膝。今天，他跪在人馬最多的甕圈兒中。他不敢抬頭，而把牙咬得山響，熱汗順著脖子往下流。

雖然沒抬頭，他可是覺得出，行人都沒有看他；他的恥辱，也是他們的；他是他們中間的老人。跪了大概有一分鐘吧，過來一家送殯的，鬧喪鼓子乒乒乓乓的打得很響。音樂忽然停止。一群人都立在他身旁，等著檢查。他抬起頭來看了一眼，那些穿孝衣的都用眼盯著日本人，沉默而著急，彷彿很怕棺材出不了城。他嘆了口氣，對自己說：「連死人也逃不過這一關！」

日本兵極細心的檢查過了一切的人，把手一揚，鑼鼓又響了。一把紙錢，好似撒的人的手有點哆嗦，沒有揉好，都三三兩兩的還沒分開，就落在老人的頭上。日本兵笑了。那位警察乘著機會走過來，假意作威的喊：「你還不滾！留神，下次犯了可不能這麼輕輕的饒了你！」

老人立起來，看了看巡警，看了看日本兵，看了看自己的磕膝。他好像不認識了一切，呆呆的愣在那裡。他什麼也不想，只想過去擰下敵兵的頭來。一輩子，他老承認自己的命運不好，所以永遠連抱怨老天爺不下雨都覺得不大對。今天他所遇到的可並不是老天爺，而是一個比他年輕許多的小兵。他不服氣！人都是人，誰也不應當教誰矮下一截，在地上跪著！

「還不走哪？」警察很關心的說。

老人用手掌使勁的擦了擦嘴上的花白短胡，嘆了口氣，慢慢的往城裡走。

他去找瑞宣。進了門，他不敢跺腳和拍打身上的塵土，他已經不是人，他須去掉一切人的聲勢。走到棗樹那溜兒，帶著哭音，他叫了聲：「祁大哥！」

祁家的人全一驚，幾個聲音一齊發出來：「常二爺！」他立在院子裡。「是我喲！我不是人！」

小順兒是頭一個跑到老人的跟前，一邊叫，一邊扯老人的手。

「別叫了！我不是太爺，是孫子！」

「怎麼啦？」祁老人越要快而越慢的走出來。「老二，你進來呀！」

瑞宣夫婦也忙著跑過來。小妞兒慌手忙腳的往前鑽，幾乎跌了一跤。

「老二！」祁老人見到老友，心中痛快得彷彿像風雪之後見到陽光似的。「你大年初二沒有來！不是挑你的眼，是真想你呀！」

「我來？今天我來了！在城門上捱了打，罰了跪！憑我這個年紀，罰跪呀！」他看著大家，用力往回收斂他的淚。可是，面前的幾個臉都是那麼熟習和祥，他的淚終於落了下來。「怎麼啦？常二爺爺！」瑞宣問。

「先進屋來吧！」祁老人雖然不知是怎回事，可是見常二爺落了淚，心中有些起急。「小順兒的媽，打水，泡茶去！」進到屋中，常二爺把城門上的一幕學說給大家聽。「這都是怎回事呢？大哥，我不想活著了，快七十了，越活越矮，我受不了！」

「是呀！我們的錢也不准用了！」祁老人嘆著氣說。「城外頭還照常用啊！能怪我嗎？」常二爺提出他的理由來。

「罰跪還是小事，二爺爺！不准用我們的錢才屬害！錢就是我們的血脈，把血脈吸乾，我們還怎麼活著呢？」瑞宣明知道這幾句話毫無用處，可是已經憋了好久，沒法不說出來。常二爺沒聽懂瑞宣的話，可是他另悟出點意思來：「我明白了，這真是改朝換代了，我們的錢不准用，還教我在街上跪著！」

瑞宣不願再和老人講大事，而決定先討他個歡心。「得啦，還沒給你老人家拜年，給你拜個晚年吧！」說完，他就跪在了地上。

這，不但教常二爺笑了笑，連祁老人也覺得孫子明禮可愛。祁老人心中一好受，馬上想出了主意：「瑞宣，你給買一趟藥去！小順兒的媽，你給二爺爺作飯！」常老人不肯教瑞宣跑一趟前門。瑞宣一定要去：「我不必

跑那麼遠，新街口有一家鋪子就帶賣！我一會兒就回來！」「真的呀？別買了假藥！」常二爺受人之託，唯恐買了假藥。

「假不了！」瑞宣跑了出去。

飯作好，常二爺不肯吃。他的怒氣還未消。大家好說歹說的，連天佑太太也過來勸慰，他才勉強的吃了一碗飯。飯後說閒話，他把鄉下的種種謠言說給大家聽，並且下了註解：「今天我不敢不信這些話了，日本人是什麼屎都拉得出來的！」瑞宣買來藥，又勸慰了老人一陣。老人拿著藥告辭：「大哥，沒有事我可就不再進城了！反正我們心裡彼此想念著就是了！」

小順兒與妞子把常二爺的事聽明白了差不多一半。常二爺走後，他開始裝作日本人，教妹妹裝常二爺，在臺階下罰跪。媽媽過來給他屁股上兩巴掌，「你什麼不好學，單學日本人！」小順兒抹著淚，到祖母屋中去訴苦。

第 36 幕　收音機

杏花開了。臺兒莊大捷。

程長順的生意完全沒了希望。日本人把全城所有的廣播收音機都沒收了去，而後勒令每一個院子要買一架日本造的，四個燈的，只能收本市與冀東的收音機。冠家首先遵命，晝夜的開著機器，冀東的播音節目比北平的遲一個多鐘頭，所以一直到夜裡十二點，冠家還鑼鼓喧天的響著。六號院裡，小文安了一架，專為聽廣播京戲。這兩架機器的響聲，前後夾攻著祁家，吵得瑞宣時常的咒罵。瑞宣決定不買，幸而白巡長好說話，沒有強迫他。

「祁先生你這麼辦，」白巡長獻計：「等著，等到我交不上差的時候，你再買。買來呢，你怕吵得慌，就老不開開好了！這是日本人作一筆大生意，要講聽訊息，誰信……」

李四爺也買了一架，不為聽什麼，而只為不惹事。他沒心聽戲，也不會鼓逗那個洋玩藝。他的兒子，胖牛兒，可是時常把它開開，也不為聽什麼，而是覺得花錢買來的，不應當白白的放著不用。

七號雜院裡，沒有人願意獨力買一架，而大家合夥買又辦不到，因為誰出了錢都是物主，就不便聽別人的支配，而這個小東西又不是隨便可以亂動的。後來，說相聲的黑毛兒方六有一天被約去廣播，得了一點報酬，買來一架，為是向他太太示威。他的理由是：「省得你老看不起我，貧嘴惡舌的說相聲！瞧吧，我方六也到廣播電臺去露了臉！我在那兒一出聲，九城八條大街，連天津三不管，都聽得見！不信，你自己聽聽好嘍！」

四號裡，孫七和小崔當然沒錢買，也不高興買。「累了一天，晚上得睡覺，誰有工夫聽那個！」小崔這麼說。孫七完全同意小崔的話，可是為

顯出自己比小崔更有見識，就提出另一理由來：「還不光為了睡覺！誰廣播？日本人！這就甭說別的了，我反正不花錢聽小鬼子造謠言！」

他們倆不肯負責，馬寡婦可就慌了。明明的白巡長來通知，每家院子都得安一架，怎好硬不聽從呢？萬一日本人查下來，那還了得！同時她又不肯痛痛快快的獨自出錢。她出得起這點錢，但是最怕人家知道她手裡有積蓄。她決定先和小崔太太談一談。就是小崔太太和小崔一樣的不肯出錢，她也得教她知道知道她自己手中並不寬綽。

「我說崔少奶奶，」老太太的眼睛眨巴眨巴的，好像心中有許多妙計似的。「別院裡都有了響動，我們也不能老耗著呀！我想，我們好歹的也得弄一架那會響的東西，別教日本人挑出我們的錯兒來呀！」

小崔太太沒從正面回答，而扯了扯到處露著棉花的破襖，低著頭說：「天快熱起來，棉衣可是脫不下來，真愁死人！」

是的，裌衣比收音機重要多了。馬老太太再多說豈不就有點不知趣了麼？她嘆了口氣，回到屋中和長順商議。長順嗚嚕著鼻子，沒有好氣。「這一下把我的買賣擠到了底！家家有收音機，有錢的沒錢的一樣可以聽大戲，誰還聽我的話匣子？誰？我們的買賣吹啦，還得自己買一架收音機？真！日本人來調查，我跟他們講講理！」

「他們也得講理呀！他們講理不就都好辦了嗎？長順，我養你這麼大，不容易，你可別給我招災惹禍呀！」

長順很堅決，一定不去買。為應付外婆，他時常開開他的留聲機。「日本人真要是來查的話，我們這裡也有響動就完了！」同時，他不高興老悶在家裡，聽那幾張已經聽過千百次的留聲機片。他得另找個營生。這又使外婆晝夜的思索，也想不出辦法來。教外孫去賣花生瓜子什麼的，未免有失身分；作較大的生意吧，又沒那麼多的本錢；賣力氣，長順是嬌生慣養的慣了，吃不了苦；要手藝，他又沒有任何專長。她為了大難。為這

個，她半夜裡有時候睡不著覺。聽著外孫的呼聲，她偷偷的咒罵日本人。她本來認為她和外孫是連個蒼蠅也不得罪的人，日本人就絕對不會來欺侮他們。不錯，日本人沒有殺到他們頭上來；可是，長順沒了事作，還不是日本人搞的鬼？她漸漸的明白了孫七和小崔為什麼那樣恨日本人。雖然她還不敢明目張膽的，一答一和的，對他們發表她的意見，可是，趕到他們倆在院中談論日本人的時候，她在屋中就注意的聽著；若是長順不在屋裡，她還大膽的點一點頭，表示同意他們的話語。

長順不能一天到晚老聽留聲機。他開始去串門子。他知道不應當到冠家去。外婆所給他的一點教育，使他根本看不起冠家的人。他很想到文家去，學幾句二簧，可是他知道外婆是不希望他成為「戲子」，而且也必定反對他和小文夫婦常常來往的。外婆不反對他和李四爺去談天，但是他自己又不大高興去，因為李四爺儘管是年高有德的人，可是不大有學問。他自己雖然也不過只能連嘰帶糊的念戲本兒，可是覺得有成為學者的根底 —— 能念唱本兒，慢慢的不就能念大書了麼？一來二去，他去看丁約翰，當約翰休假的時候，他想討換幾個英國字，好能讀留聲機片上的洋字。他以為一切洋字都是英文，而丁約翰是必定精通英文的。可是，使他失望的是約翰並不認識那些字！不過，丁約翰有一套理論：「英文也和中文一樣，有白話，有文言，寫的和說的大不相同，大不相同！我在英國府作事，有一口兒英國話就夠了；念英國字，那得有幼工，我小時候可惜沒下過工夫！英國話，我差不多！你就說奶油吧，叫八特兒；茶，叫踢；水，是窩特兒！我全能聽能說！」

長順聽了這一套，雖然不完全滿意，可是究竟不能不欽佩丁約翰。他記住了八特兒，並且在家裡把脂油叫做「白八特兒」，氣得外婆什麼似的。

丁約翰既沒能滿足他，又不常回來，所以程長順找到了瑞宣。對瑞宣，他早就想親近。可是，看瑞宣的文文雅雅的樣子，他有點自慚形穢，

不敢往前巴結。有一天，看瑞宣拉著妞子在門口看大槐樹上的兩隻喜鵲，他搭訕著走過來打招呼。不錯，瑞宣的確有點使人敬而遠之的神氣，可是也並不傲氣凌人。因此，他搭訕著跟了進去。在瑞宣的屋中，他請教了留聲機片上的那幾個英國字。瑞宣都曉得，並且詳細的給他解釋了一番。他更佩服了瑞宣，心中說：人家是下過幼工的！

長順的求知心很盛，而又不敢多來打擾瑞宣，所以每一來到的時候，他的語聲就嗚嚨的特別的厲害，手腳都沒地方放。及至和瑞宣說過了一會兒話，聽到了他所沒聽過的話，他高了興，開始極恭敬誠懇的問瑞宣許多問題。他相當的聰明，又喜歡求知。瑞宣看出來他的侷促不安與求知的懇切，所以告訴他可以隨便來，不必客氣。這樣，他才敢放膽的到祁家來。

瑞宣願意有個人時常來談一談。年前，在南京陷落的時節，他的心中變成一片黑暗。那時候，他至多也不過能說：反正中日的事情永遠完不了；敗了，再打就是了！及至他聽到政府繼續抗戰的宣言，他不再悲觀了。他常常跟自己說：「只要打，就有出路！」一冬，他沒有穿上皮袍，因為皮袍為錢先生的病送到當鋪裡去，而沒能贖出來。他並沒感覺到怎樣不舒服。每逢太太催他去設法贖皮袍的時候，他就笑一笑：「心裡熱，身上就不冷！」趕到過年的時候，家中什麼也沒有，他也不著急，彷彿已經忘了過年這回事。韻梅的心中可不會這麼平靜，為討老人們的喜歡，為應付兒女們的質問，她必須好歹的點綴點綴；若光是她自己，不過年本是無所不可的。她不敢催他，於是心中就更著急。忍到無可忍了，她才問了聲：「怎麼過年呀？」瑞宣又笑了笑。他已經不願再為像過年這路的事體多費什麼心思，正像他不關心冬天有皮袍沒有一樣。他的心長大了。他並無意變成個因悲觀而冷酷的人，也不願意因憤慨而對生活冷淡。他的忽略那些生活中的小事小節，是因為心中的堅定與明朗。他看清楚，一個具有愛和平的美德的民族，敢放膽的去打斷手足上的鎖鐐，它就必能剛毅起來，而

和平與剛毅揉到一起才是最好的品德。他還愁什麼呢？看見山的，誰還肯玩幾塊小石卵呢？皮袍的有無，過年不過，都是些小石子，他已經看到了大山。

被太太催急了，他建議去把她那件出門才穿的灰鼠袍子送到當鋪中去。韻梅生了氣：「你怎麼學得專會跑當鋪呢？過日子講究添置東西，我們怎麼專把東西往外送呢？」說真的，那雖然是她唯一的一件心愛的衣服，可是她並不為心疼它而生氣。她所爭的是家庭過日子的道理。

瑞宣沒有因為這不客氣的質問而發脾氣。他已決定不為這樣的小事動他的感情。苦難中的希望，洗滌了他的靈魂。結果，韻梅的皮袍入了當鋪。

轉過年開學，校中有五位同事不見了。他們都逃出北平去。瑞宣不能不慚愧自己的無法逃走，同時也改變了在北平的都是些糟蛋的意見。他的同事，還另外有許多人，並不是糟蛋，他們敢冒險逃出去。他們逃出去，絕不為去享受，而是為不甘心作奴隸。北平也有「人」！

由瑞豐口中，他聽到各學校將要有日本人來作祕書，監視全校的一切活動。他知道這是必然的事，而決定看看日本祕書將怎麼樣給學生的心靈上刑。假若可能，他將在暗中給學生一些鼓勵，一些安慰，教他們不忘了中國。這個作不到，他再辭職，去找別的事作。為了家中的老小，他須躲避最大的危險。可是，在可能的範圍內，他須作到他所能作的，好使自己不完全用慚愧寬恕自己。

錢先生忽然不見了，瑞宣很不放心。可是，他很容易的就想到，錢先生一定不會隱藏起來，而是要去作些不願意告訴別人的事。假若真要隱藏起去，他相信錢先生會告訴他的；錢先生是個爽直的人。爽直的人一旦有了不肯和好友說的話，他的心中必定打算好了一個不便連累朋友的計劃。想到這裡，他不由的吐出一口氣來，心裡說：「戰爭會創造人！壞的也許

更壞，而好的也會更好！」他想像不出來，錢詩人將要去作些什麼，和怎麼去作，他可是絕對相信老人會不再愛惜生命，不再吟詩作畫。錢老人的一切似乎都和抗戰緊緊的聯絡在一處。他偷偷的喝了一盅酒，預祝老詩人的成功。

同事們與別人的逃走，錢老人的失蹤，假若使他興奮，禁止使用法幣可使他揪心。他自己沒有銀行存款，用不著到銀行去調換偽幣，可是他覺得好像有一條繩子緊緊的勒在他與一切人的脖子上。日本人收法幣去套換外匯，同時只用些紙來欺騙大家。華北將只要弄一些紙片，而沒有一點真的「財」。華北的血脈被敵人吸乾！那些中國的銀行還照常的營業，他想不出它們會有什麼生意，和為什麼還不關門。看著那些好看的樓房，他覺得它們都是紙糊的「樓庫」。假若他弄不十分清楚銀行裡的事，他可是從感情上高興城外的鄉民還照舊信任法幣。法幣是紙，偽幣也是紙，可是鄉下人拒絕使用偽鈔。這，他以為，是一種愛國心的表現。這是心理的，而不是經濟的。他越高興鄉民這種表現，就越看不起那些銀行。

和銀行差不多，是那些賣新書的書店。它們存著的新書已被日本人拿去燒掉，它們現在印刷的已都不是「新」書。瑞宣以為它們也應當關門，可是它們還照常的開著。瑞宣喜歡逛書鋪和書攤。看到新書，他不一定買，可是翻一翻它們，他就覺得舒服。新書彷彿是知識的花朵。出版的越多，才越顯出文化的榮茂。現在，他看見的只是《孝經》，《四書》，與《西廂記》等等的重印，而看不到真的新書。日本人已經不許中國人發表思想。

是的，北平已沒了錢財，沒了教育，沒了思想！但是，瑞宣的心中反倒比前幾個月痛快的多了。他並不是因看慣了日本人和他們的橫行霸道而變成麻木不仁，而是看到了光明的那一面。只要我們繼續抵抗，他以為，日本人的一切如意算盤總是白費心機。中央政府的繼續抗戰的宣言像一劑

瀉藥似的洗滌了他的心；他不再懷疑這次戰爭會又像九一八與一二八那樣胡裡胡塗的結束了。有了這個信心，他也就有了勇氣。他把日本人在教育上的，經濟上的，思想上的侵略，一股攏總都看成為對他這樣不能奔赴國難的人的懲罰。他須承認自己的不能盡忠國家的罪過，從而去勇敢的受刑。同時，他決定好，無論受什麼樣的苦處，他須保持住不投降不失節的志氣。不錯，政府是遷到武漢去了。可是，他覺得自己的心離政府更近了一些。是的，日本人最厲害的一招是堵閉了北平人的耳朵，不許聽到中央的廣播，而用評戲，相聲與像哭號似的日本人歌曲，麻醉北平人的聽覺。可是，瑞宣還設法去聽中央的廣播，或看廣播的紀錄。他有一兩位英國朋友，他們家裡的收音機還沒被日本人拿了去。聽到或看到中央的訊息，他覺得自己還是箇中國人，時時刻刻的分享著在戰爭中一切中國人的喜怒哀樂。就是不幸他馬上死亡，他的靈魂也會飛奔了中央去的。他覺得自己絕不是犯了神經病，由喜愛和平改為崇拜戰爭，絕不是。他讀過託爾司泰、羅素、羅曼羅蘭的非戰的文字，他也相信人類的最大的仇敵是大自然，人類最大的使命是征服自然，使人類永遠存在。人不應當互相殘殺。可是，中國的抗戰絕不是黷武喜殺，而是以抵抗來為世界儲存一個和平的，古雅的，人道的，文化。這是個極大的使命。每一個有點知識的人都應當挺起胸來，擔當這個重任。愛和平的人而沒有勇敢，和平便變成屈辱，保身便變為偷生。

看清了這個大題目，他便沒法不注意那些隨時發生的小事：新民報社上面為慶祝勝利而放起的大氣球，屢次被人們割斷了繩子，某某漢奸接到了裝著一顆槍彈的信封，在某某地方發現了抗日的傳單……這些事都教他興奮。他知道抗戰的艱苦，知道這些小的表現絕不足以嚇倒敵人，可是他沒法不感覺到興奮快活，因為這些小事正是那個大題目下的小註解；事情雖小，而與那最大的緊緊的相聯，正像每一細小的神經都通腦中樞一樣。

　　臺兒莊的勝利使他的堅定變成為一種信仰。西長安街的大氣球又升起來，北平的廣播電臺與報紙一齊宣傳日本的勝利。日本的軍事專家還寫了許多論文，把這一戰役比作但能堡的殲滅戰。瑞宣卻獨自相信國軍的勝利。他無法去高聲的呼喊，告訴人們不要相信敵人的假訊息。他無法來放起一個大氣球，扯開我們勝利的旗幟。他只能自己心中高興，給由冠家傳來的廣播聲音一個輕蔑的微笑。

　　真的，即使有機會，他也不會去高呼狂喊，他是北平人。他的聲音似乎專為吟詠用的。北平的莊嚴肅靜不允許狂喊亂鬧，所以他的聲音必須溫柔和善，好去配合北平的靜穆與雍容。雖然如此，他心中可是覺得憋悶。他極想和誰談一談。長順兒來得正好。長順年輕，雖然自幼兒就受外婆的嚴格管教，可是年輕人到底有一股不能被外婆消滅淨盡的熱氣。他喜歡聽瑞宣的談話。假若外婆的話都以「不」字開始 —— 不要多說話！不要管閒事！不要…… —— 瑞宣的話便差不多都以「我們應當」起頭兒。外婆的話使他的心縮緊，好像要縮成一個小圓彈子，攥在手心裡才好。瑞宣的話不然，它們使他興奮，心中發熱，眼睛放亮。他最喜歡聽瑞宣說：「中國一定不會亡！」瑞宣的話有時候很不容易懂，但是懂不懂的，他總是細心的聽。他以為即使有一兩句不懂，那又有什麼關係呢，反正有「中國不亡」打底兒就行了！

　　長順聽了瑞宣的話，也想對別人說；知識和感情都是要往外發洩的東西。他當然不敢和外婆說。外婆已經問過他，幹嘛常到祁家去。他偷偷的轉了轉眼珠，扯了個謊：「祁大爺教給我念洋文呢！」外婆以為外國人都說同樣的洋文，正如同北平人都說北平話那樣。那麼，北平城既被日本人占據住，外孫子能說幾句洋文，也許有些用處；因此，她就不攔阻外孫到祁家去。

　　可是，不久他就露了破綻。他對孫七與小崔顯露了他的知識。論知識

的水準，他們三個原本都差不多。但是，年歲永遠是不平等的。在平日，孫七與小崔每逢說不過長順的時候，便搬出他倆的年歲來壓倒長順。長順心中雖然不平，可是沒有反抗的好辦法。外婆不是常常說，不准和年歲大的人拌嘴嗎？現在，他可是說得頭頭是道，叫孫七與小崔的歲數一點用處也沒有了。況且，小崔不過比他大著幾歲，長順簡直覺得他幾乎應當管小崔叫老弟了。

不錯，馬老太太近來已經有些同情孫七與小崔的反日的言論；可是，聽到自己的外孫滔滔不絕的發表意見，她馬上害怕起來。她看出來：長順是在祁家學「壞」了！

她想應當快快的給長順找個營生，老這麼教他到處去搖晃著，一定沒有好處。有了正當的營生，她該給外孫娶一房媳婦，攏住他的心。她自己只有這麼個外孫，而程家又只有這麼一條根，她絕對不能大撒手兒任著長順的意兒愛幹什麼就幹什麼。這是她最大的責任，無可脫卸！日本人儘管會橫行霸道，可是不能攔住外孫子結婚，和生兒養女。假如她自己這輩子須受日本人的氣，長順的兒女也許就能享福過太平日子了。只要程家有了享福的後代，他們也必不能忘了她老婆子的，而她死後也就有了焚香燒紙的人！

老太太把事情都這麼想清楚，心中非常的高興。她覺得自己的手已抓住了一點什麼最可靠的東西，不管年月如何難過，不管日本人怎樣厲害，都不能勝過她。她能克服一切困難。她手裡彷彿拿到了萬年不易的一點什麼，從漢朝——她的最遠的朝代是漢朝——到如今，再到永遠，都不會改變——她的眼睛亮起來，顴骨上居然紅潤了一小塊。

在瑞宣這方面，他並沒料到長順會把他的話吸收得那麼快，而且使長順的內心裡發生了變動。在學校裡，他輕易不和學生們談閒話，即使偶一為之，他也並沒感到他的話能收到多大的效果。學校裡的教師多，學生們

聽的話也多，所以學生們的耳朵似乎已變硬，不輕易動他們的感情。長順沒入過中學，除了簡單數目的加減，與眼前的幾個字，他差不多什麼也不知道。因此，他的感情極容易激動，就像一個粗人受人家幾句煽惑便馬上敢去動武打架那樣。有一天，他扭捏了半天，而後說出一句話來：「祁先生！我從軍去好不好？」

瑞宣半天沒能回出話來。他沒料到自己的閒話會在這個青年的心中發生了這麼大的效果。他忽然發現了一個事實：知識不多的人反倒容易有深厚的情感，而這情感的泉源是我們的古遠的文化。一個人可以很容易獲得一些知識，而性情的深厚卻不是一會兒工夫培養得出的。上海與臺兒莊的那些無名的英雄，他想起來，豈不多數是沒有受過什麼教育的鄉下人麼？他們也許寫不上來「國家」兩個字，可是他們都視死如歸的為國家犧牲了性命！同時，他也想到，有知識的人，像他自己，反倒前怕狼後怕虎的不敢勇往直前；知識好像是情感的障礙。他正這樣的思索，長順又說了話：「我想明白了：就是日本人不勒令家家安收音機，我還可以天天有生意作，那又算得了什麼呢？國要是亡了，幾張留聲機片還能救了我的命嗎？我很捨不得外婆，可是事情擺在這裡，我能老為外婆活著嗎？人家那些打仗的，誰又沒有家，沒有老人呢？人家要肯為國家賣命，我就也應當去打仗！是不是？祁先生！」

瑞宣還是回不出話來。在他的理智上，他知道每一箇中國人都該為儲存自己的祖墳與文化而去戰鬥。可是，在感情上，因為他是中國人，所以他老先去想每個人的困難。他想：長順若是拋下他的老外婆，而去從軍，外婆將怎麼辦呢？同時，他又不能攔阻長順，正如同他不能攔阻老三逃出北平那樣。

「祁先生，你看我去當步兵好，還是砲兵好？」長順嗚嗚囔囔的又發了問。「我願意作砲兵！你看，對準了敵人的大隊，忽隆一炮，一死一大

片，有多麼好呢！」他說得是那麼天真，那麼熱誠，連他的嗚囔的聲音似乎都很悅耳。

瑞宣不能再愣著。笑了一笑，他說：「再等一等，等我們都詳細的想過了再談吧！」他的話是那麼沒有力量，沒有決斷，沒有意義，他的口中好像有許多鋸末子似的。

長順走了以後，瑞宣開始低聲的責備自己：「你呀，瑞宣，永遠成不了事！你的心不狠，永遠不肯教別人受委屈吃虧，可是你今天眼前的敵人卻比毒蛇猛獸還狠毒著多少倍！為一個老太婆的可憐，你就不肯教一個有志的青年去從軍！」

責備完了自己，他想起來：這是沒有用處的，長順必定不久就會再來問他的。他怎麼回答呢？

第 37 幕　高亦陀

　　大赤包變成全城的妓女的總乾孃。高亦陀是她的最得力的「太監」。高先生原是賣草藥出身，也不知怎的到過日本一趟，由東洋回來，他便掛牌行醫了。他很謹慎的保守他的出身的祕密，可是一遇到病人，他還沒忘了賣草藥時候的胡吹亂侃；他的話比他的道高明著許多。嘴以外，他仗著「行頭」鮮明，他永遠在出門的時候穿起過分漂亮的衣服鞋襪，為是十足的賣弄「賣像兒」；在江湖上，「賣像兒」是非常重要的。

　　一個古老的文化本來就很複雜，再加上一些外來的新文化，便更複雜得有點莫名其妙，於是生活的道路上，就像下過大雨以後出來許多小徑那樣，隨便那個小徑都通到吃飯的處所。在我們老的文化裡，我們有很多醫治病痛的經驗，這些經驗的保留者與實行者便可以算作醫生。趕到科學的醫術由西方傳來，我們又知道了以阿司匹靈代替萬應錠，以兜安氏藥膏代替凍瘡膏子藥；中國人是喜歡保留古方而又不肯輕易拒絕新玩藝兒的。因此，在這種時候要行醫，頂好是說中西兼用，舊藥新方，正如同中菜西吃，外加叫條子與高聲猜拳那樣。高亦陀先生便是這種可新可舊，不新不舊，在文化交界的三不管地帶，找飯吃的代表。

　　他的生意可惜並不甚好。他不便去省察自己的本事與學問，因為那樣一來，他便會完全失去自信，而必不可免的摘下「學貫中西」的牌匾。他只能怨自己的運氣不大好，同時又因嫉妒而輕視別的醫生；他會批評西醫不明白中國醫道，中醫又不懂科學，而一概是殺人的庸醫。

　　大赤包約他幫忙，他不能不感激知遇之恩。假若他的術貫中西的醫道使他感到抓住了時代的需要，去作妓女檢查所的祕書就更是天造地設的機遇。他會說幾句眼前的日本語，他知道如何去逢迎日本人，他的服裝打扮

足以「唬」得住妓女，他有一張善於詞令的嘴。從各方面看，他都覺得勝任愉快，而可以大展經綸。他本來有一口兒大菸癮，可是因為收入不怎麼豐，所以不便天天有規律的吸食。現在，他看出來他的正規收入雖然還不算很多，可是為大赤包設法從妓女身上榨取油水的時候，他會，也應當，從中得些好處的。於是，他也就馬上決定天天吸兩口兒煙，一來是日本人喜歡中國的癮士，二來是常和妓女們來往，會抽口兒煙自然是極得體的。

　　對大赤包，在表面上，他無微不至的去逢迎。他幾乎「長」在了冠家。大家打牌，他非到手兒不夠的時候，絕不參加。他的牌打得很好，可是他知道「喝酒喝厚了，賭錢賭薄了」的格言，不便於天天下場。不下場的時候，他總是立在大赤包身後，偶爾的出個主意，備她參考。他給她倒茶，點菸，拿點心，並且有時候還輕輕的把鬆散了的頭髮替她整理一下。他的相貌，風度，姿態，動作，都像陪闊少爺冶遊，幫吃幫喝的「篾片兒」。大赤包完全信任他，因為他把她伺候得極舒服。每當大赤包上車或下車，他總過去攙扶。每當她要「創造」一種頭式，或衣樣，他總從旁供獻一點意見。她的丈夫從來對她沒有這樣殷勤過。他是西太后的李蓮英。可是，在他的心裡，他另有打算。他須穩住了大赤包，得到她的完全的信任，以便先弄幾個錢。等到手裡充實了以後，他應當去直接的運動日本人，把大赤包頂下去，或者更好一點把衛生局拿到手裡。他若真的作了衛生局局長，哼，大赤包便須立在他的身後，伺候著他打牌了。

　　對冠曉荷，他只看成為所長的丈夫，沒放在眼裡。他非常的實際，冠曉荷既還賦閒，他就不必分外的客氣。對常到冠家來的人，像李空山，藍東陽，瑞豐夫婦，他都儘量的巴結，把主任，科長叫得山響，而且願意教大家知道他是有意的巴結他們。他以為只有被大家看出他可憐，大家才肯提拔他；到他和他們的地位或金錢可以肩膀齊為兄弟的時候，他再拿出他的氣派與高傲來。他的氣派與高傲都在心中儲存著呢！把主任與科長響亮

的叫過之後，他會冰涼的叫一聲冠「先生」，叫曉荷臉上起一層小白疙疸。

　　冠曉荷和東陽，瑞豐拜了盟兄弟。雖然他少報了五歲，依然是「大哥」。他羨慕東陽與瑞豐的官運，同時也羨慕他們的年輕有為。當初一結拜的時候，他頗高興能作他們的老大哥。及至轉過年來，他依然得不到一官半職，他開始感覺到一點威脅。雖然他的白髮還是有一根便拔一根，可是他感到自己或者真是老得不中用了；要不然，憑他的本事，經驗，風度，怎麼會幹不過了那個又臭又醜的藍東陽，和傻蛋祁瑞豐呢？他心中暗暗的著急。高亦陀給他的刺激更大，那聲冰涼的「先生」簡直是無情的匕首，刺著他的心！他想回敬出來一兩句俏皮的，教高亦陀也顫抖一下的話，可是又不便因快意一時而把太太也得罪了；高亦陀是太太的紅人啊。他只好忍著，心中雖然像開水一樣翻滾，臉上可不露一點痕跡。他要證明自己是有涵養的人。他須對太太特別的親熱，好在她高興的時候，給高亦陀說幾句壞話，使太太疏遠他。反正她是他的太太，儘管高亦陀一天到晚長在這裡，也無礙於他和太太在枕畔說話兒呀。為了這個，他已經不大到桐芳屋裡去睡。

　　大赤包無論怎樣像男人，到底是女子，女子需要男人的愛，連西太后恐怕也非例外。她不但看出高亦陀的辦事的本領，也感到他的殷勤。憑她的歲數與志願，她已經不再想作十八九歲的姑娘們的春夢。可是，她平日的好打扮似乎也不是偶然的。她的心愛的紅色大概是為補救心中的灰暗。她從許多年前，就知道丈夫並不真心愛她。現在呢，她又常和妓女們來往，她滿意自己的權威，可是也羨慕她們的放浪不拘。她沒有工夫去替她們設身處地的去想她們的苦痛；她只理會自己的存在，永遠不替別人想什麼。她只覺得她們給她帶來一股像春風的什麼，使她渴想從心中放出一朵鮮美的花來。她並沒看得起高亦陀，可是高亦陀的殷勤到底是殷勤。想想看，這二三十年來，誰給過她一點殷勤呢？她沒有過青春。不管她怎樣會

修飾打扮，人們彷彿總以為她像一條大狗熊，儘管是一條漂亮的大狗熊。
她知道客人們的眼睛不是看高第與招弟，便是看桐芳，誰也不看她。他們
若是看她，她就得給他們預備茶水或飯食，在他們眼中，她只是主婦，而
且是個不大像女人的主婦！

在初一作所長的時節，她的確覺得高興，而想拿出最大的度量，寬容
一切的人，連桐芳也在內。趕到所長的滋味已失去新鮮，她開始想用一點
什麼來充實自己，使自己還能像初上任時那麼得意。第一個她就想到了桐
芳。不錯，以一個婦女而能作到所長，她不能不承認自己是個女中的豪
傑。但是，還沒得到一切。她的丈夫並不完全是她的。她應當把這件事也
馬上解決了。平日，她的丈夫往往偏向著桐芳；今天她已是所長，她必須
用所長的威力壓迫丈夫，把那個眼中釘拔了去。

趕到曉荷因為抵制高亦陀而特別和她表示親密，她並沒想出他的本意
來；她的所作所為是無可批評的。她以為他是看明白了她的心意，而要既
承認君臣之興，又恢復夫妻之愛；她開始向桐芳總攻。

這次的對桐芳攻擊，與從前的那些次大不相同。從前，她的武器只是
叫罵吵鬧。這樣的武器，桐芳也有一份兒，而且比她的或者更銳利一點。
現在，她是所長，她能指揮窯子裡的魚兵蝦將作戰。有權的才會狠毒，而
狠毒也就是威風。她本來想把桐芳趕出門去就算了，可是越來越狠，她決
定把桐芳趕到窯子裡去。一旦桐芳到了那裡，大赤包會指派魚兵蝦將監視
著她，教她永遠困在那裡。把仇敵隨便的打倒，還不如把仇敵按著計劃用
在自己指定的地方那麼痛快；她看準了窯子是桐芳的最好的牢獄。

大赤包不常到辦公處去，因為有一次她剛到妓女檢查所的門口，就有
兩三個十五六歲的男孩子大聲的叫她老鴇子。她追過去要打他們，他們跑
得很快，而且一邊跑一邊又補上好幾聲老鴇子。她很想把門外的牌子換一
換，把「妓女」改成更文雅的字眼兒。可是，機關的名稱是不能隨便改變

的。她只好以不常去保持自己的尊嚴。有什麼公文，都由高亦陀拿到家來
請她過目；至於經常的事務，她可以放心的由職員們代辦，因為職員們都
清一色的換上了她的孃家的人；他們既是她的親戚，向來知道她的厲害，
現在又作了她的屬員，就更不敢不好好的效力。

決定了在家裡辦公，她命令桐芳搬到瑞豐曾經要住的小屋裡去，而把
桐芳的屋子改為第三號客廳。北屋的客廳是第一號，高第的臥室是第二
號。凡是貴客，與頭等妓女，都在第一號客廳由她自己接見。這麼一來，
冠家便每天都貴客盈門，因為貴客們順便的就打了茶圍。第二號客廳是給
中等的親友，與二等妓女預備著的，由高第代為招待。窮的親友與三等妓
女都到第三號客廳去，桐芳代為張羅茶水什麼的。一號和二號客廳裡，永
遠擺著牌桌。麻雀，撲克，押寶，牌九，都隨客人的便；玩的時間與賭的
大小，也全無限制。無論玩什麼，一律抽頭兒。頭兒抽得很大，因為高貴
的香菸一開就是十來筒，在屋中的每一角落，客人都可以伸手就拿到香
菸；開水是晝夜不斷，高等的香片與龍井隨客人招呼，馬上就沏好。「便
飯」每天要開四五桌，客人雖多，可是酒飯依然保持著冠家的水準。熱毛
巾每隔三五分鐘由漂亮的小老媽遞送一次；毛巾都消過毒 —— 這是高亦
陀的建議。

只有特號的客人才能到大赤包的臥室裡去。這裡有由英國府來的紅
茶，白蘭地酒，和大砲臺煙。這裡還有一價兒很精美的鴉片煙煙具。

大赤包近來更發了福，連臉上的雀斑都一個個發亮，好像抹上了英國
府來的奶油似的。她手指上的戒指都被肉包起來，因而手指好像剛灌好的
臘腸。隨著肌肉的發福，她的氣派也更擴大。每天她必細細的搽粉抹口
紅，而後穿上她心愛的紅色馬甲或長袍，坐在堂屋裡辦公和見客。她的眼
和耳控制著全個院子，她的咳嗽與哈欠都是一種訊號 —— 二號與三號客
廳的客人們若吵鬧得太兇了，她便像放炮似的咳嗽一兩聲，教他們肅靜下

來；她若感到疲倦便放一聲像空襲警報器似的哈欠，教客人們鞠躬告退。

在堂屋坐膩了，她才到各屋裡像戰艦的艦長似的檢閱一番，而二三等的客人才得到機會向她報告他們的來意。她點頭，就是「行」；她皺眉，便是「也許行」；她沒任何的表示，便是「不行」。假若有不知趣的客人，死氣白賴的請求什麼，她便責罵尤桐芳。

午飯後，她要睡一會兒午覺。只要她的臥室的簾子一放下來，全院的人都立刻閉上了氣，用腳尖兒走路。假若有特號的客人，她可以犧牲了午睡，而精神也不見得疲倦。她是天生的政客。

遇到好的天氣，她不是帶著招弟，便是瑞豐太太，偶爾的也帶一兩個她最寵愛的「姑娘」，到中山公園或北海去散散步，順便展覽她的頭式和衣裳的新樣子 —— 有許多「新貴」的家眷都特意的等候著她，好模仿她的頭髮與衣服的式樣。在這一方面，她的創造力是驚人的：她的靈感的來源最顯著的有兩個，一個是妓女，一個是公園裡的圖畫展覽會。妓女是非打扮得漂亮不可的。可是，從歷史上看，在民國以前，名妓多來自上海與蘇州，她們給北平帶來服裝打扮的新式樣，使北平的婦女們因羨慕而偷偷的模仿。民國以後，妓女的地位提高了一些，而女子教育也漸漸的發達，於是女子首先在梳什麼頭，作什麼樣的衣服上有了一點自由，她們也就在這個上面表現出創造力來。這樣，妓女身上的俗豔就被婦女們的雅緻給壓倒。在這一方面，妓女們失去了領導的地位。大赤包有眼睛，從她的「乾女兒」的臉上，頭上，身上，腳上，她看到了前幾年的風格與式樣，而加上一番揣摩。出人意料的，她恢復了前幾年曾經時行的頭式，而配以最新式樣的服裝。她非常的大膽，硬使不調和的變成調和。假若不幸而無論如何也不調諧，她會用她的氣派壓迫人們的眼睛，承認她的敢於故作驚人之筆，像萬里長城似的，雖然不美，而驚心動魄。在她這樣打扮了的時節，她多半是帶著招弟去遊逛。招弟是徹底的摩登姑娘，不肯模仿媽媽的出奇

致勝。於是，一老一少，一常一奇，就更顯出媽媽的奇特，而女兒反倒平平常常了。當她不是這樣怪裡怪氣的時候，她就寧教瑞豐太太陪著她，也不要招弟，因為女兒的年輕貌美天然的給她不少威脅。

　　每逢公園裡有畫展，她必定進去看一眼。她不喜歡山水花卉與翎毛，而專看古裝的美人。遇到她喜愛的美人，她必定購一張。她願意教「冠所長」三個字長期的顯現在大家眼前，所以定畫的時節，她必囑咐把這三個字寫在特別長的紅紙條上，而且字也要特別的大。畫兒定好，等到「取件」的時節，她不和畫家商議，而自己給打個八折。她覺得若不這樣辦，就顯不出所長的威風，好像妓女檢查所所長也是畫家們的上司似的。畫兒取到家中之後，她到夜靜沒人的時候，才命令曉荷給她展開，她詳細的觀賞。古裝美人衣服上的邊緣如何配色，頭髮怎樣梳，額上或眉間怎樣點「花子」，和拿著什麼樣的扇子，她都要細心的觀摩。看過兩三次，她發明瞭寬袖寬邊的衣服，或像唐代的長髻垂髮，或眉間也點起「花子」，或拿一把絹制的團扇。她的每一件發明，都馬上成為風氣。

　　假若招弟專由電影上取得裝飾的模範，大赤包便是溫故知新，從古舊的本位的文化中去發掘，而後重新改造。她並不懂得什麼是美，可是她的文化太遠太深了，使她沒法不利用文化中的色彩與形式。假若文化是一條溪流，她便是溪水的泡沫，而泡沫在遇上相當合適的所在，也會顯出它的好看。她不懂得什麼叫文化，正像魚不知道水是什麼化合的一樣。但是，魚若是會浮水，她便也會戲弄文化。

　　在她的心裡，她只知道出風頭，與活得舒服。事實上，她卻表現著一部分在日本轄制下的北平人的精神狀態。這一部分人是投降給日本人的。在投降之後，他們不好意思愧悔，而心中又總有點不安，所以他們只好鬼混，混到哪裡是哪裡，混到幾時是幾時。這樣，物質的享受與肉慾的放縱成了他們發洩感情的唯一的出路。假若「氣節」令他們害怕，他們會以享

受與縱慾自取滅亡，作個風流鬼。他們吸鴉片，喝藥酒，捧戲子，玩女人；他們也講究服裝打扮。在這種心理下，大赤包就成了他們的女人的模範。大赤包的成功是她誤投誤撞的碰到了漢奸們的心理狀態。在她，她始終連什麼亡國不亡國都根本沒有思索過。她只覺得自己有天才，有時運，有本領，該享受，該作大家的表率。她使大家有了事作，有了出風頭的機會與啟示。她看不起那模仿她的女人們，因為她們缺乏著創造的才智。況且，她們只能模仿她的頭髮，衣裝，與團扇，而模仿不了她作所長。她是女英雄，能抓住時機自己升官發財，而不手背朝下去向男人要錢買口紅與鑽石。站在公園或屋裡，她覺得她的每一個腳指頭都嘎噔嘎噔的直響！

　　在她的客廳裡，她什麼都喜歡談，只是不談國事。南京的陷落與武漢的成為首都，已使她相信她可以高枕無憂的作她的事情了。她並不替日本人思索什麼，她覺得日本人的占據北平實在是為她開啟一個天下。她以為若沒有她，日本駐北平的軍隊便無從得到花姑娘，便無法防止花柳病的傳播，而連冠家帶她嬢家的人便不會得到一切享受。她覺得她比日本人還更重要。她與日本人的關係，她以為，不是主與僕的，而是英雄遇見了好漢，相得益彰。因此，北平全城只要有集會她必參加，而且在需要錦標與獎品的時候，她必送去一份。這樣，她感到她是與日本人平行的，並不分什麼高低。

　　趕到她宴請日本人的時候，她也無所不盡其極的把好的東西拿出來，使日本人不住的吸氣。她要用北平文化中的精華，教日本人承認她的偉大。她不是漢奸，不是亡國奴，而是日本人在吃喝穿戴等等上的導師。日本人，正如同那些妓女，都是她的寶貝兒，她須給他們好的吃喝，好的娛樂。她是北平的皇后，而他們不過是些鄉下孩子。

　　假如大赤包像吃了順氣丸似的那麼痛快，冠曉荷的胸中可時時覺得憋悶。他以為日本人進了北平，他必定要走一步好運。可是，他什麼也沒得

到。他奔走得比誰都賣力氣，而成績比誰都壞。他急躁，他不平。他的過
去的經歷與資格不但不足以幫助他，反倒像是一種障礙。高不成，低不
就，他落了空。他幾乎要失去自信，而懷疑自己已經控制不住環境與時代
了。他不曉得自己是時代的渣滓，而以為自己是最會隨機應變抓住時機
的人。照著鏡子，他問自己：「你有什麼缺點呢？怎麼會落在人家後頭了
呢？」他不明白，他覺得日本人的攻占北平一定有點錯誤，要不然，怎會
沒有他的事作呢？對於大赤包的得到職位，他起初是從心裡真的感覺快
活。他以為連女人還可以作官，他自己就更不成問題了。可是，官職老落
不到他的頭上來，而太太的氣焰一天高似一天，他有點受不住了。他又不
能不承認事實，太太作官是千真萬確的，而凡是官就必有官的氣派，太太
也非例外。他只好忍氣吞聲的忍耐著。他知道，太太已經是不好隨便得罪
的，況且是有官職的太太呢。他不便自討無趣的和她表示什麼。反之，他
倒應該特別的討太太的喜歡，表示對她的忠誠與合作。因此，他心裡明明
喜愛桐芳，可也沒法不冷淡她。假若他還照以前那樣寵愛桐芳，他知道必
定會惹起大赤包的反感，而自己也許碰一鼻子灰。他狠心的犧牲了桐芳，
希望在他得到官職以後，再恢復舊日的生活秩序。他聽到太太有把桐芳送
到窰子去的毒計，也不敢公開的反對；他絕對不能得罪太太，太太是代表
著一種好運與勢力。雞蛋是不便和石頭相碰的；他很自傲，但是時運強迫
他自認為雞蛋。

他可是仍然不灰心。他還見機會就往前鑽；時運可以對不起他，他可
不能對不起自己。在鑽營而外，他對於一些小的事情也都留著心，表現出
自己的才智。租下錢家的房子是他的主意。這主意深得太太的嘉獎。把房
子租下來，轉租給日本人，的確是個妙計。自從他出賣了錢先生，他知
道，全衚衕的人都對他有些不敬。他不願意承認作錯了事，而以為大家對
他的不敬純粹出於他的勢力不足以威鎮一方的。當大赤包得了所長的時

候，他以為大家一定要巴結他了。可是他們依舊很冷淡，連個來道喜的也沒有。現在，他將要作二房東，日本人，連日本人，都要由他手裡租房住！二房東雖然不是什麼官銜，可是房客是日本人，這個威風可就不小。他已經板著面孔訓示了白巡長：「我說，白巡長，」他的眼皮眨巴的很靈動，「你曉得一號的房歸了我，不久就有日本人來住。我們的衚衕裡可是髒得很，你曉得日本人是愛乾淨的。你得想想辦法呀！」

白巡長心中十分討厭冠曉荷，可是臉上不便露出來，微笑著說：「冠先生，衚衕裡的窮朋友多，拿不出清潔費呀！」「那是你的事，我沒法管！」冠先生的臉板得有稜有角的說。「你設法辦呢，討日本人的喜歡！你不管呢，日本人會直接的報告上去，我想對你並沒有好處！我看，你還是勸大家拿點錢，僱人多打掃打掃好！大家出錢，你作了事，還不好？」他沒等白巡長再回出話來，就走了進去，心中頗為得意。有日本人租他的房，他便拿住了白巡長，也就是拿住了全衚衕的人。

當大赤包贈送銀盃，錦標，或別的獎品的時候，冠曉荷總想把自己的名字也刻上，繡上，或寫上。大赤包不許：「你不要這樣子呀！」她一點不客氣的說。「寫上你算怎回事呢？難道還得註明瞭你是我的丈夫？」

曉荷心裡很不好受，可是他還盡心的給她想該題什麼字樣。他的學問有限的很；唯其如此，他才更能顯出絞盡腦汁的樣子，替她思索。他先宣告：「我是一片忠心，凡事絕不能馬馬虎虎！」然後，他皺上眉，點上香菸，研好了墨，放好了紙，把《寫信不求人》，《春聯大全》之類的小冊子堆在面前，作為參考書，還囑咐招弟們不要吵鬧，他才開始思索。他假嗽，他喝茶，他閉眼，他揹著手在屋中來回的走。這樣鬧闖了許久，他才寫下幾個字來。寫好，他放開輕快的步子，捧著那張紙像捧著聖旨似的，去給大赤包看。她氣派很大的瞇著眼看一看，也許看見了字，也許根本沒看見，就微微一點頭：「行啦！」事實上，她多半是沒有看見寫的是什麼。

在她想，只要杯或盾是銀的，旗子是緞子的，弄什麼字就都無所不可。為表示自己有學問，曉荷自己反倒微笑著批評：「這還不十分好，我再想想看！」

遇到藍東陽在座，曉荷必和他斟酌一番。藍東陽只會作詩與小品文，對編對聯與題字等等根本不懂。可是他不便明說出來，而必定用黃牙啃半天他的黑黃的指甲，裝著用腦子的樣子。結果，還是曉荷勝利，因為東陽的指甲已啃到無可再啃的時節總是說：「我非在夜間極安靜的時候不能用腦子！算了吧，將就著用吧！」這樣戰勝了東陽，曉荷開始覺得自己的確有學問，也就更增加了點懷才不遇之感 —— 一種可以自傲的傷心。

一個懷才不遇的人特別愛表現他的才。曉荷，為表現自己的才氣，給大赤包造了一本名冊。名冊的「甲」部都是日本人，「乙」部是偽組織的高官，「丙」部是沒有什麼實權而聲望很高，被日本人聘作諮議之類的「元老」，「丁」部是地方上有頭臉的人。他管這個名冊叫做四部全書，彷彿堪作四庫全書的姐妹著作似的。每一個名下，他詳細的注好：年齡，住址，生日，與嗜好。只要登在名冊上，他便認為那是他的友人，設法去送禮。送禮，在他看，是征服一切人之特傚法寶。為送禮，他和瑞豐打過賭；瑞豐輸了。瑞豐以為曉荷的辦法是大致不錯的，不過，他懷疑日本人是否肯接受曉荷的禮物。他從給日本人作特務的朋友聽到：在南京陷落以後，日本軍官們已得到訓令 —— 他們應當鼓勵中國人吸食鴉片，但是不論在任何場合，他們自己不可以停留在有鴉片煙味的地方，免得受鴉片的香味的誘惑；他們不得接受中國人的禮物。瑞豐報告完這點含有警告性的訊息，曉荷閉了閉眼，而後噗哧一笑。「瑞豐！你還太幼稚！我告訴你，我親眼看見過日本人吸鴉片！命令是命令，命令改變不了鴉片的香美！至於送禮，我們馬上打個賭！」他開啟了他的四部全書。「你隨便指定一個日本人，今天既不是他的生日，也不是中國的或日本的節日，我馬上送過一份

禮去，看他收不收，他收下，你輸一桌酒菜，怎樣？」

瑞豐點了頭。他知道自己要輸，可是不便露出怕輸一桌酒席的意思。

曉荷把禮物派人送出去，那個人空著手回來，禮物收下了。

「怎樣？」曉荷極得意的問瑞豐。

「我輸了！」瑞豐心疼那桌酒席，但是身為科長，不便說了不算。

「為這種事跟我打賭！你老得輸！」曉荷微笑著說。也不僅為贏了一桌酒席得意，而也更得意日本人接受了他的禮物。「告訴你，只要你肯送禮，你幾乎永遠不會碰到搖頭的人！只要他不搖頭，他 —— 無論他是怎樣高傲的人 —— 便和你我站得肩膀一邊齊了！告訴你，我一輩子專愛懲治那些挑著眉毛，自居清高的人。怎麼懲治，給他送禮。禮物會堵住一切人的嘴，會軟化一切人的心，日本人也是人；既是人，就得接我的禮；接了我的禮，他便什麼威風也沒有了！你信不信？」

瑞豐只有點頭，說不上什麼來。自從作了科長，他頗有些看不起冠大哥。可是冠大哥的這一片話實在教他欽佩，他沒法不恢復以前對冠先生的尊敬。冠先生雖然現在降了一等，變成了冠大哥，到底是真有「學問」！他想，假若他自己也去實行冠大哥的理論，大概會有那麼一天，他會把禮物送給日本天皇，而天皇也得拍一拍他的肩膀，叫他一聲老弟的。

因為研究送禮，曉荷又發現了日本人很迷信。他不單看見了日本軍人的身上帶著神符與佛像，他還聽說：日本人不僅迷信神佛，而且也迷信世界上所有的忌諱。日本人也忌諱西洋人的禮拜五，十三，和一枝火柴點三枝香菸。他們好戰，所以要多方面的去求保佑。他們甚至於討厭一切對他們的預言。英國的威爾斯預言過中日的戰爭，並且說日本人到了湖沼地帶便因瘟疫而全軍覆沒。日本人的「三月亡華論」已經由南京陷落而不投降，和臺兒莊的大捷而成了夢想。他們想起來威爾斯的預言，而深怕被傳染病把他們拖進墳墓裡去。因此，他們不惜屠了全村，假若那裡發現了霍

亂或猩紅熱。他們的武士道精神使他們不怕死，可是知道了自己準死無疑，他們又沒法不怕死。他們怕預言，甚至也怕說「死」。根據著這個道理，曉荷送給日本人的禮物總是三樣。他避免「四」，因為「四」和死的聲音相近。這點發現使他名聞九城，各報紙不單有了記載，而且都有短評稱讚他的才智。

這些小小的成功，可是並沒能完全減去他心中的苦痛。他已是北平的名人，東方畫藝研究會，大東亞文藝作家協會（這是藍東陽一手創立起來的），三清會（這是道門的一個新組織，有許多日本人參加）；還有其他的好些個團體，都約他入會，而且被選為理事或幹事。他幾乎得天天去開會，在會中還要說幾句話，或唱兩段二簧，當有遊藝節目的時候。可是，他作不上官！他的名片上印滿了理事，幹事等等頭銜，而沒有一個有份量的。他不能對新朋友不拿出名片來，而那些不支薪的頭銜只招人家對他翻白眼！當他到三清會或善心社去看扶乩或拜神的時候，他老暗暗的把心事向鬼神們申訴一番：「對神仙，我絕不敢扯假話！論吃喝穿戴，有太太作所長，也就差不多了。不過，憑我的經驗與才學，沒點事作，實在不大像話呀！我不為金錢，還能不為身分地位嗎？我自己還是小事，你們作神佛的總得講公道呀；我得不到一官半職的，不也是你們的羞恥嗎？」閉著眼，他虔誠的這樣一半央求，一半譏諷，心中略為舒服一點。可是申訴完了，依然沒有用處，他差不多要恨那些神佛了。神佛，但是，又不可以得罪；得罪了神佛也許要出點禍事呢！他只好輕輕的嘆氣。嘆完了氣，他還得有說有笑的和友人們周旋。他的胸口有時候一窩一窩的發痛！胸口一痛，他沒法不低聲的罵了：「白亡了會子國，他媽的連個官兒也作不上，邪！」

第 38 幕　過節日

　　一晃兒已是五月節。祁老人的幾盆石榴，因為冬天保護的不好，只有一棵出了兩三個小菁葵。南牆根的秋海棠與玉簪花連葉兒也沒出，代替它們的是一些兔兒草。祁老人忽略了原因 —— 冬天未曾保護它們 —— 而只去看結果，他覺得花木的萎敗是家道衰落的惡兆；他非常的不高興。他時常夢見「小三兒」，可是「小三兒」連封信也不來；難道「小三兒」已經遇到什麼不幸了嗎？他問小順兒的媽，她回答不出正確的訊息，而只以夢解夢。近來，她的眼睛顯著更大了，因為臉上掉了不少的肉。把許多笑意湊在眼睛裡，她告訴老人：「我也夢見了老三，他甭提多麼喜歡啦！我想啊，他一定在外邊混得很好！他就根兒就是有本事的小夥子呀！爺爺，你不要老掛唸著他，他的本事，聰明，比誰都大！」其實，她並沒有作過那樣的夢。一天忙到晚，她實在沒有工夫作夢。可是，她的「創造的」夢居然使老人露出一點點笑容。他到底相信夢與否，還是個問題。但是，到了無可奈何的時候，他只好相信那虛渺的謊言，好減少一點實際上的苦痛。

　　除了善意的欺騙老人之外，小順兒的媽還得設法給大家籌備過節的東西。她知道，過節並不能減少他們的痛苦，可是鴉雀無聲的不點綴一下，他們就會更難過。

　　在往年，到了五月初一和初五，從天亮，門外就有喊：「黑白桑葚來大櫻桃」的，一個接著一個，一直到快吃午飯的時候，喊聲還不斷。喊的聲音似乎不專是為作生意，而有一種淘氣與湊熱鬧的意味，因為賣櫻桃桑葚的不都是職業的果販，而是有許多十幾歲的兒童。他們在平日，也許是拉洋車的，也許是賣開水的，到了節，他們臨時改了行 —— 家家必須用粽子，桑葚，櫻挑，供佛，他們就有一筆生意好作。今年，小順兒的媽沒

有聽到那種提醒大家過節的呼聲。北城的果市是在德勝門裡，買賣都在天亮的時候作。隔著一道城牆，城外是買賣舊貨的小市，趕市的時候也在出太陽以前。因為德勝門外的監獄曾經被劫，日本人怕遊擊隊乘著趕市的時候再來突擊，所以禁止了城裡和城外的早市，而且封鎖了德勝門。至於櫻桃和桑葚，本都是由北山與城外來的，可是從西山到北山還都有沒一定陣地的戰事，沒人敢運果子進城。「唉！」小順兒的媽對竈王爺嘆了口氣：「今年委屈你嘍！沒有賣櫻桃的呀！」這樣向竈王爺道了歉，她並不就不努力去想補救的辦法；「供幾個粽子也可以遮遮羞啊！」

可是，粽子也買不到。北平的賣粽子的有好幾個宗派：「稻香村」賣的廣東粽子，個兒大，餡子種類多，價錢貴。這種粽子不會太合北平人的口味，因為餡子裡面硬放上火腿或脂油；北方人對糯米已經有些膽怯，再放上火腿什麼的，就更害怕了。可是，這樣的東西並不少賣，一來是北平人認為廣東的一切都似乎帶著點革命性，所以不敢公然說它不好吃，二來是它的價錢貴，送禮便顯著體面 —— 貴總是好的，誰管它好吃與否呢。

真正北平的正統的粽子是（一）北平舊式滿漢餑餑鋪賣的，沒有任何餡子，而只用頂精美的糯米包成小，很小的，粽子；吃的時候，只撒上一點白糖。這種粽子也並不怎麼好吃，可是它潔白，嬌小，擺在彩色美麗的盤子裡顯著非常的官樣。（二）還是這樣的小食品，可是由沿街吆喝的賣蜂糕的帶賣，而且用冰鎮過。（三）也是沿街叫賣的，可是個子稍大，裡面有紅棗。這是最普通的粽子。

此外，另有一些鄉下人，用黃米包成粽子，也許放紅棗，也許不放，個兒都包得很大。這，專賣給下力的人吃，可以與黑麵餅子與油條歸併在一類去，而內容與形式都不足登大雅之堂的。

小順兒的媽心中想著的粽子是那糯米的，裡面有紅棗子的。她留心的聽著門外的「小棗兒大粽子啵！」的呼聲。可是，她始終沒有聽到。她的

北平變了樣子：過端陽節會沒有櫻桃，桑葚，與粽子！她本來不應當拿這當作一件奇事，因為自從去年秋天到如今，北平什麼東西都缺乏，有時候忽然一關城，連一棵青菜都買不到。可是，今天她沒法不感覺著彆扭，今天是節日呀。在她心裡，過節不過節本來沒有多大關係；她知道，反正要過節。她自己就須受勞累；她須去買辦東西，然後抱著火爐給大家烹調；等大家都吃得酒足飯飽，她已經累得什麼也不想吃了。可是，從另一方面想，這就是她的生活，她彷彿是專為給大家操作而活著的。假若家中沒有老的和小的，她自然無須乎過節，而活著彷彿也就沒有任何意義了。她說不上來什麼是文化，和人們只有照著自己的文化方式 —— 像端陽節必須吃粽子，櫻桃，與桑葚 —— 生活著才有樂趣。她只覺得北平變了，變得使她看著一家老小在五月節瞪著眼沒事作。她曉得這是因為日本人占據住北平的結果，可是不會扼要的說出：亡了國便是不能再照著自己的文化方式活著。她只感到極度的彆扭。

　　為補救吃不上粽子什麼的，她想買兩束蒲子，艾子，插在門前，並且要買幾張神符貼在門楣上，好表示出一點「到底」有點像過節的樣子。她喜愛那些神符。每年，她總是買一張大的，黃紙的，印著紅的鍾馗，與五個蝙蝠的，貼在大門口；而外，她要買幾張黏在白紙上的剪刻的紅色「五毒兒」圖案，分貼在各屋的門框上。她也許相信，也許根本不相信，這些紙玩藝兒有什麼避邪的作用，但是她喜愛它們的色彩與花紋。她覺得它們比春聯更美觀可愛。

　　可是，她也沒買到。不錯，她看見了一兩份兒賣神符的，可是價錢極貴，因為日本人不許亂用紙張，而顏料也天天的漲價。她捨不得多花錢。至於賣蒲子艾子的，因為城門出入的不便，也沒有賣的。

　　小順兒的小嘴給媽媽不少的難堪：「媽，過節穿新衣服吧？吃粽子吧？吃好東西吧？腦門上抹王字不抹呀？媽，你該上街買肉去啦！人家冠家買

了多少多少肉，還有魚呢！媽，冠家門口都貼上判兒啦，不信，你去看哪！」他的質問，句句像是對媽媽的譴責！

媽媽不能對孩子發氣，孩子是過年過節的中心人物，他們應當享受，快活。但是，她又真找不來東西使他們高聲的笑。她只好慚愧的說：「初五才用雄黃抹王字呢！別忙，我一定給你抹！」

「還得帶葫蘆呢？」葫蘆是用各色的絨線纏成的櫻桃，小老虎，桑葚，小葫蘆……聯絡成一串兒，供女孩子們佩帶的。

「你臭小子，戴什麼葫蘆？」媽媽半笑半惱的說。

「給小妹戴呀！」小順兒的理由老是多而充實的。妞子也不肯落後，「媽！妞妞戴！」

媽媽沒辦法，只好抽出點工夫，給妞子作一串兒「葫蘆」。只纏得了一個小黃老虎，她就把線笸籮推開了。沒有旁的過節的東西，只掛一串兒「葫蘆」有什麼意思呢？假若孩子們肚子裡沒有一點好東西，而只在頭上或身上戴一串兒五彩的小玩藝，那簡直是欺騙孩子們！她在暗地裡落了淚。

天佑在初五一清早，拿回來一斤豬肉和兩束蒜臺。小順兒雖不懂得分兩，也看出那一塊肉是多麼不體面。「爺爺！就買來這麼一小塊塊肉哇？」他笑著問。

爺爺沒回答出什麼來，在祁老人和自己的屋裡打了個轉兒，就搭訕著回了鋪子。他非常的悲觀，但是不願對家裡的人說出來。他的生意沒有法子往下作，可是又關不了門。日本人不准任何商店報歇業，不管有沒有生意。天佑知道，自從大小漢奸們都得了勢以後，綢緞的生意稍微有了點轉機。但是，他的鋪子是以布匹為主，綢緞只是搭頭兒；真正講究穿的人並不來照顧他。專靠賣布匹吧，一般的人民與四郊的老百姓都因為物價的高

漲，只顧了吃而顧不了穿，當然也不能來照顧他。再說，各地的戰爭使貨物斷絕了來源；他既沒法添貨，又不像那些大商號有存貨可以居奇。他簡直沒有生意。他願意歇業，而官廳根本不許呈報。他須開著鋪子，似乎專為上稅與定閱官辦的報紙 —— 他必須看兩份他所不願意看的報紙。他和股東們商議，他們不給他一點好主意，而彷彿都願意立在一旁看他的笑話。他只好裁人。這又給他極大的痛苦。他的鋪夥既沒有犯任何的規矩，又趕上這兵荒馬亂理應共患難的時候，他憑什麼無緣無故的辭退人家呢？五月節，他又裁去兩個人。兩個都是他親手教出來的徒弟。他們了解他的困難，並沒說一句不好聽的話。他們願意回家，他們家裡有地，夠他們吃兩頓棒子麵的。可是，他們越是這樣好離好散的，他心中才越難過。他覺得他已是個毫無本領，和作事不公平的人。他們越原諒他，他心中便越難受。

更使他揪心的是，據說，不久日本人就要清查各鋪戶的貨物，而後由他們按照存貨的多少，配給新貨。他們給你多少是多少，他們給你什麼你賣什麼。他們也許只給你三匹布，而配上兩打雨傘。你就須給買主兒一塊布，一把或兩把雨傘，不管人家需要雨傘與否！

天佑的黑鬍子裡露出幾根白的來，在表面上，他要裝出沉得住氣的樣子，一聲不哼不響。他是北平鋪子的掌櫃的，不能當著店夥與徒弟們胡說亂罵。可是，沒有人在他面前，他的鬍子嘴兒就不住的動：「這算麼買賣規矩呢？布鋪嗎，賣雨傘！我是這裡的掌櫃呢，還是日本人是掌櫃呢？」叨嘮完了一陣，他沒法兒不補上個「他媽的！」他不會罵人撒村，只有這三個字是他的野話，而也只有這三個字才能使他心中痛快一下。

這些委屈為難，他不便對鋪子的人說，並且決定也不教家裡的人知道。對老父親，他不單把委屈圈在心裡，而且口口聲聲的說一切都太平了，為是教老人心寬一點。就是對瑞宣，他也不願多說什麼，他知道三個

兒子走了兩個，不能再向對家庭最負責的長子拉不斷扯不斷的發牢騷。父子見面，幾乎是很大的痛苦。瑞宣的眼偷偷的目留著父親，父親的眼光碰到了兒子的便趕緊躲開。兩個人都有多少多少被淚浸漬了許久的話，可是不便連話帶淚一齊傾倒出來。一個是五十多的掌櫃，一個是三十多歲的中學教師，都不便隨便的把淚落下來。而且，他們都知道，一暢談起來，他們就必定說到國亡家必破的上頭來，而越談就一定越悲觀。所以，父子見面，都只那麼笑一笑，笑得虛偽，難堪，而不能不笑。因此，天佑更不願回家了。鋪子中缺人是真的，但是既沒有多少生意，還不致抽不出點回家看看的工夫來。他故意的不回家，一來是為避免與老親，兒孫，相遇的痛苦，二來也表示出一點自己的倔強 —— 鋪子既關不了門，我就陪它到底；儘管沒有生意，我可是應盡到自己的責任！

在一家人中，最能了解天佑的是瑞宣。有祁老人在上面壓著，又有兒子們在下面比著，天佑在權威上年紀上都須讓老父親一步，同時他的學問與知識又比不上兒子們，所以他在家中既須作個孝子，又須作個不招兒子們討厭的父親。因此，大家都只看見他的老實，而忽略了他的重要。只有瑞宣明白：父親是上足以承繼祖父的勤儉家風，下足以使兒子受高等教育的繼往開來的人。他尊敬父親，也時常的想給父親一些精神的安慰。他是長子，他與父親的關係比老二與老三都更親密；他對父親的認識，比弟弟們要多著幾年的時光。特別在近幾個月中，他看出父親的憂鬱和把委屈放在肚子裡的剛強，也就更想給父親一些安慰。可是，怎麼去安慰呢？父子之間既不許說假話，他怎能一面和老人家談真話，還能一面使老人家得到安慰呢；真話，在亡國的時候，只有痛苦！且先不講國家大事吧，只說家中的事情已經就夠他不好開口的了。他明知道父親想念老三，可是他有什麼話可以教老人不想念老兒子呢？他明知道父親不滿意老二，他又有什麼話使老人改為喜歡老二呢？這些，都還是以不談為妙。不過，連這些也不

談，父子還談什麼呢？他覺得父子之間似乎隔上了一段紗幕，彼此還都看得見，可是誰也摸不到誰了。侵略者的罪惡不僅是把他的兄弟拆散，而且使沒有散開的父子也彼此不得已的冷淡了！

大家馬馬虎虎的吃過午飯，瑞豐不知在哪裡吃得酒足飯飽的來看祖父。不，他不像是來看祖父。進門，他便向大嫂要茶：「大嫂！泡壺好茶喝喝！酒喝多了點！有沒有好葉子呀，沒有就買去！」他是像來表現自己的得意與無聊。

小順兒的媽話都到嘴邊上了，又控制住自己。她想說：「連祖父都喝不著好茶葉，你要是懂人事，怎麼不買來點兒呢？」可是，想了一想，她又告訴自己：「何必呢，大節下的！再說，他無情，難道我就非無義不可嗎？」這麼想開，她把水壺坐在火爐上。

瑞宣躲在屋裡，假裝睡午覺。可是，老二決定要討厭到底。「大哥呢？大哥！」他一邊叫，一邊拉開屋門。「吃了就睡可不好啊！」他明明見哥哥在床上躺著，可是決定不肯退出來。瑞宣只好坐了起來。

「大哥，你們學校裡的日本教官怎樣？」他坐在個小凳上，酒氣噴人的打了兩個長而有力的嗝兒。

瑞宣看了弟弟一眼，沒說什麼。

瑞豐說下去：「大哥，你要曉得，教官，不管是教什麼，都必然的是太上校長。人家賺的比校長還多，權力也自然比校長大。校長若是跟日本要人有來往呢，教官就客氣點；不然的話，教官可就不好伺候了！近來，我頗交了幾個日本朋友。我是這麼想，萬一我的科長丟了，我還能 —— 憑作過科長這點資格 —— 來個校長作作，要作校長而不受日本教官的氣，我得有日本朋友。這叫做有備無患，大哥你說是不是？」他眨巴著眼，等大哥誇獎他。

瑞宣還一聲沒出。

「噢，大哥，」老二的腦子被酒精催動的不住的亂轉，「聽說下學期各校的英文都要裁去，就是不完全裁，也得撥出一大半的時間給日文。你是教英文的，得乘早兒打個主意呀！其實，你教什麼都行，只要你和日本教官說得來！我看哪，大哥，你別老一把死拿，老闆著臉作事；這年月，那行不通！你也得活動著點，該應酬的應酬，該送禮的別怕花錢！日本人並不像你想的那麼壞，只要你肯送禮，他們也怪和氣的呢！」瑞宣依舊沒出聲。

老二，心中有那點酒勁兒，沒覺出哥哥的冷淡。把話說完，他覺得很夠個作弟弟的樣子，把好話都不取報酬的說給了大哥。他立了起來，推開門，叫：「大嫂！茶怎樣了？勞駕給端到爺爺屋來吧！」他走向祁老人的屋子去。

瑞宣想起學校中的教官 —— 山木 —— 來。那是個五十多歲的矮子，長方臉，花白頭髮，戴著度數很深的近視鏡。山木教官是個動物學家，他的著作 —— 華北的禽鳥 —— 是相當有名的。他不像瑞豐所說的那種教官那樣，除了教日語，他老在屋裡讀書或制標本，幾乎不過問校務。他的中國話說得很好，可是學生罵他，他只裝作沒有聽見。學生有時候把黑板擦子放在門上，他一拉門便打在頭上，他也不給學生們報告。這，引起瑞宣對他的注意，因為瑞宣聽說別的學校裡也有過同樣的事情，而教官報告上去以後，憲兵便馬上來捉捕學生，下在監牢裡。瑞宣以為山木教官一定是個反對侵略，反對戰爭的學者。

可是，一件事便改變了瑞宣的看法。有一天，教員們都在休息室裡，山木輕輕的走進來。向大家極客氣的鞠了躬，他向教務主任說，他要對學生們訓話，請諸位先生也去聽一聽。他的客氣，使大家不好意思不去。學生全到了禮堂，他極嚴肅的上了講臺。他的眼很明，聲音低而極有勁，身

子一動也不動的，用中國話說：「報告給你們的一件事，一件大事。我的兒子山木少尉在河南陣亡的了！這是我最大的，最大的，光榮！中國，日本，是兄弟之邦；日本在中國作戰不是要滅中國，而是要救中國。中國人不明白，日本人有見識，有勇氣，敢為救中國而犧牲性命。我的兒子，唯一的兒子，死在中國，是最光榮的！我告訴你們，為是教你們知道，我的兒子是為你們死了的！我很愛我的兒子，可是我不敢落淚，一個日本人是不應當為英雄的殉職落淚的！」他的聲音始終是那麼低而有力，每個字都是控制住了的瘋狂。他的眼始終是乾的，沒有一點淚意。他的唇是乾的，縮緊的，像兩片能開能閉的刀片兒。他的話，除了幾個不大妥當的「的」字，差不多是極完美簡勁的中國話 —— 他的感情好像被一種什麼最大的壓力壓緊，所以能把瘋狂變為理智，而有系統的，有力量的，能用別國的言語說出來。說完，他定目看著下面，好像是極輕視那些人，極厭惡那些人。可是，他又向他們極深，極規矩的，鞠了躬。而後慢慢的走下臺來。仰起臉，笑了笑，又看了看大家，他輕輕的，相當快的，走出去。

　　瑞宣很想獨自去找山木，跟他談一談。他要告訴山木：「你的兒子根本不是為救中國而犧牲了的，你的兒子和幾十萬軍隊是來滅中國的！」他也想對山木說明白：「我沒想到你，一個學者，也和別的日本人一樣的胡塗！你們的胡塗使你們瘋狂，你們只知道你們是最優秀的，理當作主人的民族，而不曉得沒有任何一個民族甘心作你們的奴隸。中國的抗戰就是要打明白了你們，教你們明白你們並不是主人的民族，而世界的和平是必定仗著民族的平等與自由的！」他還要告訴山木：「你以為你們已經征服了我們，其實，戰爭還沒有結束，你們還不能證明是否戰勝！你們的三月亡華論已經落了空，現在，你們想用漢奸幫助你們慢慢的滅亡中國；你們的方法變動了一點，而始終沒有覺悟你們的愚蠢與錯誤。漢奸是沒有多大用處的，他們會害了我們，也會害了你們！日本人亡不了中國，漢奸也亡不了

中國，因為中國絕對不向你們屈膝，而中國人也絕不相信漢奸！你們須及早的覺悟，把瘋狂就叫做瘋狂，把錯誤就叫做錯誤，不要再把瘋狂與錯誤叫做真理！」

可是，他在操場轉了好幾個圈子，把想好了的話都又嚥回去。他覺得假若一個學者還瘋狂到那個程度，別的沒有什麼知識的日本人就更可想而知了。即使他說服了一個山木，又有什麼用處呢？況且，還不見得就能說服了他呢。

要想解決中日的問題，他看清楚，只有中國人把日本人打明白了。我們什麼時候把「主人」打倒，他才會省悟，才會失去自信而另打好主意。說空話是沒有用處的。對日本人，槍彈是最好的宣傳品！

想到這裡，他慢慢的走出校門。一路上，他還沒停止住思索。他想：說服山木或者還是小事，更要緊的倒是怎樣防止學生們不上日本教官的，與偽報紙的宣傳的當。怎樣才不教學生們上當呢？在講堂上，他沒法公開的對學生談什麼，他懷疑學生和教師裡邊會沒有日本的偵探。況且，他是教英文的，他不能信口開河的忽然的說起文天祥史可法的故事，來提醒學生們。同時，假若他還是按照平常一樣，除了教課，什麼閒話也不說，他豈不是隻為那點薪水而來上課，在拿錢之外，什麼可以自慰自解的理由也沒有了嗎？他不能那麼辦，那太沒有人味兒了！

今天，聽到瑞豐的一片話，他都沒往心裡放。可是，他卻聽進去了：暑假後要裁減英文鐘點。雖然老二別的話都無聊討厭，這點訊息可不能看成耳旁風。假若他的鐘點真的被減去一半或多一半，他怎麼活著呢？他立起來。他覺得應當馬上出去走一走，不能再老這麼因循著。他須另找事作。為家計，他不能一星期只教幾個鐘點的英文。為學生，他既沒法子給他們什麼有益的指導，他就該離開他們 —— 這不勇敢，可是至少能心安一點。去到處奔走事情是他最怕的事。但是，今天，他決定要出去跑跑。

他走在院中，小順兒和妞子正拉著瑞豐從祁老人屋裡出來。

「爸！」小順兒極高興的叫。「我們看會去！」「什麼會？」瑞宣問。

「北平所有的會，高蹺，獅子，大鼓，開路，五虎棍，多啦！多啦！今兒個都出來！」瑞豐替小順兒回答。「本來新民會想照著二十年前那樣辦，教城隍爺出巡，各樣的會隨著沿路的耍。可是，我們的城隍爺的神像太破舊了，沒法兒往外抬，所以只在北海過會。這值得一看，多年沒見的玩藝兒，今天都要露一露。日本人有個好處，他們喜歡我們的舊玩藝兒！」「爸，你也去！」小順兒央求爸爸。

「我沒工夫！」瑞宣極冷酷的說 —— 當然不是對小順兒。

他往外走，瑞豐和孩子們也跟出來。一出大門，他看見大赤包，高第，招弟，和胖菊子，都在槐蔭下立著，似乎是等著瑞豐呢。她們都打扮得非常的妖豔，倒好像她們也是一種到北海去表演的什麼「會」似的。瑞宣低下頭，匆匆的走過去。他忽然覺得心裡鬧得慌，胃中一酸，吐了一口清水。山木與別的日本人的瘋狂，他剛才想過，是必須教中國人給打明白的。可是，大赤包與瑞豐卻另有一種瘋狂，他們把屈膝與受辱看成享受。日本人教北平人吃不上粽子，而只給他們一些熱鬧看，他們也就扮得花花綠綠的去看！假若日本人到處遇到大赤包與瑞豐，他們便會永久瘋狂下去！他真想走回去，扯瑞豐兩個大嘴巴子。看了看自己的手，那麼白軟的一對手，他無可如何的笑了笑。他不會打人。他的教育與文化和瑞豐的原是一套，他和瑞豐的軟弱只有程度上的差別而已！他和瑞豐都缺乏那種新民族的（像美國人）英武好動，說打就打，說笑就笑，敢為一件事，（不論是為保護國家，還是為試驗飛機或汽車的速度，）而去犧牲了性命。想到這裡，他覺得即使自己的手不是那麼白軟，也不能去打瑞豐了；他和瑞豐原來差不多，他看不起瑞豐也不過是以五十步笑百步罷了。

更使他難過的是他現在須託人找事情作。他是個沒有什麼野心的人，

向來不肯託人情，拉關係。朋友們求他作事，他永遠盡力而為；他可是絕不拿幫助友人作本錢，而想從中生點利。作了幾年的事，他覺得這種助人而不求人的作風使他永遠有朋友，永遠受友人的尊敬。今天，他可是被迫的無可奈何，必須去向友人說好話了。這教他非常的難過。侵略者的罪惡，他覺得，不僅是燒殺淫掠，而且也把一切人的臉皮都揭了走！

同時，他真捨不得那群學生。教書，有它的苦惱，但也有它的樂趣。及至教慣了書，即使不提什麼教育神聖的話，一個人也不願忽然離開那些可愛的青年的面孔，那些用自己的心血灌溉過的花草！再說，雖然他自己不敢對學生們談論國事，可是至少他還是個正直的，明白的人。有他和學生在一處，至少他可以用一兩句話糾正學生的錯誤，教他們要忍辱而不忘了復仇。脫離學校便是放棄這一點點責任！他難過！

況且，他所要懇求的是外國朋友呢。平日，他最討厭「洋狗」—— 那種歪戴帽，手插在褲袋裡，口中安著金牙，從牙縫中蹦出外國字的香菸公司的推銷員，和領外國人逛頤和園的翻譯。因此，他自己雖然教英文，而永遠不在平常談話的時候夾上英國字。他也永不穿西裝。他不是個褊狹的國家主義者，他曉得西洋文明與文化中什麼地方值得欽佩。他可是極討厭那隻戴上一條領帶便自居洋狗的淺薄與無聊。他以為「狗仗人勢」是最卑賤的。據他看，「洋狗」比瑞豐還更討厭，因為瑞豐的無聊是純粹中國式的，而洋狗則是雙料的 —— 他們一點也不曉得什麼是西洋文化，而把中國人的好處完全丟掉。連瑞豐還會欣賞好的竹葉青酒，而洋狗必定要把汽水加在竹葉青裡，才咂一咂嘴說：有點像洋酒了！在國家危亡的時候，洋狗是最可怕的人，他們平常就以為中國姓不如外國姓熱鬧悅耳，到投降的時候就必比外國人還厲害的來破壞自己的文化與文物。在鄰居中，他最討厭丁約翰。

可是，今天，他須往丁約翰出入的地方走。他也得去找「洋」事！

　　他曉得，被日本人占據了的北平，已經沒有他作事的地方，假若他一定「不食周粟」的話。他又不能教一家老小餓死，而什麼也不去作。那麼，去找點與日本人沒有關係的事作，實在沒什麼不可原諒自己的地方。可是，他到底覺得不是味兒。假若他有幾畝田，或有一份手藝，他就不必為難的去奉養著老親。可是，他是北平人。他須活下去，而唯一的生活方法是賺薪水。他幾乎要恨自己為什麼單單的生在北平了！

　　走到了西長安街，他看到一檔子太獅少獅。會頭打著杏黃色的三角旗，滿頭大汗的急走，像是很怕遲到了會場的樣子。一眼，他看見了棚匠劉師傅。他的心裡涼了一陣兒，劉師傅怎麼也投降了呢？他曉得劉師傅的為人，不敢向前打招呼，他知道那必給劉師傅以極大的難堪。他自己反倒低下頭去。他不想責備劉師傅，「凡是不肯舍了北平的，遲早都得舍了廉恥！」他和自己嘟囔。

　　他要去見的，是他最願意看到的，也是他最怕看到的，人。那是曾經在大學裡教過他英文的一位英國人，富善先生。富善先生是個典型的英國人，對什麼事，他總有他自己的意見，除非被人駁得體無完膚，他絕不輕易的放棄自己的主張與看法。即使他的意見已經被人駁倒，他還要捲土重來找出稀奇古怪的話再辯論幾回。他似乎拿辯論當作一種享受。他的話永遠極鋒利，極不客氣，把人噎得出不來氣。可是，人家若噎得他也出不來氣，他也不發急。到他被人家堵在死角落的時候，他會把脖子憋得紫裡蒿青的，連連的搖頭。而後，他請那征服了他的人吃酒。他還是不服氣，但是對打勝了的敵人表示出敬重。

　　他極自傲，因為他是英國人。不過，有人要先說英國怎樣怎樣的好，他便開始嚴厲的批評英國，彷彿英國自有史以來就沒作過一件好事。及至對方也隨著他批評英國了，他便改過來，替英國辯護，而英國自有史以來又似乎沒有作錯過任何一件事。不論他批評英國也罷，替英國辯護也罷，

他的行為，氣度，以至於一舉一動，沒有一點不是英國人的。

他已經在北平住過三十年。他愛北平，他的愛北平幾乎等於他的愛英國。北平的一切，連北平的風沙與挑大糞的，在他看，也都是好的。他自然不便說北平比英國更好，但是當他有點酒意的時候，他會說出真話來：「我的骨頭應當埋在西山靜宜園外面！」

對北平的風俗掌故，他比一般的北平人知道的還要多一些。北平人，住慣了北平，有時候就以為一切都平平無奇。他是外國人，他的眼睛不肯忽略任何東西。凡事他都細細的看，而後加以判斷，慢慢的他變成了北平通。他自居為北平的主人，因為他知道一切。他最討厭那些到北平旅行來的外國人：「一星期的工夫，想看懂了北平？別白花了錢而且汙辱了北平吧！」他帶著點怒氣說。

他的生平的大志是寫一本《北平》。他天天整理稿子，而始終是「還差一點點！」他是英國人，所以在沒作成一件事的時候，絕對不肯開口宣傳出去。他不肯告訴人他要寫出一本《北平》來，可是在遺囑上，他已寫好 ── 傑作《北平》的著者。

英國人的好處與壞處都與他們的守舊有很大的關係。富善先生，既是英國人，當然守舊。他不單替英國守舊，也願意為北平保守一切舊的東西。當他在城根或郊外散步的時候，若遇上一位提著鳥籠或手裡揉著核桃的「遺民」，他就能和他一談談幾個鐘頭。他，在這種時候，忘記了英國，忘記了莎士比亞，而只注意那個遺民，與遺民的鳥與核桃。從一個英國人的眼睛看，他似乎應當反對把鳥關在籠子裡。但是，現在他忘了英國。他的眼睛變成了中國人的，而且是一個遺民的。他覺得中國有一整部特異的，獨立的，文化，而養鳥是其中的一部分。他忘了鳥的苦痛，而只看見了北平人的文化。

因此，他最討厭新的中國人。新的中國人要革命，要改革，要脫去大

衫而穿上短衣，要使女子不再纏足，要放出關在籠子中的畫眉與八哥。他以為這都是消滅與破壞那整套的文化，都該馬上禁止。憑良心說，他沒有意思教中國人停在一汪兒死水裡。可是，他怕中國人因改革而丟失了已被他寫下來的那個北平。他會拿出他收藏著的三十年前的木版年畫，質問北平人：「你看看，是三十年前的東西好，還是現在的石印的好？看看顏色，看看眉眼，看看線條，看看紙張，你們哪樣比得上三十年前的出品！你們已忘了什麼叫美，什麼叫文化！你們要改動，想要由老虎變成貓！」

同年畫兒一樣，他存著許多三十年前的東西，包括著鴉片煙具，小腳鞋，花翎，朝珠。「是的，吸鴉片是不對的，可是你看看，細看看，這煙槍作的有多麼美，多麼精緻！」他得意的這樣說。

當他初一來到北平，他便在使館 —— 就是丁約翰口中的英國府 —— 作事。因為他喜愛北平，所以他想娶一個北平姑娘作太太。那時候，他知道的北平事情還不多，所以急於知道一切，而想假若和中國人聯了姻，他就能一下子明白多少多少事情。可是，他的上司警告了他：「你是外交官，你得留點神！」他不肯接受那個警告，而真的找到了一位他所喜愛的北平小姐。他知道，假若他真娶了她，他必須辭職 —— 把官職辭掉，等於毀壞了自己的前途。可是，他不管明天，而決定去完成他的「東方的好夢」。不幸，那位小姐得了個暴病兒，死去。他非常的傷心。雖然這可以保留住他的職位，可是他到底辭了職。他以為只有這樣才能對得住死者 —— 雖然沒結婚，我可是還辭了職。在他心情不好的時候，他常常的嘟囔著：「東方是東方，西方是西方，」而加上：「我想作東方人都不成功！」辭職以後，他便在中國學校裡教教書，或在外國商店裡臨時幫幫忙。他有本事，而且生活又非常的簡單，所以收入雖不多，而很夠他自己花的。他租下來東南城角一個老宅院的一所小花園和三間房。他把三間房裡的牆壁掛滿了中國畫，中國字，和五光十色的中國的小玩藝，還求一位

中國學者給他寫了一塊匾——「小琉璃廠」。院裡，他養著幾盆金魚，幾籠小鳥，和不少花草。一進門，他蓋了一間門房，找來一個曾經伺候過光緒皇帝的太監給他看門。每逢過節過年的時候，他必教太監戴上紅纓帽，給他作餃子吃。他過聖誕節，復活節，也過五月節和中秋節。「人人都像我這樣，一年豈不多幾次享受麼？」他笑著對太監說。

他沒有再戀愛，也不想結婚，朋友們每逢對他提起婚姻的事，他總是搖搖頭，說：「老和尚看嫁妝，下輩子見了！」他學會許多北平的俏皮話與歇後語，而時常的用得很恰當。

當英國大使館遷往南京的時候，他又回了使館作事。他要求大使把他留在北平。這時候，他已是六十開外的人了。

他教過，而且喜歡，瑞宣，原因是瑞宣的安詳文雅，據他看，是有點像三十年前的中國人。瑞宣曾幫助他蒐集那或者永遠不能完成的傑作的材料，也幫助他翻譯些他所要引用的中國詩歌與文章。瑞宣的英文好，中文也不錯。和瑞宣在一塊兒工作，他感到愉快。雖然二人也時常的因意見不同而激烈的彼此駁辯，可是他既來自國會之母的英國，而瑞宣又輕易不紅臉，所以他們的感情並不因此而受到損傷。在北平陷落的時候，富善先生便派人給瑞宣送來信。信中，他把日本人的侵略比之於歐洲黑暗時代北方野蠻人的侵襲羅馬；他說他已有兩三天沒正經吃飯。信的末了，他告訴瑞宣：「有什麼困難，都請找我來，我一定盡我力之所能及的幫助你。我在中國住了三十年，我學會了一點東方人怎樣交友與相助！」瑞宣回答了一封極客氣的信，可是沒有找富善先生去。他怕富善老人責難中國人。他想像得到老人會一方面詛咒日本人的侵略，而一方面也會責備中國人的不能保衛北平。今天，他可是非去不可了。他準知道老人會幫他的忙，可也知道老人必定會痛痛快快的發一頓牢騷，使他難堪。他只好硬著頭皮去碰一碰。無論怎麼說，吃老人的閒話是比伸手接日本人的錢要好受的多的。

　　果然不出他所料，富善先生劈頭就責備了中國人一刻鐘。不錯，他沒有罵瑞宣個人，可是瑞宣不能因為自己沒挨罵而不給中國人辯護。同時，他是來求老人幫忙，可也不能因此而不反駁老人。

　　富善先生的個子不很高，長臉，尖鼻子，灰藍色的眼珠深深的藏在眼窩裡。他的腰背還都很直，可是頭上稀疏的頭髮已差不多都白了。他的脖子很長，而且有點毛病 —— 每逢話說多了，便似堵住了氣的伸一伸脖子，很像公雞要打鳴兒似的。

　　瑞宣看出來，老人的確是為北平動了心，他的白髮比去年又增加了許多根，而且說話的時候不住的伸脖子。雖然如此，他可是不便在意見上故意的退讓。他不能為賺錢吃飯，而先接受了老人的斥責。他必須告訴明白了老人：中國還沒有亡，中日的戰爭還沒有結束，請老人不要太快的下斷語。辯論了有半個多鐘頭，老人才想起來：「糟糕！只顧了說話兒，忘了中國規矩！」他趕緊按鈴叫人拿茶來。送茶來的是丁約翰。看瑞宣平起平坐和富善先生談話，約翰的驚異是難以形容的。

　　喝了一口茶，老人自動的停了戰。他沒法兒駁倒瑞宣，也不能隨便的放棄了自己的意見，只好等有機會另開一次舌戰。他知道瑞宣必定有別的事來找他，他不應當專說閒話。他笑了笑，用他的稍微有點結巴，而不算不順利的中國話說：「怎樣？找我有事吧？先說正經事吧！」

　　瑞宣說明瞭來意。

　　老人伸了好幾下脖子，告訴瑞宣：「你上這裡來吧，我找不到個好助手；你來，我們在一塊兒工作，一定彼此都能滿意！你看，那些老派的中國人，英文不行啊，可是中文總靠得住。現在的中國大學畢業生，英文不行，中文也不行 —— 你老為新中國人辯護，我說的這一點，連你也沒法反對吧？」「當一個國家由舊變新的時候，自然不能一步就邁到天堂去！」瑞宣笑著說。

「哦？」老人急忙吞了一口茶。「你又來了！北平可已經丟了，你們還變？變什麼？」

「丟了再奪回來！」

「算了！算了！我完全不相信你的話，可是我佩服你的信念堅定！好啦，今天不再談，以後我們有的是機會開辯論會。下星期一，你來辦公，把你的履歷給我寫下來，中文的和英文的。」

瑞宣寫完，老人收在衣袋裡。「好不好喝一杯去？今天是五月節呀！」

第 39 幕　五毒餅

由東城往回走，瑞宣一路上心中不是味兒。由賺錢養家上說，他應當至少也感到可以鬆一口氣了；可是從作「洋」事上說，儘管他與丁約翰不同，也多少有點彆扭。往最好裡講，他放棄了那群學生，而去幫助外國人作事，也是一種逃避。他覺得自己是在國家最需要他的時候，作出最對不起國家的事！他低著頭，慢慢的走。他沒臉看街上的人，儘管街上走著許多糊糊塗塗去到北海看熱鬧的人。他自己不糊塗，可是他給國家作了什麼呢？他逃避了責任。

可是，他又不能否認這個機會的確解決了眼前的困難 —— 一家大小暫時可以不捱餓。他沒法把事情作得連一點缺陷也沒有，北平已經不是中國人的北平，北平人也已經不再是可以完全照著自己的意思活著的人。他似乎應當慶祝自己的既沒完全被日本人捉住，而又找到了一個稍微足以自慰自解的隙縫。這樣一想，他又抬起頭來。他想應當給老人們買回一點應節的點心去，討他們一點喜歡。他笑自己只會這麼婆婆媽媽的作孝子，可是這到底是一點合理的行動，至少也比老愁眉不展的，招老人們揪心強一點！他在西單牌樓一家餑餑鋪買了二十塊五毒餅。

這是一家老鋪子，門外還懸著「滿漢餑餑」，「進貢細點」等等的金字紅牌子。鋪子裡面，極乾淨，極雅緻的，只有幾口大硃紅木箱，裝著各色點心。牆上沒有別的東西，只有已經黃暗了的大幅壁畫，畫的是《三國》與《紅樓夢》中的故事。瑞宣愛這種鋪子，屋中充滿了溫柔的糖與蛋糕，還有微微的一點奶油的氣味，使人聞著心裡舒服安靜。屋中的光線相當的暗，可是剛一走近櫃檯，就有頭永遠剃的頂光，臉永遠洗得極亮的店夥，安靜的，含笑的，迎了上來，用極溫和的低聲問：「您買什麼？」

　　這裡沒有油飾得花花綠綠的玻璃櫃，沒有顏色刺眼的罐頭與紙盒，沒有一邊開著玩笑一邊作生意的店夥，沒有五光十色的「大減價」與「二週年紀念」的紙條子。這裡有的是字號，規矩，雅潔，與貨真價實。這是真正北平的鋪店，充分和北平的文化相配備。可是，這種鋪子已慢慢的滅絕，全城只剩了四五家，而這四五家也將要改成「稻香村」，把點心，火腿，與茶葉放在一處出售；否則自取滅亡。隨著它滅亡的是規矩，誠實，那群有真正手藝的匠人，與最有禮貌的店夥。瑞宣問了好幾種點心，店夥都抱歉的回答「沒有」。店夥的理由是，材料買不到，而且預備了也沒有人買。應時的點心只有五毒餅，因為它賣不出去還可以揉碎了作「缸爐」—— 一種最易消化的，給產婦吃的點心。瑞宣明知五毒餅並不好吃，可只好買了二十塊，他知道明年也許連五毒餅這個名詞都要隨著北平的滅亡而消滅的！

　　出了店門，他跟自己說：「明年端陽也許必須吃日本點心了！連我不也作了洋事嗎？禮貌，規矩，誠實，文雅，都須滅亡，假若我們不敢拚命去保衛它們的話！」

　　快到家了，他遇見了棚匠劉師傅。劉師傅的臉忽然的紅起來。瑞宣倒覺得怪難為情的，說什麼也不好，不說什麼也不好。劉師傅本已低下頭去，可又趕緊抬起來，決定把話說明白，他是心中藏不住話的人。「祁先生，我到北海去了，可是沒有給他們耍玩藝，我本來連去也不肯去，可是會頭把我的名字報上去了，我要不去，就得惹點是非！你說我怎麼辦？我只好應了個卯，可沒耍玩藝兒！我……」他的心中似乎很亂，不知道再說什麼才好，他的確恨日本人，絕不肯去給日本人耍獅子，可是他又沒法違抗會頭的命令，因為一違抗，他也許會吃點虧。他要教瑞宣明白他的困難，而依舊尊敬他。他明知自己丟了臉，而還要求原諒。他也知道，這次他到了場而沒有表演，大概下一次他就非下場不可了，他怎麼辦呢？他曉

得「既在矮簷下，怎敢不低頭」的道理，可是他豪橫了一生，難道，就真把以前的光榮一筆抹去，而甘心向敵人低頭嗎？不低頭吧，日本人也許會給他點顏色看看。他只有一點武藝，而日本人有機關槍！

　　瑞宣想像得到劉師傅心中的難過與憂慮，可是也找不到什麼合適的話來說。他曾經問過劉師傅，憑他的武藝，為什麼不離開北平。劉師傅那時候既沒能走開，現在還有什麼話好講呢？他想說：「不走，就得把臉皮揭下來，扔在糞坑裡！」可是，這又太不像安慰鄰居 —— 而且是位好鄰居 —— 的話。他也不能再勸劉師傅逃走，劉師傅若是沒有困難，他相信，一定會不等勸告就離開北平的。既有困難，而他又不能幫助解決，光說些空話有什麼用處呢？他的嘴唇動了幾動，而找不到話說。他雖沒被日本人捉去拷打，可是他已感到自己的心是上了刑。

　　這會兒，程長順由門裡跑出來，他愣頭磕腦的，不管好歹的，開口就是一句：「劉師傅！聽說你也耍獅子去啦？」

　　劉師傅沒還出話來，憋得眼睛裡冒了火。他不能計較一個小孩子，可是又沒法不動怒，他瞪著長順，像要一眼把他瞪死似的。

　　長順害了怕，他曉得自己說錯了話。他沒再說什麼，慢慢的退回門裡去。

　　「真他媽的！」劉師傅無聊的罵了這麼一句，而後補上：「再見！」扭頭就走開。

　　瑞宣獨自愣了一會兒，也慢慢的走進家門。他不知道怎樣判斷劉師傅與程長順才好。論心地，他們都是有點血性的人。論處境，他們與他都差不多一樣。他沒法誇獎他們，也不好意思責備他們。他們與他好像是專為在北平等著受靈魂的凌遲而生下來的。北平是他們生身之地，也是他們的墳地 —— 也許教日本人把他們活埋了！

　　不過，他的五毒餅可成了功。祁老人不想吃，可是臉上有了笑容。在他的七十多年的記憶裡，每一件事和每一季節都有一組卡片，記載著一套東西與辦法。在他的端陽節那組卡片中，五毒餅正和中秋的月餅與年節的年糕一樣，是用紅字寫著的。他不一定想吃它們，但是願意看到它們，好與腦中的卡片對證一下，而後覺得世界還沒有變動，可以放了心。今年端陽，他沒看見櫻桃，桑葚，粽子，與神符。他沒說什麼，而心中的卡片卻七上八下的出現，使他不安。現在，至少他看見一樣東西，而且是用紅字寫著的一樣東西，他覺得端陽節有了著落，連日本人也沒能消滅了它。他趕緊拿了兩塊分給了小順兒與妞子。

　　小順兒和妞子都用雙手捧著那塊點心，小妞子樂得直吸氣。小順兒已經咬了一口，才問：「這是五毒餅呀！有毒啊？」老人嘆著氣笑了笑：「上邊的蠍子，蜈蚣，都是模子磕出來的，沒有毒！」

　　瑞宣在一旁看著，起初是可憐孩子們 —— 自從北平陷落，孩子們什麼也吃不到。待了一會兒，他忽然悟出一點道理來：「怪不得有人作漢奸呢，好吃好喝到底是人生的基本享受呀！有好吃的，小孩子便笑得和小天使一般可愛了！」他看著小順兒，點了點頭。

　　「爸！」小順兒從點心中挪動著舌頭：「你幹嘛直點頭呀？」小妞子怕大人說她專顧了吃，也莫名其妙的問了聲：「點頭？」

　　瑞宣慘笑了一下，不願回答什麼。假若他要回答，他必定是說：「可是，我不能為孩子們的笑容而出賣了靈魂！」他不像老二那麼心中存不住事。他不想馬上告訴家中，他已找到了新的位置。假若在太平年月，他一定很高興得到那個位置，因為既可以多賺一點錢，又可以天天有說英語的機會，還可以看到外國書籍雜誌，和聽外國語的廣播。現在，他還看見了這些便利，可是高興不起來。他總覺得放棄了那群學生是件不勇敢不義氣，和逃避責任的事。假若一告訴家中，他猜得到，大家必定非常的歡

喜，而大家的歡喜就會更增多他的慚愧與苦痛。

　　但是，看到幾塊點心會招出老的小的那麼多的笑容，他壓不住自己的舌頭了。他必須告訴他們，使大家更高興一點。

　　他把事情說了出來。果然，老人與韻梅的喜悅正如同他猜想到的那麼多。三言五語之間，訊息便傳到了南屋。媽媽興奮得立刻走過來，一答一和的跟老公公提起她怎樣在老大初作事賺錢的那一天，她一夜沒能閉眼，和怎樣在老二要去作事的時候，她連夜給他趕作一雙黑絨的布底鞋，可是鞋已作好，老二竟自去買了雙皮鞋，使她難受了兩三天。

　　兒媳婦的話給了老公公一些靈感，祁老人的話語也開了閘。他提起天佑壯年時候的事，使大家好像聽著老年的故事，而忘了天佑是還活著的人。他所講的連天佑太太還有不知道的，這使老人非常的得意，不管故事的本身有趣與否，它的年代已足使兒媳婦的陳穀子爛芝麻減色不少。

　　韻梅比別人都更歡喜。幾個月來，為了一家大小的吃穿，她已受了不知多少苦處。現在可好了，丈夫有了洋事。她一眼看到還沒有到手的洋錢，而洋錢是可以使她不必再揪心缸裡的米與孩子腳上的鞋襪的。她不必再罵日本人。日本人即使還繼續占據著北平，也與她無關了！聽著老人與婆婆「講古」，她本來也有些生兒養女的經驗，也值得一說，可是她不敢開口，因為假若兩位老親講的是古樹，她的那點經驗也不過是一點剛長出的綠苗兒。她想，丈夫既有了可靠的收入，一家人就能和和氣氣的過日子，等再過二三十年，她便也可以安坐炕上，對兒女們講古了。

　　瑞宣聽著看著，心中難過，而不敢躲開。看著，聽著是他的責任！看別人發笑，他還得陪著笑一下，或點點頭。他想起山木教官。假若山木死了愛子也不能落淚，他自己就必須在城已亡的時候還陪著老人們發笑。全民族的好戰狂使山木像鐵石那樣無情，全民族的傳統的孝悌之道使他自己過分的多情──甚至於可以不管國家的危亡！他沒法一狠心把人倫中的情義斬斷，

可是也知道家庭之累使他，或者還有許多人，耽誤了報國的大事！他難過，可是沒有矯正自己的辦法；一個手指怎能撥轉得動幾千年的文化呢？

好容易二位老人把話說到了一個段落，瑞宣以為可以躲到自己屋裡休息一會了。可是祁老人要上街去看看，為是給兒子天佑送個信，教兒子也喜歡喜歡。小順兒與妞子也都要去，而韻梅一勁兒說老人招呼不了兩個淘氣精。瑞宣只好陪了去。他問小順兒：

「你們不是剛剛上過北海嗎？」意思是教孩子們不必跟去了。

「還說呢！」韻梅答了話：「剛才都哭了一大陣啦！二爺願意帶著他們，胖嬸兒嫌麻煩，不准他們去，你看兩個小人兒這個哭哇！」

瑞宣又沒了話，帶孩子們出去也是一種責任！

幸而，老少剛一出門，遇上了小崔。瑞宣實在不願再走一趟，於是把老人和孩子交給了小崔：「崔爺，你拉爺爺去好不好？上鋪子。越慢走越好！小順兒，妞子，你們好好的坐著，不准亂鬧！崔爺，要沒有別的買賣，就再拉他們回來。」

小崔點了頭。瑞宣把爺爺攙上車；小崔把孩子們抱了上去，而後說說笑笑的拉了走。

瑞宣鬆了一口氣。

老太太在棗樹下面，看樹上剛剛結成的像嫩豌豆的小綠棗兒呢。瑞宣由門外回來，看到母親在樹下，他覺得很新奇。棗樹的葉子放著淺綠的光，老太太的臉上非常的黃，非常的靜，他好像是看見了一幅什麼靜美而又動心的畫圖，他想起往日的母親。拿他十幾歲時或二十歲時的母親和現在的母親一比，他好像不認識她了。他愣住，呆呆的看著她。她慢慢的從小綠棗子上收回眼光，看了看他。她的眼深深的陷在眶兒裡，眼珠有點瘤而痴呆，可是依然露出仁慈與溫柔 —— 她的眼睛改了樣兒，而神韻還沒

有變，她還是母親。瑞宣忽然感到心中有點發熱，他恨不能過去拉住她的手，叫一聲媽，把她的仁慈與溫柔都叫出來，也把她的十年前或二十年前的眼睛與一切都叫回來。假若那麼叫出一聲媽來，他想自己必定會像小順兒與妞子那樣天真，把心中的委屈全一股腦兒傾瀉出來，使心中痛快一回！可是，他沒有叫出來，他的三十多歲的嘴已經不會天真的叫媽了。

「瑞宣！」媽媽輕輕的叫，「你來，我跟你說幾句話兒！」她的聲音是那麼溫柔，好像有一點央求他的意思。

他極親熱的答應了一聲。他不能拒絕媽媽的央求。他知道老二老三都不在家，媽媽一定覺得十分寂寞。他很慚愧自己為什麼早沒想到這一點，而多給母親一點溫暖與安慰。他隨著媽媽進了南屋。

「老大！」媽媽坐在炕沿上，帶著點不十分自然的笑容說：「你找到了事，可是我看你並不怎麼高興，是不是？」「嗯——」老大為了難，不知怎樣回答好。

「說實話，跟我還不說實話嗎？」

「對啦，媽！我是不很高興！」

「為什麼？」老太太又笑了笑，彷彿是表示，無論兒子怎樣回答，她是不會生氣的。

老大曉得不必說假話了。「媽，我為了家就為不了國，為了國就為不了家！幾個月來，我為了這個就老不高興，現在還是不高興，將來我想我也不會高興。我覺得國家遇到這麼大的事，而我沒有去參加，真是個——是個——」他想不出恰當的字來，而半羞半無聊的笑了一下。

老太太愣了半天，而後點了點頭：「我明白！我和祖父連累了你！」

「我自己還有老婆兒女！他們也得仗著我活著！」「是不是有人常嘲笑你？說你膽小無能？」

「沒有！我的良心時時刻刻的嘲笑我！」

「嗯！我，我恨我還不死，老教你吃累！」

「媽！」

「我看出來了，日本鬼子是一時半會兒不會離開北平的。有他們在這裡，你永遠不會高興！我天天扒著玻璃目留著你，你是我的大兒子，你不高興，我心裡也不會好受！」

瑞宣半天沒說出話來。在屋中走了兩步，他無聊的笑了一下：「媽，你放心吧！我慢慢的就高興了！」「你？」媽媽也笑了一下。「我明白你！」

瑞宣的心疼了一下，什麼也說不來了。

媽媽也不再出聲。

最後，瑞宣搭訕著說了聲：「媽，你躺會兒吧！我去寫封信！」他極困難的走了出來。

回到自己屋中，他不願再想媽媽的話，因為想到什麼時候也總是那句話，永遠沒有解決的辦法。他只會敷衍環境，而不會創造新的局面，他覺得他的生命是白白的糟塌了。

他的確想寫信，給學校寫信辭職。到了自己屋中，他急忙的就拿起筆來。他願意換一換心思，好把母親的話忘了。可是，拿著筆，他寫不下去。他想應當到學校去，和學生們再見一面。他應當囑告學生們：能走的，走，離開北平！不能走的，要好好的讀書，儲蓄知識；中國是亡不了的，你們必須儲蓄知識，將來好為國家盡力。你們不要故意的招惹日本人，也不要甘心作他們的走狗；你們須忍耐，堅強的沉毅的忍耐，心中永別忘了復仇雪恥！

他把這一段話翻來覆去的說了多少遍。他覺得只有這麼交代一下，他

才可以贖回一點放棄了學生的罪過。可是，他怎樣去說呢？假若他敢在講堂上公開的說，他馬上必被捕。他曉得各學校裡都有人被捕過。明哲保身在這危亂的時代並不見得就是智慧，可是一旦他被捉去，祖父和母親就一定會愁死。他放下筆，在屋中來回的走。是的，現在日本人還沒捉了他去，沒給他上刑，可是他的口，手，甚至於心靈，已經全上了鎖鐐！走了半天，他又坐下，拿起筆來，寫了封極簡單的信給校長。寫完，封好，貼上郵票，他小跑著把它投在街上的郵筒裡。他怕稍遲疑一下，便因後悔沒有向學生們當面告別，而不願發出那封信去。

快到吃晚飯的時候，小崔把老少三口兒拉了回來。天氣相當的熱，又加上興奮，小順兒和妞子的小臉上全都紅著，紅得發著光。祁老人臉上雖然沒發紅，可是小眼睛裡窩藏著不少的快活。他告訴韻梅：「街上看著好像什麼事也沒有了，大概日本人也不會再鬧到哪裡去吧？」希望在哪裡，錯誤便也在哪裡。老人只盼著太平，所以看了街上的光景就認為平安無事了。

小崔把瑞宣叫到大槐樹底下，低聲的說：「祁先生，你猜我遇見誰了？」

「誰？」

「錢先生！」

「錢——」瑞宣一把抓住小崔的胳臂，把他扯到了門內；關上門，他又重了一聲：「錢先生？」

小崔點了點頭。「我在布鋪的對面小茶館裡等著老人家。剛泡上茶，我一眼看到了他！他的一條腿走路有點不方便，走得很慢。進了茶館，屋裡暗，外面亮，他定了定神，好像看不清哪裡有茶桌的樣子。」

「他穿著什麼？」瑞宣把聲音放得很低的問；他的心可是跳得很快。

「一身很髒的白布褲褂！光著腳，似乎是穿著，又像是拖著，一雙又髒又破的布鞋！」

「噢！」瑞宣一想就想到，錢詩人已經不再穿大褂了；一個北平人敢放棄了大褂，才敢去幹真事！「他胖了還是瘦了？」「很瘦！那可也許是頭髮欺的。他的頭髮好像有好幾個月沒理過了！頭髮一長，臉不是就顯著小了嗎？」「有了白的沒有？」

小崔想了想：「有！有！他的眼可是很亮。平日他一說話，眼裡不是老那麼淚汪汪的，笑不唧兒的嗎？現在，他還是那麼笑不唧兒的，可是不淚汪汪的了。他的眼很亮，很乾，他一看我，我就覺得不大得勁兒！」

「沒問他在哪兒住？」

「問了，他笑了笑，不說！我問他好多事，在哪兒住呀？幹什麼呀？金三爺好呀？他都不答腔！他跟我坐在了一塊，要了一碗白開水。喝了口水，他的嘴就開了閘。他的聲音很低，其實那會兒茶館裡並沒有幾個人。」

「他告訴了你什麼？」

「有好多話，因為他的聲音低，又沒有了門牙，我簡直沒有聽明白。我可聽明白了一件，他教我走！」

「上哪兒？」

「當兵去！」

「你怎麼說？」

「我？」小崔的臉紅了。「你看，祁先生，我剛剛找到了個事，怎能走呢？」

「什麼事？」

「你們二爺教我給他拉包月去！既是熟人兒，又可以少受點累，我不

願意走！」

「你可是還恨日本人？」

「當然嘍！我告訴了錢先生，我剛剛有了事，不能走，等把事情擱下了再說？」

「他怎麼說？」

「他說？等你把命丟了，可就晚了！」

「他生了氣？」

「沒有！他教我再想一想！」像唯恐瑞宣再往下釘他似的，他趕緊的接著說：「他還給了我一張神符！」他從衣袋中掏出來一張黃紙紅字的五雷神符。「我不知道給我這個幹嘛？五月節貼神符，不是到晌午就揭下來嗎？現在天已經快黑了！」瑞宣把神符接過來，開啟，看了看正面，而後又翻過來，看看背面，除了紅色印的五雷訣與張天師的印，他看不到別的。「崔爺，把它給我吧？」

「拿著吧，祁先生！我走啦！車錢已經給了。」說完，他開開門，走出去，好像有點怕瑞宣再問他什麼的樣子。

掌燈後，他拿起那張神符細細的看，在背面，他看見了一些字。那些字也是紅的，寫在神符透過來的紅色上；不留神看，那只是一些紅的點子與道子，比透過來的紅色重一些。

就近了燈光，他細細的看，他發現了一首新詩：「用滴著血的喉舌，我向你們懇求：

離開那沒有國旗的家門吧，別再戀戀不捨！

國家在呼喚你們，

像慈母呼喚她的兒女！

去吧，脫去你們的長衫，長衫會使你們跌倒 —— 跌入了墳墓！

在今天，你們的禮服應當是軍裝，你們的國土不是已經變成戰場？

離開這已經死去的北平，你們才會凱旋；

留在這裡是陪伴著棺木！

抵抗與流血是你們的，最光榮的徽章，

為了生存，你們須把它掛在胸上！

要不然，你們一樣的會死亡，死亡在恥辱與飢寒上！

走吧，我向你們央告！

多走一個便少一個奴隸，多走一個便多添一個戰士！

走吧，國家在呼喚你，國 —— 家 —— 在 —— 呼 —— 喚 —— 你！」

看完，瑞宣的手心上出了汗。真的，這不是一首好的詩，可是其中的每一個字都像個極鋒利的針，刺著他的心！他就是不肯脫去長衫，而甘心陪伴著棺木的，無恥的，人！那不是一首好詩，可是他沒法把它放下。不大一會兒，他已把它念熟。念熟又怎樣呢？他的臉上發了熱。「小順兒，叫爸爸吃飯！」韻梅的聲音。

「爸！吃飯！」小順兒尖銳的叫。

瑞宣渾身顫了一下，把神符塞在衣袋裡。

第 40 幕　英國官

　　瑞宣一夜沒有睡好。天相當的熱，一點風沒有，像憋著暴雨似的。躺在床上，他閉不上眼。在黑暗中，他還看見錢老人的新詩，像一群小的金星在空中跳動。他決定第二天到小崔所說的茶館去，去等候錢詩人，那放棄了大褂與舊詩的錢詩人。他一向欽佩錢先生，現在，他看錢先生簡直的像釘在十字架上的耶穌。真的，耶穌並沒有怎麼特別的關心國事與民族的解放，而只關切著人們的靈魂。可是，在敢負起十字架的勇敢上說，錢先生卻的確值得崇拜。不錯，錢先生也許只看到了眼前，而沒看到「永生」，可是沒有今天的犧牲與流血，又怎能談到民族的永生呢？

　　他知道錢先生必定會再被捕，再受刑。但是他也想像得到錢先生必會是很快樂 —— 甘心被捕，甘心受刑，只要有一口氣，就和敵人爭鬥！這是個使人心中快活的決定，錢先生找到了這個決定，眼前只有一條道兒，不必瞻前顧後的，徘徊歧路；錢先生有了「信心」，也就必定快活！

　　他自己呢？沒有決定，沒有信心，沒有可以一直走下去的道路！他或者永遠不會被捕，不會受刑，可是也永遠沒有快樂！他的「心」受著苦刑！他切盼看到錢先生，暢談一回。自從錢先生離開小羊圈，瑞宣就以為他必定離開了北平。他沒想到錢先生會還在敵人的鼻子底下作反抗的工作。是的，他想得到錢先生的腿不甚便利，不能遠行。可是，假若老先生沒有把血流在北平的決心，就是腿掉了一條也還會逃出去的。老人是故意要在北平活動，和流盡他的血。這樣想清楚，他就更願意看到老人。見到老人，他以為，他應當先給他磕三個頭！老人所表現的不只是一點點報私仇的決心，而是替一部文化史作正面的證據。錢先生是道地的中國人，而道地的中國人，帶著他的詩歌，禮義，圖畫，道德，是會為一個信念而殺

身成仁的。藍東陽，瑞豐，與冠曉荷，沒有錢先生的那樣的學識與修養，而只知道中國飯好吃，所以他們只看見了飯，而忘了別的一切。文化是應當用篩子篩一下的，篩了以後，就可以看見下面的是土與渣滓，而剩下的是幾塊真金。錢詩人是金子，藍東陽們是土。

想到這裡，瑞宣的心中清楚了一點，也輕鬆了一點。他看到了真正中國的文化的真實力量，因為他看見一塊金子。不，不，他決定不想復古。他只是從錢老人身上看到了不必再懷疑中國文化的證據。有了這個證據，中國人才能自信。有了自信，才能再進一步去改善 —— 一棵松樹修直了才能成為棟樑，一株臭椿，修直了又有什麼用呢？他一向自居為新中國人，而且常常和富善先生辯論中國人應走的道路 —— 他主張必定剷除了舊的，樹立新的。今天他才看清楚，舊的，像錢先生所有的那一套舊的，正是一種可以革新的基礎。反之，若把瑞豐改變一下，他至多也不過改穿上洋服，像條洋狗而已。有根基的可以改造，一片荒沙改來改去還是一片荒沙！

他願把這一點道理說給錢先生聽。他切盼明天可以見到錢先生。

可是，當他次日剛剛要出去的時候，他被堵在了院中。丁約翰提著兩瓶啤酒，必恭必敬的擋住了瑞宣的去路。約翰的虔敬與謙卑大概足以感動了上帝。「祁先生，」他鞠了個短，硬，而十分恭敬的躬，「我特意的請了半天的假，來給先生道喜！」

瑞宣從心裡討厭約翰，他以為約翰是百年來國恥史的活證據 —— 被外國人打怕，而以媚外為榮！他愣在了那裡，不曉得怎樣應付約翰才好。他不願把客人讓進屋裡去，他的屋子與茶水是招待李四爺，小崔，與孫七爺的；而不願教一位活的國恥玷汙了他的椅凳與茶杯。

丁約翰低著頭，上眼皮挑起，偷偷的看瑞宣。他看出瑞宣的冷淡，而一點沒覺得奇怪，他以為瑞宣既能和富善先生平起平坐，那就差不多等於和上帝呼兄喚弟；他是不敢和上帝的朋友鬧氣的。「祁先生，您要是忙，

我就不進屋裡去了！我給您拿來兩瓶啤酒，小意思，小意思！」

「不！」瑞宣好容易才找到了聲音。「不！我向來不收禮物！」丁約翰吞著聲說：「祁先生！以後諸事還都得求您照應呢！我理當孝敬您一點小——小意思！」

「我告訴你吧，」瑞宣的輕易不紅的臉紅起來，「我要是能找到別的事，我絕不吃這口洋飯，這沒有什麼可喜的，我倒真的應當哭一場，你明白我的意思？」

丁約翰沒明白瑞宣的意思，他沒法兒明白。他只能想到瑞宣是個最古怪的人，有了洋事而要哭！「您看！您看！」他找不到話說了。

「謝謝你！你拿走吧！」瑞宣心中很難受，他對人沒有這樣不客氣過。

約翰無可如何的打了轉身。瑞宣也往外走。「不送！那不敢當！不敢當！」約翰橫攔著瑞宣。瑞宣也不好意思說：「不是送你，我是要出門。」瑞宣只好停住了腳，立在院裡。

立了有兩分鐘，瑞宣又往外走。迎頭碰到了劉師傅。劉師傅的臉板得很緊，眉皺著一點。「祁先生，你要出去？我有兩句要緊的話跟你講！」他的口氣表示出來，不論瑞宣有什麼要緊的事，也得先聽他說話。

瑞宣把他讓進屋裡來。

剛坐下，劉師傅就開了口，他的話好像是早已擠在嘴邊上的。「祁先生，我有件為難的事！昨天我不是上北海去了嗎？雖然我沒給他們耍玩藝，我心裡可是很不好過！你知道，我們外場人都最講臉面；昨天我姓劉的可丟了人！程長順——我知道他是小孩子，說話不懂得輕重——昨天那一問，我恨不能當時找個地縫鑽了進去！昨天我連晚飯都沒吃好，難過！晚飯後，我出去散散悶氣，我碰見了錢先生！」「在哪兒？」瑞宣的眼亮起來。

　　「就在那邊的空場裡！」劉師傅說得很快，彷彿很不滿意瑞宣的打岔。「他好像剛從牛宅出來。」

　　「從牛宅？」

　　劉師傅沒管瑞宣的發問，一直說了下去：「一看見我他就問我幹什麼呢。沒等我回答，他就說，你為什麼不走呢？又沒等我開口，他說：北平已經是塊絕地，城裡邊只有鬼，出了城才有人！我不十分明白他的話，可是大概的猜出一點意思來。我告訴了他我自己的難處，我家裡有個老婆。他笑了笑，教我看看他，他說：我不單有老婆，還有兒子呢！現在，老婆和兒子哪兒去了呢？怕死的必死，不怕死的也許能活，他說。末了，他告訴我，你去看看祁先生，看他能幫助你不能。說完，他就往西廊下走了去。走出兩步，他回過頭來說：問祁家的人好！祁先生，我溜溜的想了一夜，想起這麼主意：我決定走！可是家裡必定得一月有六塊錢！按現在的米麵行市說，她有六塊錢就足夠給房錢和吃窩窩頭的。以後東西也許都漲價錢，誰知道！祁先生，你要是能夠每月接濟她六塊錢，我馬上就走！還有，等到東西都貴了的時候，你可以教她過來幫祁太太的忙，只給她兩頓飯吃就行了！這可都是我想出來的，你願意不願意，可千萬別客氣！」劉師傅喘了口氣。「我願意走，在這裡，我早晚得憋悶死！出城進城，我老得給日本兵鞠躬，沒事還要找我去耍獅子，我受不了！」瑞宣想了一會兒，笑了笑：「劉師傅，我願意那麼辦！我剛剛找到了個事情，一月六塊錢也許還不至於太教我為難！不過，將來怎樣，我可不能說準了！」

　　劉師傅立起來，吐了一大口氣。「以後的事，以後再說吧！只要現在我準知道你肯幫忙，我走著就放心了！祁先生，我不會說什麼，你是我的恩人！」他作了個扯天扯地的大揖。「就這麼辦啦！只要薪水下來，我就教小順兒的媽把錢送過去！」

　　「我們再見了！祁先生！萬一我死在外邊，你可還得照應著她呀！」

「我盡我的力！我的問題要像你的這麼簡單，我就跟你一塊兒走！」

劉師傅沒顧得再說什麼，匆匆的走出去，硬臉上發著點光。

瑞宣的心跳得很快。鎮定了一下，他不由的笑了笑。自從七七抗戰起，他覺得只作了這麼一件對得起人的事。他願意馬上把這件事告訴給錢先生。他又往外走。剛走到街門，迎面來了冠曉荷，大赤包，藍東陽，胖菊子，和丁約翰。他知道丁約翰必定把啤酒供獻給了冠家，而且向冠家報告了他的事情。胖菊子打了個極大的哈欠，嘴張得像一個紅的勺。藍東陽的眼角上堆著兩堆屎，嘴唇上裂開不少被菸捲燒焦的皮。他看出來，他們大概又「打」了個通夜。

大赤包首先開了口，她的臉上有不少皺紋，而臨時抹了幾把香粉，一開口，白粉直往下落。她把剩餘的力氣都拿了出來，聲音雄壯的說：「你可真行！祁大爺！你的嘴比蛤蜊還關得緊！找到那麼好的事，一聲兒都不出，你沉得住氣！佩服你！說吧，是你請客，還是我們請你？」

曉荷在一旁連連的點頭，似乎是欣賞太太的詞令，又似乎向瑞宣表示欽佩。等太太把話說完，他恭敬而靈巧的向前趕了一步，拱起手來，笑了好幾下，才說：「道喜！道喜！哼，別看我們的衚衕小啊，背鄉出好酒！內人作了日本官，你先生作了英國官，我們的小衚衕簡直是國際聯盟！」

瑞宣恨不能一拳一個都把他們打倒，好好的踢他們幾腳。可是，他不會那麼撒野。他的禮貌永遠捆著他的手腳。他說不上什麼來，只決定了不往家中讓他們。

可是，胖菊子往前挪了兩步。「大嫂呢？我去看看她，給她道喜！」說完，她擠了過來。

瑞宣沒法不准自家人進來，雖然她的忽然想起大嫂使他真想狠狠的捶她幾捶。

　　她擠進來，其餘的人也就魚貫而入。丁約翰也又跟進來，彷彿是老沒把瑞宣看夠似的。

　　藍東陽始終沒開口。他恨瑞豐，現在也恨瑞宣。誰有事情作，他恨誰。可是，恨儘管恨，他可是在發洩恨怨之前要忍氣討好。他跟著大家走進來，像給一個不大有交情的人送殯似的。

　　祁老太爺和天佑太太忽然的漲了價錢。大赤包與冠曉荷直像鬧洞房似的，走進老人們的屋子，一口一個老爺子與老太太。小順兒與妞子也成了小寶貝。藍東陽在冠家夫婦身後，一勁兒打哈欠，招得大赤包直瞪他。丁約翰照常的十分規矩，而臉上有一種無可形容的喜悅，幾乎使他顯出天真與純潔。胖菊子特意的跑到廚房去慰問韻梅，一聲聲的大嫂都稍微有點音樂化了 —— 她的嗓音向來是怪難聽的。

　　祁老人討厭冠家人的程度是不減於瑞宣的。可是，今天冠氏夫婦來道喜，他卻真的覺到歡喜。他最發愁的是家人四散，把他親手建築起來的四世同堂的堡壘拆毀，今天，瑞宣有了妥當的事作，雖然老二與小三兒搬了出去，可是到底四世同堂還是四世同堂。只要瑞宣老不離家，四世同堂便沒有拆毀之虞。為了這個，他沒法不表示出心中的高興。

　　天佑太太明白大兒子的心理，所以倒不願表示出使瑞宣不高興的喜悅來。她只輕描淡寫的和客人們敷衍了幾句，便又躺在炕上。

　　韻梅很為難。她曉得丈夫討厭冠家的人與胖孀子，她可是又不便板起臉來得罪人。得罪人，在這年月，是會招來禍患的。即使不提禍患，她也不願欺騙大家，說這是不值得慶賀的。她是主婦，她曉得丈夫有固定的收入是如何重要。她真想和胖孀子掰開揉碎的談一談家長裡短，說說豬肉怎樣不好買，和青菜怎樣天天漲價兒。儘管胖孀子不是好妯娌，可是能說一說油鹽醬醋的問題，也許就有點作妯娌的樣兒了。可是，她不敢說，怕丈夫說她膚淺，愛說閒話。她只好把她最好聽的北平話收在喉中，而用她的

大眼睛觀察大家的神色，好教自己的笑容與眼神都不出毛病。

瑞宣的臉越來越白了。他不肯和這一夥人多敷衍，而又沒有把他們趕出門去的決心與勇氣。他差不多要恨自己的軟弱無能了。

大赤包把院中的人都慰問完了，又出了主意：「祁大爺！你要是不便好事請客，我倒有個主意。這年月，我們都不該多鋪張，真的！但是，有喜事不熱鬧一下，又太委屈。好不好我們來它兩桌牌？大家熱鬧一天？這不是我的新發明，不過現在更應該提倡就是啦。兩桌牌抽的頭兒，管保夠大家吃飯喝酒的。你不必出錢，我們也免得送禮，可是還能有吃有喝的玩一天，不是怪好的辦法嗎？」

「是呀！」曉荷趕緊把太太的理論送到實際上來：「我們夫婦，東陽，瑞豐夫婦，已經是五位了，再湊上三位就行了。好啦，瑞宣，你想約誰？」

「老太爺不准打牌，這是我們的家教！」瑞宣極冷靜的說。

大赤包的臉上，好像落下一張幕來，忽然發了暗。她的美意是向來不准別人拒絕的。

曉荷急忙的開了口：「這裡不方便，在我們那兒！瑞宣，你要是在我們那裡玩一天，實在是我們冠家的光榮！」瑞宣還沒回出話來，瑞豐小跑著跑進來。瑞豐的嘴張著，腦門上有點汗，小幹臉上通紅。跑進來，他沒顧得招呼別人，一直奔了大哥去。「大哥！」這一聲「大哥」叫得是那麼動人，大家立刻都沉靜下來，胖菊子幾乎落了淚。

「大哥！」老二又叫了聲，彷彿別的話都被感情給堵塞住了似的。喘了兩口氣，他才相當順利的說出話來：「幸而我今天到鋪子看看父親，要不然我還悶在罐兒裡呢！好傢夥，英國大使館！你真行，大哥！」顯然的，他還有許多話要說，可是感情太豐富了，他的心裡因熱烈而混亂，把

話都忘了。瑞宣愣起來。愣了一會兒，他忽然的笑了。對這群人，他沒有別的任何辦法，除了冷笑。他本想抓住老二，給老二兩句極難聽的話，自然，他希望，別人也就「知難而退」了。可是，他把話收住了——他知道甘心作奴隸的人是不會因為一兩句不悅耳的話而釋放了他的，何苦多白費唇舌呢。韻梅看出丈夫的為難與難堪。她試著步兒說：「你不是還得到東城去嗎？」

大赤包首先領略到這個暗示，似惱非惱的說：「得啦，我們別耽誤了祁先生的正事，走吧！」

「走？」瑞豐像受了一驚似的，「大哥，你真的就不去弄點酒來，大家喝兩口兒？」

瑞宣又沒出聲。他覺得不出聲不單效果大，而且能保持住自己的尊嚴。

「老二，」祁大嫂笑著扯謊：「他真有事！改天我給你烙餡兒餅吃！」

大赤包沒等瑞豐再開口，就往外走。大家都怪不得勁的跟隨著她。瑞宣像陪著犯人到行刑場去似的往外送。小崔頭一天給瑞豐拉包月。他可是沒把車停在祁家門外，他怕遇到冠家的人。把車停在西邊的那株大槐樹下面，他臉朝北坐著。大家由祁家出來，他裝作沒看見。等他們都進了冠家，他箭頭似的奔過瑞宣來。

「祁先生！這倒巧！」他很高興的說：「我剛剛拉上包月，聽說你也找到好事啦！道個喜吧！」他作了個揖。

瑞宣慘笑了一下。他想告訴小崔幾句真話。小崔，在他看，是比冠家那一群強的多，順眼的多了。「崔爺，別喜歡吧！你知道，我們還是在日本人的手心兒裡哪！」

小崔想了想，又說：「可是，祁先生，要不是因為鬧小日本兒，我們

不是還許得不到好事哪嗎？」

「崔爺！你可別怪我說直話！你的想法差不多跟他們一樣了！」瑞宣指了指冠家。

「我，我，」小崔噎了一口氣，「我跟他們一樣？」「你慢慢的想一想吧！」瑞宣又慘笑了一下，走進門去。小崔又坐在車上，伸著頭向綠槐葉發愣。

冠家的客廳中今天沒有客人，連高亦陀與李空山都沒有來。節前，三個招待室都擠滿了人，曉荷立了一本收禮與送禮的帳本，到現在還沒完全登記完畢。今天，已經過了節，客人們彷彿願意教「所長」休息一天。

大赤包一進門便坐在她的寶座上，吐了一口長氣。「瑞豐！他簡直不像是你的同胞弟兄！怎那麼彆扭呢？我沒看見過這樣的人！」

「倒也別說，」曉荷一閉眼，從心中挖出一小塊智慧來。「一龍生九種，種種不同！」

「說真的，」瑞豐感嘆著說：「我們老大太那個！我很擔心哪。他的這個好事又混不了好久！他空有那麼好的學問，英文說的和英國人一個味兒，可是社會上的事兒一點都不知道，這可怎麼好！憑他，鬧著玩似的就能拿個教育局局長，他可是老闆著臉，見到日本人他就不肯鞠躬！沒辦法！沒辦法！」大家都嘆了口氣。藍東陽已咧著嘴昏昏的睡去。

丁約翰輕嗽了一下。大家知道這不僅是輕嗽，於是把眼睛都轉向他來。他微帶歉意的笑了笑，而後說：「不過，祁先生的辦法也有來歷！英國人都是那麼死板板！他是英國派兒，所以才能進了英國府！我不知道，我說的對不對！」曉荷轉了好幾下眼珠，又點了點頭：「這話對！這話對！

唱花臉的要暴，唱花旦的要媚，手法各有不同！」「嗯！」大赤包把舌頭咂了一下，咂摸出點味道：「要這麼說，我們可就別怪他了！他有他的路子！」

「這，我倒沒想到！」瑞豐坦白的說。「隨他去吧！我反正管不了他！」

「他也管不了你！」胖菊子又打了個哈欠。

「說的好！好！」曉荷用手指尖「鼓掌」。「你們祁家弟兄是各有千秋！」

第 41 幕　大蘋果

在太平年月，北平的夏天是很可愛的。從十三陵的櫻桃下市到棗子稍微掛了紅色，這是一段果子的歷史——看吧，青杏子連核兒還沒長硬，便用拳頭大的小蒲簍兒裝起，和「糖稀」一同賣給小姐與兒童們。慢慢的，杏子的核兒已變硬，而皮還是綠的，小販們又接二連三的喊：「一大碟，好大的杏兒嘍！」這個呼聲，每每教小兒女們口中饞出酸水，而老人們只好摸一摸已經活動了的牙齒，慘笑一下。不久，掛著紅色的半青半紅的「土」杏兒下了市。而吆喝的聲音開始音樂化，好像果皮的紅美給了小販們以靈感似的。而後，各種的杏子都到市上來競賽：有的大而深黃，有的小而紅豔，有的皮兒粗而味厚，有的核子小而爽口——連核仁也是甜的。最後，那馳名的「白杏」用綿紙遮護著下了市，好像大器晚成似的結束了杏的季節。當杏子還沒斷絕，小桃子已經歪著紅嘴想取而代之。杏子已不見了。各樣的桃子，圓的，扁的，血紅的，全綠的，淺綠而帶一條紅脊椎的，硬的，軟的，大而多水的，和小而脆的，都來到北平給人們的眼，鼻，口，以享受。紅李，玉李，花紅和虎拉車，相繼而來。人們可以在一個擔子上看到青的紅的，帶霜的發光的，好幾種果品，而小販得以充分的施展他的喉音，一口氣吆喝出一大串兒來——「買李子耶，冰糖味兒的水果來耶；喝了水兒的，大蜜桃呀耶；脆又甜的大沙果子來耶……」

每一種果子到了熟透的時候，才有由山上下來的鄉下人，揹著長筐，把果子遮護得很嚴密，用拙笨的，簡單的呼聲，隔半天才喊一聲：大蘋果，或大蜜桃。他們賣的是真正的「自家園」的山貨。他們人的樣子與貨品的道地，都使北平人想像到西邊與北邊的青山上的果園，而感到一點詩意。

梨，棗和葡萄都下來的較晚，可是它們的種類之多與品質之美，並不使它們因遲到而受北平人的冷淡。北平人是以他們的大白棗，小白梨與牛乳葡萄傲人的。看到梨棗，人們便有「一葉知秋」之感，而開始要曬一曬袷衣與拆洗棉袍了。

在最熱的時節，也是北平人口福最深的時節。果子以外還有瓜呀！西瓜有多種，香瓜也有多種。西瓜雖美，可是論香味便不能不輸給香瓜一步。況且，香瓜的分類好似有意的「爭取民眾」——那銀白的，又酥又甜的「羊角蜜」假若適於文雅的仕女吃取，那硬而厚的，綠皮金黃瓤子的「三白」與「哈蟆酥」就適於少壯的人們試一試嘴勁，而「老頭兒樂」，顧名思義，是使沒牙的老人們也不至向隅的。

在端陽節，有錢的人便可以嘗到湯山的嫩藕了。趕到遲一點鮮藕也下市，就是不十分有錢的，也可以嘗到「冰碗」了——一大碗冰，上面覆著張嫩荷葉，葉上託著鮮菱角，鮮核桃，鮮杏仁，鮮藕，與香瓜組成的香，鮮，清，冷的，酒菜兒。就是那吃不起冰碗的人們，不是還可以買些菱角與雞頭米，嘗一嘗「鮮」嗎？

假若仙人們只吃一點鮮果，而不動火食，仙人在地上的洞府應當是北平啊！

天氣是熱的，可是一早一晚相當的涼爽，還可以作事。會享受的人，屋裡放上冰箱，院內搭起涼棚，他就會不受到暑氣的侵襲。假若不願在家，他可以到北海的蓮塘裡去划船，或在太廟與中山公園的老柏樹下品茗或擺棋。「通俗」一點的，什剎海畔藉著柳樹支起的涼棚內，也可以爽適的吃半天茶，啞幾塊酸梅糕，或呷一碗八寶荷葉粥。願意灑脫一點的，可以拿上釣竿，到積水灘或高亮橋的西邊，在河邊的古柳下，作半日的垂釣。好熱鬧的，聽戲是好時候，天越熱，戲越好，名角兒們都唱雙出。夜戲散臺差不多已是深夜，涼風兒，從那槐花與荷塘吹過來的涼風兒，會使

人精神振起，而感到在戲園受四五點鐘的悶氣並不冤枉，於是便哼著《四郎探母》什麼的高高興興的走回家去。天氣是熱的，而人們可以躲開它！在家裡，在公園裡，在城外，都可以躲開它。假若願遠走幾步，還可以到西山臥佛寺，碧雲寺，與靜宜園去住幾天啊。就是在這小山上，人們碰運氣還可以在野茶館或小飯鋪裡遇上一位御廚，給作兩樣皇上喜歡吃的菜或點心。

就是在祁家，雖然沒有天棚與冰箱，沒有冰碗兒與八寶荷葉粥，大家可也能感到夏天的可愛。祁老人每天早晨一推開屋門，便可以看見他的藍的，白的，紅的，與抓破臉的牽牛花，帶著露水，向上仰著有蕊的喇叭口兒，好像要唱一首榮耀創造者的歌似的。他的倭瓜花上也許落著個紅的蜻蜓。他沒有上公園與北海的習慣，但是睡過午覺，他可以慢慢的走到護國寺。那裡的天王殿上，在沒有廟會的日子，有評講《施公案》或《三俠五義》的；老人可以泡一壺茶，聽幾回書。那裡的殿宇很高很深，老有溜溜的小風，可以教老人避暑。等到太陽偏西了，他慢慢的走回來，給小順兒和妞子帶回一兩塊豌豆黃或兩三個香瓜。小順兒和妞子總是在大槐樹下，一面挑選槐花，一面等候太爺爺和太爺爺手裡的吃食。老人進了門，西牆下已有了蔭涼，便搬個小凳坐在棗樹下，吸著小順兒的媽給作好的綠豆湯。晚飯就在西牆兒的蔭涼裡吃。菜也許只是香椿拌豆腐，或小蔥兒醃王瓜，可是老人永遠不挑剔。他是苦裡出身，覺得豆腐與王瓜是正合他的身分的。飯後，老人休息一會兒，就拿起瓦罐和噴壺，去澆他的花草。作完這項工作，天還沒有黑，他便坐在屋簷下和小順子們看飛得很低的蝙蝠，或講一兩個並沒有什麼趣味，而且是講過不知多少遍數的故事。這樣，便結束了老人的一天。

天佑太太在夏天，氣喘得總好一些，能夠磨磨蹭蹭的作些不大費力的事。當吃餃子的時候，她端坐在炕頭上，幫著包；她包的很細緻嚴密，餃

子的邊緣上必定捏上花兒。她也幫著曬菠菜，茄子皮，曬乾藏起去，備作年下作餃子餡兒用。吃倭瓜與西瓜的時候，她必把瓜子兒曬在窗臺上，等到雨天買不到糖兒豆兒的，好給孩子們炒一些，占住他們的嘴。這些小的操作使她暫時忘了死亡的威脅。有時候親友來到，看到她正在作事，就必定過分的稱讚她幾句，而她也就懶懶的回答：「唉，我又活啦！可是，誰知道冬天怎樣呢！」

就是小順兒的媽，雖然在炎熱的三伏天，也還得給大家作飯，洗衣服，可也能抽出一點點工夫，享受一點只有夏天才能得到的閒情逸緻。她可以在門口買兩朵晚香玉，插在頭上，給她自己放著香味；或找一點指甲草，用白礬搗爛，拉著妞子的小手，給她染紅指甲。

瑞宣沒有嗜好，不喜歡熱鬧，一個暑假他可充分的享受「清」福，他可以借一本書，消消停停的在北平圖書館消磨多半天，而後到北海打個穿堂，出北海後門，順便到什剎海看一眼。他不肯坐下喝茶，而只在極渴的時候，享受一碗冰鎮的酸梅湯。有時候，他高了興，也許到西直門外的河邊上，賃一領席，在柳蔭下讀讀雪萊或莎士比亞。設若他是帶著小順子，小順子就必撈回幾條金絲荷葉與燈籠水草，回到家中好要求太爺爺給他買兩條小金魚兒。

小順子與妞子的福氣，在夏天，幾乎比任何人的都大。第一，他們可以光著腳不穿襪，而身上只穿一件工人褲就夠了。第二，實在沒有別的好耍了，他們還有門外的兩株大槐樹。挑選來槐花，他們可以要求祖母給編兩個小花籃。把槐蟲玩膩了，還可以在樹根和牆角搜尋槐蟲變的「金剛」；金剛的頭會轉，一問它哪是東，或哪是西，它就不聲不響的轉一轉頭！第三，夏天的飯食也許因天熱而簡單一些，可是廚房裡的王瓜是可以在不得已的時候偷取一根的呀。況且，瓜果梨桃是不斷的有人給買來，小順兒宣告過不止一次：「一天吃三百個桃子，不吃飯，我也幹！」就是下了大雨，

不是門外還有吆喝：「牛筋來豌豆，豆兒來幹又香」的嗎？那是多麼興奮的事呀，小順兒頭上蓋著破油布，光著腳，踩著水，到門口去買用花椒大料煮的豌豆。賣豌豆的小兒，戴著鬥笠，褲角捲到腿根兒上，捧著笸籮。豌豆是用小酒盅兒量的，一個錢一小酒盅兒。買回來，坐在床上，和妞子分食；妞子的那份兒一定沒有他的那麼香美，因為妞子沒去冒險到門外去買呀！等到雨晴了，看，成群的蜻蜓在院中飛，天上還有七色的虹啊！

可是，可是，今年這一夏天只有暑熱，而沒有任何其他的好處。祁老人失去他的花草，失去他的平靜，失去到天王殿聽書的興致。小順兒的媽勸他多少次喝會兒茶解解悶去，他的回答老是「這年月，還有心聽閒書去？」

天佑太太雖然身體好了一點，可是無事可作。曬菠菜嗎？連每天吃的菠菜還買不到呢，還買大批的曬起來？城門三天一關，兩天一閉，青菜不能天天入城。趕到一防疫，在城門上，連茄子倭瓜都被灑上石灰水，一會兒就爛完。於是，關一次城，防一回疫，菜蔬漲一次價錢，弄得青菜比肉還貴！她覺得過這樣的日子大可不必再往遠處想了，過年的時候要吃乾菜餡的餃子？到過年的時候再說吧！誰知道到了新年物價漲到哪裡去，世界變成什麼樣子呢！她懶得起床了。小順兒連門外也不敢獨自去耍了。那裡還有那兩株老槐，「金剛」也還在牆角等著他，可是他不敢再出去。一號搬來了兩家日本人，一共有兩個男人，兩個青年婦人，一個老太婆，和兩個八九歲的男孩子。自從他們一搬來，首先感到壓迫的是白巡長。冠曉荷儼然自居為太上巡長，他命令白巡長打掃衚衕，通知鄰居們不要教小孩子們在槐樹下拉屎撒尿，告訴他槐樹上須安一盞路燈，囑咐他轉告倒水的「三哥」，無論天怎麼旱，井裡怎麼沒水，也得供給夠了一號用的——「告訴你，巡長，日本人是要天天洗澡的，用的水多！別家的水可以不倒，可不能缺了一號的！」

214 | 第41幕　大蘋果

　　衚衕中別的人，雖然沒有受這樣多的直接壓迫，可是精神上也都感到很大的威脅。北平人，因為北平作過幾百年的國都，是不會排外的。小羊圈的人絕不會歧視一家英國人或土耳其人。可是，對這兩家日本人，他們感到心中不安；他們知道這兩家人是先滅了北平而後搬來的。他們必須承認他們的鄰居也就是他們的征服者！他們多少聽說過日本人怎樣滅了朝鮮，怎樣奪去臺灣，和怎樣虐待奴使高麗與臺灣人。現在，那虐待奴使高麗與臺灣的人到了他們的面前！況且，小羊圈是個很不起眼的小衚衕；這裡都來了日本人，北平大概的確是要全屬於日本人的了！他們直覺的感到，這兩家子不僅是鄰居，而也必是偵探！看一眼一號，他們彷彿是看見了一顆大的延時性的爆炸彈！

　　一號的兩個男人都是三十多歲的小商人。他們每天一清早必定帶著兩個孩子 —— 都只穿著一件極小的褲衩兒 —— 在槐樹下練早操。早操的號令是廣播出來的，大概全城的日本人都要在這時候操練身體。

　　七點鐘左右，那兩個孩子，揹著書包，像箭頭似的往街上跑去，由人們的腿中拚命往電車上擠。他們不像是上車，而像兩個木橛硬往車裡釘。無論車上與車下有多少人，他們必須擠上去。他倆下學以後，便占據住了小羊圈的「葫蘆胸」：他們賽跑，他們爬樹，他們在地上滾，他們相打 —— 打得有時候頭破血出。他們想怎麼玩耍便怎麼玩耍，好像他們生下來就是這一塊槐蔭的主人。他們願意爬哪一家的牆，或是用小刀宰哪一家的狗，他們便馬上去作，一點也不遲疑。他們家中的婦人永遠向他們微笑，彷彿他們兩個是一對小的上帝。就是在他們倆打得頭破血出的時候，她們也只極客氣的出來給他們撫摸傷痛，而不敢斥責他們。他們倆是日本的男孩子，而日本的男孩子必是將來的殺人不眨眼的「英雄」。

　　那兩個男人每天都在早晨八點鐘左右出去，下午五點多鐘回來。他們老是一同出入，一邊走一邊低聲的說話。哪怕是遇見一條狗，他們也必定

馬上停止說話，而用眼角撩那麼一下。他們都想挺著胸，目空一切的，走著德國式的齊整而響亮的步子；可是一遇到人，他們便本能的低下頭去，有點自慚形穢似的。他們不招呼鄰居，鄰居也不招呼他們，他們彷彿感到孤寂，又彷彿享受著一種什麼他們特有的樂趣。全衚衕中，只有冠曉荷和他們來往。曉荷三天兩頭的要拿著幾個香瓜，或一束鮮花，或二斤黃花魚，去到一號「拜訪」。他們可是沒有給他送過禮。曉荷唯一的報酬是當由他們的門中出來的時候，他們必全家都送出他來，給他鞠極深的躬。他的躬鞠得比他們的更深。他的鞠躬差不多是一種享受。鞠躬已畢，他要極慢的往家中走，為是教鄰居們看看他是剛由一號出來的，儘管是由一號出來，他還能沉得住氣！即使不到一號去送禮，他也要約摸著在他們快要回來的時候，在槐樹下徘徊，好等著給他們鞠躬。假若在槐樹下遇上那兩個沒人喜愛的孩子，他也必定向他們表示敬意，和他們玩耍。兩個孩子不客氣的，有時候由老遠跑來，用足了力量，向他的腹部撞去，撞得他不住的咧嘴；有時候他們故意用很髒的手抓弄他的雪白的衣褲，他也都不著急，而仍舊笑著拍拍他們的頭。若有鄰居們走過來，他必定搭訕著說：「兩個娃娃太有趣了！太有趣！」

鄰居們完全不能同意冠先生的「太有趣」。他們討厭那兩個孩子，至少也和討厭冠先生的程度一個樣。那兩個孩子不僅用頭猛撞冠先生，也同樣的撞別人。他們最得意的是撞四大媽，和小孩子們。他們把四大媽撞倒已不止一次，而且把衚衕中所有的孩子都作過他們的頭力試驗器。他們把小順兒撞倒，而後騎在他的身上，抓住他的頭髮當作韁繩。小順兒，一箇中國孩子，遇到危險只會喊媽！

小順兒的媽跑了出去。她的眼，一看到小順兒變成了馬，登時冒了火。在平日，她不是護犢子的婦人；當小順兒與別家孩子開火的時候，她多半是把順兒扯回家來，絕不把錯過安在別人家孩子的頭上。今天，她可

不能再那樣辦。小順兒是被日本孩子騎著呢。假若沒有日本人的攻陷北平，她也許還不這麼生氣，而會大大方方的說：孩子總是孩子，日本孩子當然也會淘氣的。現在，她卻想到了另一條路兒上去，她以為日本人滅了北平，所以日本孩子才敢這麼欺侮人。她不甘心老老實實的把小孩兒扯回來。她跑了過去，伸手把「騎士」的脖領抓住，一掄，掄出去；騎士跌在了地上。又一伸手，她把小順兒抓起來。拉著小順兒的手，她等著，看兩個小仇敵敢再反攻不敢。兩個日本孩子看了看她，一聲沒出的開始往家中走。她以為他們必是去告訴大人，出來講理。她等著他們。他們並沒出來。她鬆了點勁兒，開始罵小順兒：「你沒長著手嗎？不會打他們嗎？你個膿包！」小順兒又哭了，哭得很傷心。「哭！哭！你就會哭！」她氣哼哼的把他扯進家來。

祁老人不甚滿意韻梅這樣樹敵，她更掛了火。對老人們，她永遠不肯頂撞；今天，她好像有一股無可控制的怒氣，使她忘了平日的規矩。是的，她的聲音並不高，可是誰也能聽得出她的頑強與盛怒：「我不管！他們要不是日本孩子，我還許笑一笑就拉倒了呢！他們既是日本孩子，我倒要鬥鬥他們！」

老人見孫媳婦真動了氣，不敢再說什麼，而把小順兒拉到自己屋中，告訴他：「在院裡玩還不行嗎？幹嘛出去惹事呢？他們厲害呀，你別吃眼前虧呀，我的乖乖！」

晚間，瑞宣剛一進門，祁老人便輕聲的告訴他：「小順兒的媽惹了禍嘍！」瑞宣嚇了一跳。他曉得韻梅不是隨便惹禍的人，而不肯惹事的人若一旦惹出事來，才不好辦。「怎麼啦？」他急切的問。

老人把槐樹下的一場戰爭詳細的說了一遍。

瑞宣笑了笑：「放心吧，爺爺，沒事，沒事！教小順兒練練打架也好！」

　　祁老人不大明白孫子的心意，也不十分高興孫子這種輕描淡寫的態度。在他看，他應當領著重孫子到一號去道歉。當八國聯軍攻入北平的時候，他正是個青年人，他看慣了連王公大臣，甚至於西太后與皇帝，都是不敢招惹外國人的。現在，日本人又攻入了北平，他以為今天的情形理當和四十年前一個樣！可是，他沒再說什麼，他不便因自己的小心而和孫子拌幾句嘴。

　　韻梅也報告了一遍，她的話與神氣都比祖父的更有聲有色。她的怒氣還沒完全消散，她的眼很亮，顴骨上紅著兩小塊。瑞宣聽罷，也笑一笑。他不願把這件小事放在心裡。

　　可是，他不能不覺到一點高興。他沒想到韻梅會那麼激憤，那麼勇敢。他不止滿意她的舉動，而且覺得應當佩服她。由她這個小小的表現，他看出來：無論怎麼老實的人，被逼得無可奈何的時候，也會反抗。他覺得韻梅的舉動，在本質上說，幾乎可與錢先生，錢仲石，劉師傅的反抗歸到一類去了。不錯，他看見了冠曉荷與瑞豐，可是也看見了錢先生與瑞全。在黑暗中，才更切迫的需要光明。正因為中國被侵略了，中國人才會睜開眼，點起自己心上的燈！

　　一個夏天，他的心老浸漬在愁苦中，大的小的事都使他難堪與不安。他幾乎忘了怎樣發笑。使館中的暑假沒有學校中的那麼長，他失去了往年夏天到圖書館去讀書的機會，雖然他也曉得，即使能有那個機會，他是否能安心的讀書，還是個問題。當他早晨和下午出入家門的時候，十回倒有八回，他要碰到那兩個日本男人。不錯，自從南京陷落，北平就增加了許多日本人，在什麼地方都可以遇見他們；可是，在自己的衚衕裡遇見他們，彷彿就另有一種難堪。遇上他們，他不知怎樣才好。他不屑於向他們點頭或鞠躬，可是也不便怒目相視。他只好在要出門或要進衚衕口的時候，先四下里觀觀風。假若他們在前面，他便放慢了腳步；他們在後面，

他便快走幾步。這雖是小事，可是他覺到彆扭；還不是彆扭，而是失去了出入的自由。他還知道，日子一多，他的故意躲避他們，會引起他們的注意，而日本人，不管是幹什麼的，都也必是偵探！

在星期天，他就特別難過。小順兒和妞子一個勁兒吵嚷：「爸！玩玩去！多少日子沒上公園看猴子去啦！上萬牲園也好哇，坐電車，出城，看大像！」他沒法拒絕小兒女們的要求，可是也知道：公園，北海，天壇，萬牲園，在星期日，完全是日本人的世界。日本女的，那些永遠含笑的小磁娃娃，都打扮得頂漂亮，抱著或揹著小孩，提著酒瓶與食盒；日本男人，那些永遠用眼角撩人的傢夥，也打扮起來，或故意不打扮起來，空著手，帶著他們永遠作奴隸的女人，和跳跳鑽鑽的男孩子，成群打夥的去到各處公園，占據著風景或花木最好的地方，表現他們的侵略力量。他們都帶著酒，酒使小人物覺得偉大。酒後，他們到處發瘋，東倒西晃的把酒瓶擲在馬路當中或花池裡。

同時，那些無聊的男女，像大赤包與瑞豐，也打扮得花花綠綠的，在公園裡擠來擠去。他們穿得講究，笑得無聊，會吃會喝，還會在日本男女占據住的地方去表演九十度的鞠躬。他們彷彿很高興表示出他們的文化，亡國的文化，好教日本人放膽侵略。最觸目傷心的是那些在亡城以前就是公子哥兒，在亡城以後，還無動於衷的青年，還攜帶著愛人，划著船，或摟著腰，口中唱著情歌。他們的錢教他們只知道購買快樂，而忘了還有個快亡了的國。

瑞宣不忍看見這些現象。他只好悶在家裡，一語不發的熬過去星期日。他覺得很對不起小順兒與妞子，但是沒有好的辦法。

好容易熬過星期日，星期一去辦公又是一個難關。他無法躲避富善先生。富善先生在暑假裡也不肯離開北平。他以為北平本身就是消暑的最好的地方。青島，莫干山，北戴河？「噗！」他先噴一口氣。「那些地方根

本不像中國！假若我願意看洋房子和洋事，我不會回英國嗎？」他不走。他覺得中海北海的蓮花，中山公園的芍藥，和他自己的小園中的丁香，石榴，夾竹桃，和雜花，就夠他享受的了。「北平本身就是一朵大花，」他說：「紫禁城和三海是花心，其餘的地方是花瓣和花萼，北海的白塔是挺入天空的雄蕊！它本身就是一朵花，況且它到處還有樹與花草呢！」

他不肯去消暑，所以即使沒有公事可辦，他也要到使館來看一看。他一來，就總給瑞宣的「心病」上再戳幾個小傷口兒。

「噢喉！安慶也丟了！」富善先生劈面就這麼告訴瑞宣。

富善先生，真的，並沒有意思教瑞宣難堪。他是真關心中國，而不由的就把當日的新聞提供出來。他絕不是幸災樂禍，願意聽和願意說中國失敗的訊息。可是，在瑞宣呢，即使他十分了解富善先生，他也覺得富善先生的話裡是有個很硬的刺兒。況且，「噢喉！馬當要塞也完了！」「噢喉，九江巷戰了！」「噢喉！六安又丟了！」接二連三的，隔不了幾天就有一個壞訊息，真使瑞宣沒法抬起頭來。他得低著頭，承認那是事實，不敢再大大方方的正眼看富善先生。

他有許多話去解釋中日的戰爭絕不是短期間能結束的，那麼，只要打下去，中國就會有極大的希望。每一次聽到富善先生的報告，他就想拿出他的在心中轉過幾百幾千回的話，說給富善先生。可是，他又準知老先生好辯論，而且在辯論的時候，老先生是會把同情中國的心暫時收藏起去，而毒狠的批評中國的一切的。老先生是有為辯論而辯論的毛病的。老先生會把他的 —— 瑞宣的 —— 理論與看法叫做「近乎迷信的成見」！

因此，他嚴閉起口來，攔住他心中的話往外泛溢。這使他憋得慌，可是到底還比和富善先生針鋒相對的舌戰強一些。他知道，一個英國人，即使是一個喜愛東方的英國人，像富善先生，必定是重實際的。像火一樣的革命理論，與革命行為，可以出自俄國，法國，與愛爾蘭，而絕不會產生

在英國。英國人永遠不作夢想。這樣，瑞宣心中的話，若是說出來，只能得到富善先生的冷笑與搖頭，因為他的話是一個老大的國家想用反抗的精神，一下子返老還童，也就必定被富善先生視為夢想。他不願多費唇舌，而落個說夢話。

這樣把話藏起來，他就更覺得它們的珍貴。他以為《正氣歌》與嶽武穆的《滿江紅》大概就是這麼作出來的 —— 把壓在心裡的憤怒與不便對別人說的信仰壓成了每一顆都有個花的許多塊鑽石。可是，他也知道，在它們成為鑽石之前，他是要感到孤寂與苦悶的。

和平的謠言很多。北平的報紙一致的鼓吹和平，各國的外交界的人們也幾乎都相信只要日本人攻到武漢，國民政府是不會再遷都的。連富善先生也以為和平就在不遠。他不喜歡日本人，可是他以為他所喜愛的中國人能少流點血，也不錯。他把這個意思暗示給瑞宣好幾次，瑞宣都沒有出聲。在瑞宣看，這次若是和了，不久日本就會發動第二次的侵略；而日本的再侵略不但要殺更多的中國人，而且必定把英美人也趕出中國去。瑞宣心裡說：「到那時候，連富善先生也得收拾行李了！」

雖然這麼想，他心中可是極不安。萬一要真和了呢？這時候講和便是華北的死亡。就是不提國事，他自己怎麼辦呢？難道他就真的在日本人鼻子底下苟且偷生一輩子嗎？因此，他喜歡聽，哪怕是極小的呢，抵抗與苦戰的事。就是小如韻梅與兩個日本孩子打架的事，他也喜歡聽。這不是瘋狂，他以為，而是一種不願作奴隸的人應有的正當態度。沒有流血與抵抗是不會見出正義與真理的。因此，他也就想到，他應當告訴程長順逃走，應當再勸小崔別以為拉上了包車便萬事亨通。他也想告訴丁約翰不要拿「英國府」當作鐵桿莊稼；假若英國不幫中國的忙，有朝一日連「英國府」也會被日本炸平的。

七七一週年，他聽到委員長的告全國軍民的廣播。他的對國事的推測

與希望，看起來，並不是他個人的成見，而也是全中國的希望與要求。他不再感覺孤寂；他的心是與四萬萬同胞在同一的律動上跳動著的。他知道富善先生也必定聽到這廣播，可是還故意的告訴給他。富善先生，出乎瑞宣意料之外，並沒和他辯論什麼，而只嚴肅的和他握了握手。他不明白富善先生的心中正在想什麼，而只好把他預備好了的一片話存在心中。他是要說：「日本人說三個月可以滅了中國，而我們已打了一年。我們還繼續的抵抗，而繼續抵抗便增多了我們勝利的希望。打仗是兩方面的事，只要被打的敢還手，戰局便必定會有變化。變化便帶來希望，而希望產生信心！」

這段話雖然沒說出來，可是他暗自揣想，或者富善先生也和那位寶神父一樣，儘管表面上是一團和氣，可是挖出根兒來看，他們到底是西洋人，而西洋人中，一百個倒有九十九個是崇拜 —— 也許崇拜的程度有多有少 —— 武力的。他甚至於想再去看看寶神父，看看寶神父是不是也因中國抗戰了一年，而且要繼續抵抗，便也嚴肅的和他握手呢？他沒找寶神父去，也不知道究竟富善先生是什麼心意。他只覺得心裡有點痛快，甚至可以說是驕傲。他敢抬著頭，正眼兒看富善先生了。由他自己的這點驕傲，他彷彿也看出富善先生的為中國人而驕傲。是的，中國的獨力抵抗並不是奇蹟，而是用真的血肉去和槍炮對拚的。中國人愛和平，而且敢為和平而流血，難道這不是件該驕傲的事麼？他不再怕富善先生的「噢喉」了。

他請了半天的假，日本人也紀念七七。他不忍看中國人和中國學生到天安門前向侵略者的陣亡將士鞠躬致敬。他必須躲在家裡。他恨不能把委員長的廣播馬上印刷出來，分散給每一個北平人。可是，他既沒有印刷的方便，又不敢冒那麼大的險。他嘆了口氣，對自己說：「國是不會亡的了，可是瑞宣你自己盡了什麼力氣呢？」

第 42 幕　換法幣

　　星期天也是瑞宣的難關。他不肯出去遊玩，因為無論是在路上，還是在遊玩的地方，都無可避免的遇上許多日本人。日本人的在虛偽的禮貌下藏著的戰勝者的傲慢與得意，使他感到難堪。整個的北平好像已變成他們的勝利品。

　　他只好藏在家裡，可是在家裡也還不得心靜。瑞豐和胖菊子在星期天必然的來討厭一番。他們夫婦老是匆匆忙忙的跑進來，不大一會兒又匆匆忙忙的跑出去，表示出在萬忙之中，他們還沒忘了來看哥哥。在匆忙之中，瑞豐 —— 老叼著那枝假像牙的菸嘴兒 —— 要屈指計算著，報告給大哥：「今兒個又有四個飯局！都不能不去！不能不去！我告訴你，大哥，我愛吃口兒好的，喝兩杯兒好的，可是應酬太多，敢情就吃不動了！近來，我常常鬧肚子！酒量，我可長多了！不信，多咱有工夫，我們哥兒倆喝一回，你考驗考驗我！拳也大有進步！上星期天晚飯，在會賢堂，我連贏了張局長七個，七個劈面！」用食指輕輕彈了彈假像牙的菸嘴兒，他繼續著說：「朋友太多了！專憑能多認識這麼多朋友，我這個科長就算沒有白當。我看得很明白，一個人在社會上，就得到處拉關係，關係越多，吃飯的道兒才越寬，飯碗才不至於起恐慌。我 ——」他放低了點聲：「近來，連特務人員，不論是日本的，還是中國的都應酬，都常來常往。我身在教育局，而往各處，像金銀藤和牽牛花似的，分散我的蔓兒！這樣，我相信，我才能到處吃得開！你說是不是，大哥？」瑞宣回不出話來，口中直冒酸水。

　　同時，胖菊子拉著大嫂的手，教大嫂摸她的既沒領子又沒袖子的褂子：「大嫂，你摸摸，這有多麼薄，多麼軟！才兩塊七毛錢一尺！」教大嫂

摸完了褂子，她又展覽她的手提包，小綢子傘，絲襪子，和露著腳指頭的白漆皮鞋，並且一一的報出價錢來。

兩個人把該報告的說到一段落，便彼此招呼一聲：「該走了吧？王宅不是還等著我們打牌哪嗎？」而後，就親密的並肩的匆匆走出去。

他倆走後，瑞宣必定頭疼半點鐘。他的頭疼有時候延長到一點鐘，或更長一些，假若冠曉荷也隨著瑞豐夫婦來訪問他。曉荷的討厭幾乎到了教瑞宣都要表示欽佩的程度，於是也就教瑞宣沒法不頭疼。假若瑞豐夫婦只作「自我宣傳」，曉荷就永不提他自己，也不幫助瑞豐夫婦亂吹，而是口口聲聲的讚揚英國府，與在英國府作事的人。他管自己的來看瑞宣叫做「英日同盟」！

每逢曉荷走後，瑞宣就恨自己為什麼不在曉荷的臉上啐幾口唾沫。可是，趕到曉荷又來到，他依然沒有那個決心，而哼兒哈兒的還敷衍客人。他看出自己的無用。時代是鋼鐵的，而他自己是塊豆腐！

為躲避他們，他偶爾的出去一整天。到處找錢先生。可是，始終沒有遇見過錢先生一次。看到一個小茶館，他便進去看一看，甚至於按照小崔的形容探問一聲。「不錯，看見過那麼個人，可是不時常來。」幾乎是唯一的回答。走得筋疲力盡，他只好垂頭喪氣的走回家來。假若他能見到錢先生，他想，他必能把一夏天所有的惡氣都一下子吐淨。那該是多麼高興的事！可是，錢先生像沉在大海裡的一塊石頭。

比較使他高興，而並不完全沒有難堪的，是程長順的來訪。程長順還是那麼熱烈的求知與愛國，每次來幾乎都要問瑞宣：「我應當不應當走呢？」

瑞宣喜歡這樣的青年。他覺得即使長順並不真心想離開北平，就憑這樣一問也夠好聽的了。可是，及至想到長順的外婆，他又感到了為難，而把喜悅變成難堪。

有一天，長順來到，恰好瑞宣正因為曉荷剛來訪看過而患頭疼。他沒能完全控制住自己，而告訴了長順：「是有志氣的都該走！」

長順的眼亮了起來：「我該走？」

瑞宣點了頭。

「好！我走！」

瑞宣沒法再收回自己的話。他覺到一點痛快，也感到不少的苦痛 —— 他是不是應當這樣鼓動一個青年去冒險呢？這是不是對得起那位與長順相依為命的老太婆呢？他的頭更疼了。長順很快的就跑出去，好像大有立刻回家收拾收拾就出走的樣子。瑞宣的心中更不好過了。從良心上講，他勸一個青年逃出監牢是可以不受任何譴責的，可是，他不是那種慣於煽惑別人的人，他的想像先給長順想出許多困難與危險，而覺得假若不幸長順白白的喪掉性命，他自己便應負全責。他不知怎樣才好。

連著兩三天的工夫，他天天教韻梅到四號去看一眼，看長順是否已經走了。

長順並沒有走。他心中很納悶。三天過了，他在槐蔭下遇見了長順。長順彷彿是怪羞愧的只向他點了點頭就躲開了。他更納悶了。是不是長順被外婆給說服了呢？還是年輕膽子小，又後悔了呢？無論怎樣，他都不願責備長順。可是他也不能因長順的屈服或後悔而高興。

第五天晚上，天有點要落雨的樣子。雲雖不厚，可是風很涼，所以大家都很早的進了屋子；否則吃過晚飯，大家必定坐在院中乘涼的。長順，仍然滿臉羞愧的，走進來。瑞宣有心眼，不敢開門見山的問長順什麼，怕長順難堪。長順可是彷彿來說心腹話，沒等瑞宣發問，就「招」了出來：「祁先生！」他的臉紅起來，眼睛看著自己的鼻子，語聲更嗚囔得厲害了。「我走不了！」

瑞宣不敢笑，也不敢出聲，而只同情的嚴肅的點了點頭。「外婆有一點錢，」長順低聲的，嗚嚥著鼻子說：「都是法幣。她老人家不肯放帳吃利，也不肯放在郵政局去。她自己拿著。只有錢在她自己手裡，她才放心！」

「老人們都是那樣。」瑞宣說。

長順看瑞宣明白老人們的心理，話來得更順利了一些：「我不知道她老人家有多少錢，她永遠沒告訴過我。」「對！老人家們的錢，沒有第二個人知道藏在哪裡，和有多少。」

「這可就壞了事！」長順用袖口抹了一下鼻子。「前幾個月，日本人不是貼告示，教我們把法幣都換成新票子嗎？我看見告示，就告訴了外婆。外婆好像沒有聽見。」

「老人們當然不信任鬼子票兒！」

「對！我也那麼想，所以就沒再催她換。我還想，大概外婆手裡有錢也不會很多，換不換的也許沒多大關係。後來，換錢的風聲越來越緊了，我才又催問了一聲。外婆告訴我：昨天她在門外買了一個鄉下人的五斤小米，那個人低聲的說，他要法幣。外婆的法幣就更不肯出手啦。前兩天，白巡長來巡邏，站在門口，和外婆瞎扯，外婆才知道換票子的日期已經過了，再花法幣就圈禁一年。外婆哭了一夜。她一共有一千元啊，都是一元的單張，新的，交通銀行的！她有一千！可是她一元也沒有了！丟了錢，她敢罵日本鬼子了，她口口聲聲要去和小鬼子拚命！外婆這麼一來，我可就走不了啦。那點錢是外婆的全份兒財產，也是她的棺材本兒。丟了那點錢，我們孃兒倆的三頓飯馬上成問題！你看怎麼辦呢？我不能再說走，我要一走，外婆非上吊不可！我得設法養活外婆，她把我拉扯這麼大，這該是我報恩的時候了！祁先生？」長順的眼角有兩顆很亮的淚珠，鼻子上出著汗，搓著手等瑞宣回答。瑞宣立了起來，在屋中慢慢的走。在長順的一

片話裡，他看見了自己。家和孝道把他，和長順，拴在了小羊圈。國家在呼喚他們，可是他們只能裝聾。他準知道，年輕人不走，並救不活老人，或者還得與老人們同歸於盡。可是，他沒有跺腳一走的狠心，也不能勸長順狠心的出走，而教他的外婆上吊。他長嘆了一聲，而後對長順說：「把那一千元交給熟識的山東人或山西人，他們帶走，帶到沒有淪陷的地方，一元還是一元。當然，他們不能一元當一元的換給你，可是吃點虧，總比都白扔了好。」「對！對！」長順已不再低著頭，而把眼盯住瑞宣的臉，好像瑞宣的每一句話都是福音似的。「我認識天福齋的楊掌櫃，他是山東人！行！他一定能幫這點忙！祁先生，我去幹什麼好呢？」

瑞宣想不起什麼是長順的合適的營業。「想一想再說吧，長順！」

「對！你替我想一想，我自己也想著！」長順把鼻子上的汗都擦去，立了起來。立了一會兒，他的聲音又放低：「祁先生，你不恥笑我不敢走吧？」

瑞宣慘笑了一下。「我們都是一路貨！」

「什麼？」長順不明白瑞宣的意思。

「沒關係！」瑞宣不願去解釋。「我們明天見！勸外婆彆著急！」

長順走後，外邊落起小雨來。聽著雨聲，瑞宣一夜沒有睡熟。

長順的事還沒能在瑞宣心裡消逝，陳野求忽然的來看他。

野求的身上穿得相當的整齊，可是臉色比瑞宣所記得的更綠了。到屋裡坐下，他就定上了眼珠，薄嘴唇並得緊緊的。幾次他要說話，幾次都把嘴唇剛張開就又閉緊。瑞宣注意到，當野求伸手拿茶碗的時候，他的手是微顫著的。

「近來還好吧？」瑞宣想慢慢的往外引野求的話。野求的眼開始轉動，微笑了一下：「這年月，不死就算平安！」說完，他又不出聲了。他彷

彿是很願用他的聰明，說幾句漂亮的話，可是心中的慚愧與不安又不允許他隨便的說。他只好愣起來。愣了半天，他好像費了很大的力量似的，把使他心中羞愧與不安的話提出來：「瑞宣兄！你近來看見默吟沒有？」按道理說，他比瑞宣長一輩，可是他向來謙遜，所以客氣的叫「瑞宣兄」。「有好幾位朋友看見了他，我自己可沒有遇見過；我到處去找他，找不到！」

舐了舐嘴唇，野求準備往外傾瀉他的話：「是的！是的！我也是那樣！有兩位畫畫兒的朋友都對我說，他們看見了他。」「在哪兒？」

「在圖畫展覽會。他們展覽作品，默吟去參觀。瑞宣兄，你曉得我的姐丈自己也會畫？」

瑞宣點了點頭。

「可是，他並不是去看畫！他們告訴我，默吟慢條斯理的在展覽室繞了一圈，而後很客氣的把他們叫出來。他問他們：你們畫這些翎毛，花卉，和煙雲山水，為了什麼呢？你們畫這些，是為消遣嗎？當你們的真的山水都滿塗了血的時候，連你們的禽鳥和花草都被炮火打碎了的時候，你們還有心消遣？你們是為畫給日本人看嗎？噢！日本人打碎了你們的青出，打紅了你們的河水，你們還有臉來畫春花秋月，好教日本人看著舒服，教他們覺得即使把你們的城市田園都轟平，你們也還會用各種顏色粉飾太平！收起你們那些汙辱藝術，輕蔑自己的東西吧！要畫，你們應當畫戰場上的血，和反抗侵略的英雄！說完，他深深的給他們鞠了一躬，囑咐他們想一想他的話，而後頭也沒回的走去。我的朋友不認識他，可是他們跟我一形容，我知道那必是默吟！」

「你的兩位朋友對他有什麼批評呢？陳先生！」瑞宣很鄭重的問。

「他們說他是半瘋子！」

「半瘋子？難道他的話就沒有一點道理？」

「他們！」野求趕緊笑了一下，好像代朋友們道歉似的。「他們當然沒說他的話是瘋話，不過，他們只會畫一筆畫，開個畫展好賣幾個錢，換點米麵吃，這不能算太大的過錯。同時，他們以為他要是老這麼到處亂說，遲早必教日本人捉去殺了！所以，所以……」

「你想找到他，勸告他一下？」

「我勸告他？」野求的眼珠又不動了，像死魚似的。他咬上了嘴唇，又愣起來。好大一會兒之後，他嘆了口極長的氣，綠臉上隱隱的有些細汗珠。「瑞宣兄！你還不知道，他和我絕了交吧？」

「絕交？」

野求慢慢的點了好幾下頭。「我的心就是一間行刑的密室，那裡有一切的刑具，與施刑的方法。」他說出了他與默吟先生絕交的經過。「那可都是我的過錯！我沒臉再見他，因為我沒能遵照他的話而脫去用日本錢買的衣服，不給兒女們用日本錢買米麵吃。同時，我又知道給日本人作一天的事，作一件事，我的姓名就永遠和漢奸們列在一處！我沒臉去見他，可是又晝夜的想見他，他是我的至親，又是良師益友！見了他，哪怕他抽我幾個嘴巴呢，我也樂意接受！他的掌會打下去一點我的心病，內疚！我找不到他！我關心他的安全與健康，我願意跪著請求他接受我的一點錢，一件衣服！可是，我也知道，他絕不會接受我這兩隻髒手所獻給的東西，任何東西！那麼，見了面又怎樣呢？還不是更增加我的苦痛？」他極快的喝了一口茶，緊跟著說：「只有痛苦！只有痛苦！痛苦好像就是我的心！孩子們不捱餓了，也穿上了衣裳。他們跳，他們唱，他們的小臉上長了肉。但是，他們的跳與唱是毒針，刺著我的心！我怎麼辦？沒有別的辦法，除了設法使我自己麻木，麻木，不斷的麻木，我才能因避免痛苦而更痛苦，等到心中全是痛苦而忘記了痛苦！」

「陳先生！你吸上了煙？」瑞宣的鼻子上也出了汗。野求把臉用雙手

遮住，半天沒動彈。

「野求先生！」瑞宣極誠懇的說：「不能這麼毀壞自己呀！」野求慢慢的把手放下去，仍舊低著頭，說：「我知道！我知道！可是我管不住自己！姐丈告訴過我：去賣花生瓜子，也比給日本人作事強。可是，我們這穿慣了大褂的人，是寧可把國恥教大褂遮住，也不肯脫了大褂作小買賣去的！因此，我須麻醉自己。吸菸得多花錢，我就去兼事；事情越多，我的精神就越不夠，也就更多吸幾口煙。我現在是一天忙到晚，好像專為給自己找大煙錢。只有吸完一頓煙，我才能迷迷胡胡的忘了痛苦。忘了自己，忘了國恥，忘了一切！瑞宣兄，我完了！完了！」他慢慢的立起來。「走啦！萬一見到默吟，告訴他我痛苦，我吸菸，我完了！」他往外走。

瑞宣傻子似的跟著他往外走。他有許多話要說，而一句也說不出來。

二人極慢的，無語的，往外走。快走到街門，野求忽然站住了，回過頭來：「瑞宣兄！差點忘了，我還欠你五塊錢呢！」他的右手向大褂裡伸。

「野求先生！我們還過不著那五塊錢嗎？」瑞宣慘笑了一下。

野求把手退回來：「我們 —— 好，我就依實啦！謝謝吧！」到了門口，野求向一號打了一眼：「現在有人住沒有？」「有！日本人！」

「噢！」野求嚥了一大口氣，而後向瑞宣一點頭，端著肩走去。

瑞宣呆呆的看著他的後影，直到野求拐了彎。回到屋中，他老覺得野求還沒走，即使閉上眼，他也還看見野求的瘦臉；野求的形像好像貼在了他的心上！慢慢的，每一看到那張綠臉，他也就看到自己。除了自己還沒抽上大煙，他覺得自己並不比野求好到哪裡去 —— 凡是留在北平的，都是自取滅亡！

他坐下，無聊的拿起筆來，在紙上亂寫。寫完，他才看清「我們都是自取滅亡！」盯著這幾個字，他想把紙條放在信封裡，給野求寄了去。可

是，剛想到這裡，他也想起默吟先生；隨手兒他把紙條兒揉成一個小團，扔在地上。默吟先生就不是自取滅亡的人。是的，錢詩人早晚是會再被捕，被殺掉。可是，在這死的時代，只有錢先生那樣的死才有作用。有良心而無膽氣的，像他和野求，不過只會自殺而已！

第 43 幕　廣州陷

廣州陷落。我軍自武漢後撤。

北平的日本人又瘋了。勝利！勝利！勝利以後便是和平，而和平便是中國投降，割讓華北！北平的報紙上登出和平的條件：日本並不要廣州與武漢，而只要華北。

漢奸們也都高了興，華北將永遠是日本人的，也就永遠是他們的了！

可是，武漢的撤退，只是撤退；中國沒有投降！

狂醉的日本人清醒過來以後，並沒找到和平。他們都感到頭疼。他們發動戰爭，他們也願極快的結束戰爭，好及早的享受兩天由勝利得來的幸福。可是，他們只發動了戰爭，而中國卻發動了不許他們享受勝利！他們失去了主動。他們只好加緊的利用漢奸，控制華北，用華北的資源，糧草，繼續作戰。

瑞宣對武漢的撤退並沒有像在南京失守時那麼難過。在破箱子底上，他找出來一張不知誰藏的，和什麼時候藏的，大清一統地圖來。把這張老古董貼在牆上，他看到了重慶。在地圖上，正如在他心裡，重慶離他好像並不很遠。在從前，重慶不過是他記憶中的一個名詞，跟他永遠不會發生什麼關係。今天，重慶離他很近，而且有一種極親密的關係。他覺得只要重慶說「打」，北平就會顫動；只要重慶不斷的發出抗戰的呼聲，華北敵人的一切陰謀詭計就終必像水牌上浮記著的帳目似的，有朝一日必被抹去，抹得一乾二淨。看著地圖，他的牙咬得很緊。他必須在北平立穩，他的一思一念都須是重慶的迴響！他須在北平替重慶抬著頭走路，替全中國人表示出：中國人是不會投降的民族！

在瑞宣這樣沉思的時候，冠家為慶祝武漢的撤退，夜以繼日的歡呼笑

鬧。第一件使他們高興的是藍東陽又升了官。

　　華北，在日本人看，是一把拿定了。所以，他們應一方面加緊的肅清反動分子，一方面把新民會的組織擴大，以便安撫民眾。日本人是左手持劍，右手拿著昭和糖，威脅與利誘，雙管齊下的。

　　新民會改組。它將是宣傳部，社會部，黨部，與青年團合起來的一個總機關。它將設立幾處，每處有一個處長。它要作宣傳工作，要把工商界的各行都組織起來，要設立少年團與幼年團，要以作順民為宗旨發動彷彿像一個政黨似的工作。

　　在這改組的時節，原來在會的職員都被日本人傳去，當面試驗，以便選拔出幾個處長和其他的重要職員。藍東陽的相貌首先引起試官的注意，他長得三分像人，七分倒像鬼。日本人覺得他的相貌是一種資格與保證 —— 這樣的人，是道地的漢奸胎子，永遠忠於他的主人，而且最會欺壓良善。

　　東陽的臉已足引起注意，恰好他的舉止與態度又是那麼卑賤得出眾，他得了宣傳處處長。當試官傳見他的時候，他的臉綠得和泡乏了的茶葉似的，他的往上吊著的眼珠吊上去，一直沒有回來，他的手與嘴唇都顫動著，他的喉中堵住一點痰。他還沒看見試官，便已鞠了三次最深的躬，因為角度太大，他幾乎失去身體的平衡，而栽了下去。當他走近了試官身前的時候，他感激得落了淚。試官受了感動，東陽得到了處長。

　　頭一處給他預備酒席慶賀升官的當然是冠家。他接到了請帖，可是故意的遲到了一個半鐘頭。及來到冠家，他的架子是那麼大，連曉荷的善於詞令都沒能使他露一露黃牙。進門來，他便半坐半臥的倒在沙發上，一語不發。他的綠臉上好像搽上了一層油，綠得發光。人家張羅他的茶水，點心，他就那麼懶而驕傲的坐著，把頭窩在沙發的角兒上，連理也不理。人家讓他就位吃酒，他懶得往起立。讓了三四次，他才不得已的，像一條毛

蟲似的，把自己撐咕到首座。屁股剛碰到椅子，他把雙肘都放在桌子上，好像要先打個盹兒的樣子。他的心裡差不多完全是空的，而只有「處長，處長」隨著心的跳動，輕輕的響。他不肯喝酒，不肯吃菜，表示出處長是見過世面的，不貪口腹。趕到酒菜的香味把他的饞涎招出來，他才猛孤丁的夾一大箸子菜，放在口裡，旁若無人的大嚼大咽。

大赤包與冠曉荷交換了眼神，他們倆決定不住口的叫處長，像叫一個失了魂的孩子似的。他們認為作了處長，理當擺出架子；假若東陽不肯擺架子，他們還倒要失望呢。他們把處長從最低音叫到最高音，有時候二人同時叫，而一高一低，像二部合唱似的。

任憑他們夫婦怎樣的叫，東陽始終不哼一聲。他是處長，他必須沉得住氣；大人物是不能隨便亂說話的。甜菜上來，東陽忽然的立起來，往外走，只說了聲：「還有事！」

他走後，曉荷讚不絕口的誇獎他的相貌：「我由一認識他，就看出來藍處長的相貌不凡。你們注意沒有？他的臉雖然有點發綠，可是你們細看，就能看出下面卻有一層極潤的紫色兒，那叫硃砂臉，必定掌權！」

大赤包更實際一些：「管他是什麼臉呢，處長才是十成十的真貨，我看哪，哼！」她看了高第一眼。等到只剩了她與曉荷在屋裡的時候，她告訴他：「我想還是把高第給東陽吧。處長總比科長大多了！」

「是的！是的！所長所見甚是！你跟高第說去！這孩子，總是彆彆扭扭的，不聽話！」

「我有主意！你甭管！」

其實，大赤包並沒有什麼高明的主意。她心裡也知道高第確是有點不聽話。

高第的不聽話已不止一天。她始終不肯聽從著媽媽去「拴」住李空

山。李空山每次來到，除了和大赤包算帳，（大赤包由包庇暗娼來的錢，是要和李空山三七分帳的，）便一直到高第屋裡去，不管高第穿著長衣沒穿，還是正在床上睡覺。他儼然以高第的丈夫自居。進到屋中，他便一歪身倒在床上。高興呢，他便閒扯幾句；不高興，他便一語不發，而直著兩眼盯著她。他逛慣了窯子，娶慣了妓女；他以為一切婦女都和窯姐兒差不多。

高第不能忍受這個。她向媽媽抗議。大赤包理直氣壯的教訓女兒：「你簡直的是胡塗！你想想看，是不是由他的幫忙，我才得到了所長？自然嘍，我有作所長的本事與資格；可是，我們也不能忘恩負義，硬說不欠他一點兒情！由你自己說，你既長得並不像天仙似的，他又作著科長，我看不出這件婚事有什麼不配合的地方。你要睜開眼看看事情，別閉著眼作夢！再說，他和我三七分帳，我受了累，他白拿錢，我是啞巴吃黃連有苦說不出！你要是明理，就該牢籠住他；你要是嫁給他，難道他還好意思跟老丈母孃三七分帳嗎？你要知道，我一個人賺錢，可是給你們大家花；我的錢並沒都穿在我自己的肋條骨上！」

抗議沒有用，高第自然的更和桐芳親近了。可是，這適足以引起媽媽對桐芳增多惡感，而想馬上把桐芳趕到妓院裡去。為幫忙桐芳，高第不敢多和桐芳在一塊。她只好在李空山躺到她的床上的時候，氣呼呼的拿起小傘與小皮包走出去，一走就是一天。她會到北海的山石上，或公園的古柏下，呆呆的坐著；到太寂寞了的時節，她會到曉荷常常去的通善社或崇善社去和那些有錢的，有閒的，想用最小的投資而獲得永生的善男善女們鬼混半天。

高第這樣躲開，大赤包只好派招弟去敷衍李空山。她不肯輕易放手招弟，可是事實逼迫著她非這樣作不可。她絕對不敢得罪李空山。惹惱了李空山，便是砸了她的飯鍋。

　　招弟，自從媽媽作了所長，天天和妓女們在一塊兒說說笑笑，已經失去了她的天真與少女之美。她的本質本來不壞。在從前，她的最浪漫的夢也不過和小女學生們的一樣——小說與電影是她的夢的數據。她喜歡打扮，願意有男朋友，可是這都不過是一些小小的，哀而不傷的，青春的遊戲。她還沒想到過男女的問題和男女間彼此的關係與需要。她只覺得按照小說與電影裡的辦法去調動自己頗好玩——只是好玩，沒有別的。現在，她天天看見妓女。她忽然的長成了人。她從妓女們身上看到了肉體，那無須去想像，而一眼便看清楚的肉體。她不再作浪漫的夢，而要去試一試那大膽的一下子跳進泥塘的行動——像肥豬那樣似的享受泥塘的汙濁。

　　真的，她的服裝與頭髮臉面的修飾都還是摩登的，沒有受娼妓們的影響。可是，在面部的表情上，與言語上，她卻有了很大的變動。她會老氣橫秋的，學著妓女們的口調，說出足以一下子就跳入泥淖的髒字，而嬉皮笑臉的滿意自己的大膽，咂摸著髒字裡所藏蘊著的意味。她所受的那一點學校教育不夠教她分辨是非善惡的，她只有一點直覺，而不會思想。這一點少女的直覺，一般的說，是以嬌羞與小心為保險箱的。及至保險箱開啟了，不再鎖上，她便只顧了去探索一種什麼更直接的，更痛快的，更原始的，愉快，而把害羞與小心一齊扔出去，像摔出一個臭雞蛋那麼痛快。她不再運用那點直覺，而故意的睜著眼往泥裡走。她的青春好像忽然被一陣狂風颳走，風過去，剩下一個可以與妓女為伍的小婦人。她接受了媽媽的命令，去敷衍李空山。

　　李空山看女人是一眼便看到她們的最私祕的地方去的。在這一點上，他很像日本人。見招弟來招待他，他馬上拉住她的手，緊跟著就吻了她，摸她的身上。這一套，他本來久想施之於高第的，可是高第「不聽話」。現在，他對比高第更美更年輕的招弟用上了這一套，他馬上興奮起來，急

忙到綢緞莊給她買了三身衣料。

　　大赤包看到衣料，心裡顫了一下。招弟是她的寶貝，不能隨便就被李空山挖了去。可是，綢緞到底是綢緞，綢緞會替李空山說好話。她不能教招弟謝絕。同時，她相信招弟是聰明絕頂的，一定不會輕易的吃了虧。所以，她不便表示什麼。

　　招弟並不喜歡空山。她也根本沒有想到什麼婚姻問題。她只是要冒險，嘗一嘗那種最有刺激性的滋味，別人不敢，李空山敢，對她動手，那麼也就無所不可。她看見不止一次，曉荷偷偷的吻那些妓女。現在，她自己大膽一點，大概也沒有什麼了不起的過錯與惡果。

　　武漢陷落，日本人要加緊的肅清北平的反動分子，實行清查戶口，大批的捉人。李空山忙起來。他不大有工夫再來到高第的床上躺一躺。他並不忠心於日本主子，而是為他自己弄錢。他隨便的捕人，捕得極多，而後再依次的商議價錢，肯拿錢的便可以被釋放；沒錢的，不管有罪無罪，便喪掉生命。在殺戮無辜的人的時候，他的膽子幾乎與動手摸女人是一邊兒大的。

　　大赤包見李空山好幾天沒來，很不放心。是不是女兒們得罪了他呢？她派招弟去找他：「告訴你，招弟，乖乖！去看看他！你就說：武漢完了事，大家都在這裡吃酒；沒有他，大家都怪不高興的！請他千萬抓工夫來一趟，大家熱鬧一天！穿上他送給你的衣裳！聽見沒有？」

　　把招弟打發走，她把高第叫過來。她皺上點眉頭，像是很疲乏了的，低聲的說：「高第，媽媽跟你說兩句話。我看出來，你不大喜歡李空山，我也不再勉強你！」她看著女兒，看了好大一會兒，彷彿是視察女兒領會了媽媽的大仁大義沒有。「現在藍東陽作了處長，我想總該合了你的意吧？他不大好乾淨，可是那都因為他沒有結婚，他若是有個太太招呼著他，他必定不能再那麼邋遢了。說真的，他要是好好的打扮打扮，還不能

不算怪漂亮的呢！況且，他又年輕，又有本事；現在已經是處長，焉知道不作到督辦什麼的呢！好孩子，你聽媽媽的話！媽媽還能安心害了你嗎？你的歲數已經不小了，別老教媽媽懸著心哪！媽媽一個人打裡打外，還不夠我操心的？好孩子，你跟他交交朋友！你的婚事要是成了功，不是我們一家子都跟著受用嗎？」說完這一套，她輕輕的用拳頭捶著胸口。

高第沒有表示什麼。她討厭東陽不亞於討厭李空山。就是必不得已而接受東陽，她也得先和桐芳商議商議；遇到大事，她自己老拿不定主意。

乘著大赤包沒在家，高第和桐芳在西直門外的河邊上，一邊慢慢的走，一邊談心。河僅僅離城門有一里來地，可是河岸上極清靜，連個走路的人也沒有。岸上的老柳樹已把葉子落淨。在秋陽中微擺著長長的柳枝。河南邊的蓮塘只剩了些乾枯到能發出輕響的荷葉，塘中心靜靜的立著一隻白鷺。魚塘裡水還不少，河身可是已經很淺，只有一股清水慢慢的在河心流動，衝動著一穗穗的長而深綠的水藻。河坡還是溼潤的，這裡那裡偶爾有個半露在泥外的田螺，也沒有小孩們來挖它們。秋給北平的城郊帶來蕭瑟，使它變成觸目都是秋色，一點也不像一個大都市的外圍了。

走了一會兒。她們倆選了一棵最大的老柳，坐在它的露在地面上的根兒上。回頭，她們可以看到高亮橋，橋上老不斷的有車馬來往，因此，她們不敢多回頭；她們願意暫時忘了她們是被圈在大籠子 —— 北平 —— 的人，而在這裡自由的吸點帶著地土與溪流的香味的空氣。

「我又不想走了！」桐芳皺著眉，吸著一根香菸；說完這一句，她看著慢慢消散的煙。

「你不想走啦？」高第好像鬆了一口氣似的問。「那極好啦！

你要走了，剩下我一個人，我簡直一點辦法也沒有！」

桐芳瞇著眼看由鼻孔出來的煙，臉上微微有點笑意，彷彿是享受著高

第的對她的信任。

「可是，」高第的短鼻子上縱起一些小褶子，「媽媽真趕出你去呢？教你到……」

桐芳把半截煙摔在地上，用鞋跟兒碾碎，撇了撇小嘴：「我等著她的！我已經想好了辦法，我不怕她！你看，我早就想逃走，可是你不肯陪著我。我一想，鬥大的字我才認識不到一石，我幹什麼去呢？不錯，我會唱點玩藝兒；可是，逃出去再唱玩藝兒，我算怎麼一回事呢？你要是跟我一道走，那就不同了；你起碼能寫點算點，大小能找個事作；你作事，我願意刷傢夥洗碗的作你的老媽子；我敢保，我們倆必定過得很不錯！可是，你不肯走；我一個人出去沒辦法！」「我捨不得北平，也捨不得家！」高第很老實的說了實話。桐芳笑了笑。「北平教日本人占著，家裡教你嫁給劊子手，你還都捨不得！你忘了，忘了摔死一車日本兵的仲石，忘了說你是個好姑娘的錢先生！」

高第把雙手摟在磕膝上，愣起來。愣了半天，她低聲的說：「你不是也不想走啦？」

桐芳一揚頭，把一縷頭髮摔到後邊去：「不用管我，我有我的辦法！」

「什麼辦法？」

「不能告訴你！」

「那，我也有我的辦法！反正我不能嫁給李空山，也不能嫁給藍東陽！我願意要誰，才嫁給誰！」高第把臉揚起來，表示出她的堅決。是的，她確是說了實話。假使她不明白任何其他的事，她可是知道婚姻自由。自由結婚成了她的一種信仰。她並說不出為什麼婚姻應當自由，她只是看見了別人那麼作，所以她也須那麼作。她在生命上，沒有任何足以自傲的地方，而時代強迫著她作個摩登小姐。怎樣才算摩登？自由結婚！只

要她結了婚，她好像就把生命在世界上拴牢，這，她與老年間的婦女並沒有什麼差別。可是，她必須要和老婦女們有個差別。怎樣顯出差別？她要結婚，可是上面必須加上「自由」！結婚後怎樣？她沒有過問。憑她的學識與本事，結婚後她也許捱餓，也許生了娃娃而弄得稀屎糊在娃娃的腦門上。這些，她都沒有想過。她只需要一段浪漫的生活，由戀愛而結婚。有了這麼一段經歷，她便成了摩登小姐，而後墮入地獄裡去也沒關係！她是新時代的人，她須有新時代的迷信，而且管迷信叫做信仰。她沒有立足於新時代的條件，而坐享其成的要吃新時代的果實。歷史給了她自由的機會，可是她的迷信教歷史落了空。

桐芳半天沒有出聲。

高第又重了一句：「我願意要誰才嫁給誰！」

「可是，你鬥得過家裡的人嗎？你吃著家裡，喝著家裡，你就得聽他們的話！」桐芳的聲音很低，而說得很懇切。「你知道，高第，我以後幫不了你的忙了，我有我的事！我要是你，我就跺腳一走！在我們東北，多少女人都幫著男人打日本鬼子。你為什麼不去那麼辦？你走，你才能自由！你信不信？」

「你到底要幹什麼呢？怎麼不幫忙我了呢？」

桐芳輕輕的搖了搖頭，閉緊了嘴。

待了半天，桐芳摘下一個小戒指來，遞到高第的手裡，而後用雙手握住高第的手：「高第！從今以後，在家裡我們彼此不必再說話。他們都知道咱倆是好朋友，我們老在一塊兒招他們的疑心。以後，我不再理你，他們也許因為咱倆不相好了，能多留我幾天。這個戒指你留著作個紀唸吧！」高第害了怕。「你，你是不是想自殺呢？」

桐芳慘笑了一下：「我才不自殺！」

「那你到底……」

「日後你就明白了，先不告訴你！」桐芳立起來，伸了伸腰；就手兒揪住一根柳條。高第也立了起來：「那麼，我還是沒有辦法呀！」

「話已經說過了，你有膽子就有出頭之日；什麼都捨不得，就什麼也作不成！」

回到家中，太陽已經快落下去。

招弟還沒有回來。

大赤包很想不動聲色，可是沒能成功。她本來極相信自己與招弟的聰明，總以為什麼人都會吃虧，而她與她的女兒是絕對不會的。可是，天已經快黑了，而女兒還沒有回來，又是個無能否認的事實。再說，她並不是不曉得李空山的厲害。她咬上了牙。這時候，她幾乎真像個「母親」了，幾乎要責備自己不該把女兒送到虎口裡去。可是，責備自己便是失去自信，而她向來是一步一個腳印兒的女光棍；光棍是絕對不能下「罪己詔」的！不，她自己沒有過錯，招弟也沒有過錯；只是李空山那小子可惡！她須設法懲治李空山！

她開始在院中慢慢的走遛兒，一邊兒走一邊兒思索對付李空山的方法。她一時想不出什麼方法來，因為她明知道空山不是好惹的。假若，她想，方法想得不好，而自己「賠了夫人又折兵」那才丟透了臉！這樣一想，她馬上發了怒。她幹嗽了一兩聲，一股熱氣由腹部往上衝，一直衝到胸口，使她的胸中發辣。這股熱氣雖然一勁兒向上衝，可是她的皮膚上反倒覺得有點冷，她輕顫起來。一層小雞皮疙瘩蓋住了她滿臉的雀斑。她不能再想什麼了。只有一個觀念像蟲兒似的鑽動她的心──她丟了人！

作了一輩子女光棍，現在她丟了人！她不能忍受！算了，什麼也無須想了，她去和李空山拚命吧！她握緊了拳，抹著蔻丹的指甲把手心都摳得

有點疼。是的，什麼也不用再說，拚命去是唯一的好辦法。曉荷死了有什麼關係呢？高第，她永遠沒喜愛過高第；假若高第隨便的吃了大虧，也沒多大關係呀。桐芳，哼，桐芳理應下窯子；桐芳越丟人才越好！一家人中，她只愛招弟。招弟是她的心上的肉，眼前的一朵鮮花。而且，這朵鮮花絕不是為李空山預備著的！假若招弟而是和一位高貴的人發生了什麼關係，也就沒有什麼說不通的地方；不幸，單單是李空山搶去招弟，她沒法嚥下這口氣！李空山不過是個科長啊！

她喊人給她拿一件馬甲來。披上了馬甲，她想馬上出去找李空山，和他講理，和他廝打，和他拚命！但是，她的腳卻沒往院外走。她曉得李空山是不拿婦女當作婦女對待的人；她若打他，他必還手，而且他會喝令許多巡警來幫助他。她去「聲討」，就必吃更大的虧，丟更多的臉。她是女光棍，而他恰好是無賴子。

曉荷早已看出太太的不安，可是始終不敢哼一聲。他知道太太是善於遷怒的人，他一開口，也許就把一堆狗屎弄到自己的頭上來。

再說，他似乎還有點幸災樂禍。大赤包，李空山都作了官，而他自己還沒有事作，他樂得的看看兩個官兒像兩條兇狗似的惡戰一場。他幾乎沒有關切女兒的現在與將來。在他看，女兒若真落在李空山手裡呢，也好。反之，經過大赤包的一番爭鬥而把招弟救了出來呢，也好。他非常的冷靜。丟失了女兒和丟失了國家，他都能冷靜的去承認事實，而不便動什麼感情。

天上已佈滿了秋星，天河很低很亮。大赤包依然沒能決定是否出去找空山和招弟。這激起她的怒氣。她向來是急性子，要幹什麼便馬上去幹。現在，她的心與腳不能一致，她沒法不發氣。她找到曉荷作發氣的目標。進到屋中，她像一大堆放過血的，沒有力量的，牛肉似的，把自己扔在沙發上。她的眼盯住曉荷。

　　曉荷知道風暴快來到，趕緊板起臉來，皺起點眉頭，裝出他也很關切招弟的樣子。他的心裡可是正在想：有朝一日，我須登臺彩唱一回，比如說唱一出《九更天》或《王佐斷臂》；我很會作戲！

　　他剛剛想好自己掛上髯口，穿上行頭，應該是多麼漂亮，大赤包的雷已經響了。

　　「我說你就會裝傻充愣呀！招弟不是我由孃家帶來的，她是你們冠家的姑娘，你難道就不著一點急？」

　　「我很著急！」曉荷哭喪著臉說。「不過，招弟不是常常獨自出去，回來的很晚嗎？」

　　「今天跟往常不一樣！她是去看……」她不敢往下說了，而啐了一大口唾沫。

　　「我並沒教她去！」曉荷反攻了一句。即使招弟真丟了人，在他想，也都是大赤包的過錯，而過錯有了歸處，那丟人的事彷彿就可以變成無關緊要了。

　　大赤包順手抄起一個茶杯，極快的出了手。嘩啦！連杯子帶窗戶上的一塊玻璃全碎了。她沒預計到茶杯會碰到玻璃上，可是及至玻璃被擊碎，她反倒有點高興，因為玻璃的聲音是那麼大，頗足以助她的聲勢。隨著這響聲，她放開了嗓子：「你是什麼東西！我一天到晚打內打外的操心，你坐在家裡橫草不動，豎草不拿！你長著心肺沒有？」

　　高亦陀在屋中抽了幾口煙，忍了一個盹兒。玻璃的聲音把他驚醒。醒了，他可是不會馬上立起來。煙毒使他變成懶骨頭。他懶懶的打了個哈欠。揉了揉眼睛，然後對著小磁壺的嘴呷了兩口茶，這才慢慢的坐起來。坐了一小會兒，他才輕佻軟簾扭了出來。

　　三言兩語，把事情聽明白，他自告奮勇找招弟小姐去。

曉荷也願意去，他是想去看看光景，假若招弟真的落在羅網裡，他應當馬上教李空山拜見老泰山，而且就手兒便提出條件，教李空山給他個拿乾薪不作事的官兒作。他以為自己若能藉此機會得到一官半職，招弟的荒唐便實在可以變為增光耀祖的事了，反之，他若錯過了這個機會，他覺得就有點對不起自己，而且似乎還有點對不起日本人——日本人占據住北平，他不是理當去效力麼？

可是，大赤包不准他去。她還要把他留在家裡，好痛痛快快的罵他一頓。再說，高亦陀，在她看，是她的心腹，必定比曉荷更能把事情處理得妥當一些。她的脾氣與成見使她忘了詳加考慮，而只覺得能挾制丈夫才見本領。

高亦陀對曉荷軟不唧的笑了笑，像說相聲的下場時那麼輕快的走出去。

大赤包罵了曉荷一百分鐘！

亦陀曾經揹著大赤包給李空山「約」過好幾次女人，他曉得李空山會見女人的地方。

那是在西單牌樓附近的一家公寓裡。以前，這是一家專招待學生的，非常規矩的，公寓。公寓的主人是一對五十多歲的老夫婦，男的管帳，女的操廚，另用著一個四十多歲的女僕給收拾屋子，一個十四五歲的小男孩給沏茶灌水和跑跑腿兒。這裡，沒有熟人的介紹，絕對租不到房間；而用功的學生是以在這裡得到一個舖位為榮的。老夫婦對待住客們幾乎像自己的兒女，他們不只到月頭收學生們的食宿費，而也關心著大家的健康與品行。學生們一致的稱呼他們老先生和老太太。學生們有了困難，交不上房租，只要說明瞭理由，老先生會嘆著氣給他們墊錢，而且借給他們一些零花。因此，學生們在畢業之後，找到了事作，還和老夫婦是朋友，逢節過年往往送來一些禮物，酬謝他們從前的厚道。這是北平的一家公寓，住過

這裡的學生們，無論來自山南海北，都因為這個公寓而更多愛北平一點。他們從這裡，正如同在瑞蚨祥綢緞莊買東西，和在小飯館裡吃飯，學到了一點人情與規矩。北平的本身彷彿就是個大的學校，它的訓育主任便是每個北平人所有的人情與禮貌。

　　七七抗戰以後，永遠客滿的這一家公寓竟自空起來。大學都沒有開學，中學生很少住公寓的。老夫婦沒了辦法。他們不肯把公寓改成旅館，因為開旅館是「江湖」上的生意，而他們倆不過是老老實實的北平人。他們也關不了門，日本人不許任何生意報歇業。就正在這個當兒，李空山來到北平謀事。他第一喜愛這所公寓的地點 —— 西單牌樓的交通方便，又是熱鬧的地方。第二，他喜歡這所公寓既乾淨，又便宜。他決定要三間房。為了生計，老夫婦點了頭。

　　剛一搬進來，李空山便帶著一個女人，和兩三個男人。他們打了一夜的牌。老夫婦過來勸阻，李空山瞪了眼。老夫婦說怕巡警來抄賭，李空山命令帶來的女人把大門開開，教老夫婦看看巡警敢進來不敢。半惱半笑的，李空山告訴老夫婦：「你們知道不知道現在是另一朝代了？日本人喜歡我們吸菸打牌！」說完，他命令「老先生」去找煙燈。老先生拒絕了，李空山把椅子砸碎了兩張。他是「老」軍人，懂得怎樣欺侮老百姓。

　　第二天，他又換了個女人。老夫婦由央告而掛了怒，無論如何，請他搬出去。李空山一語不發，堅決的不搬。老先生準備拚命：「老命不要了，我不能教你在這裡撒野！」李空山還是不動，彷彿在這裡生了根。

　　最後，連那個女人也看不過去了，她說了話：「李大爺，你有的是錢，哪裡找不到房住，何苦跟這個老頭子為難呢？」李空山賣了個面子，對女人說：「你說的對，小寶貝！」然後，他提出了條件，教老夫婦賠償五十元的搬家費。老夫婦承認了條件，給了錢，在李空山走後，給他燒了一股高香。李空山把五十元全塞給了那個女人：「得啦，白住了兩天房，白玩了

女人，這個買賣作得不錯！」他笑了半天，覺得自己非常的漂亮，幽默。

在李空山作了特高科的科長以後，他的第一件「德政」便是強占那所公寓的三間房。他自己沒有去，而派了四名腰裡帶著槍的「幹員」去告訴公寓的主人：「李科長——就是曾經被你攆出去的那位先生，要他原來住過的那三間房！」他再三再四的囑咐「幹員」們，務必把這句話照原樣說清楚，因為他覺得這句話裡含有報復的意思。他只會記著小仇小怨，對小仇小怨，他永遠想著報復。為了報復小仇小怨，他不惜認敵作父。藉著敵人的威風，去欺侮一對無辜的老夫婦，是使他高興與得意的事。

公寓的老夫婦看到四隻手槍，只好含著淚點了頭。他們是北平人，遇到凌辱與委屈，他們會責備自己「得罪了人」，或是嘆息自己的運氣不佳。他們既忍受日本人的欺壓，也怕日本人的爪牙的手槍。

李空山並不住在這裡，而只在高興玩玩女人，或玩玩牌的時候，才想起這個「別墅」來。每來一次，他必定命令老夫婦給三間屋裡添置一點東西與器具；在發令之前，他老教他們看看手槍。因此，這三間屋子收拾得越來越體面，在他高興的時候，他會告訴「老先生」：「你看，我住你的房間好不好？器具越來越多，這不是『進步』麼？」趕到「老先生」問他添置東西的費用的時候，他也許瞪眼，也許拍著腰間的手槍說：「我是給日本人作事的，要錢，跟日本人去要！我想，你也許沒有那麼大的膽子吧？」「老先生」不敢再問，而悟出來一點道理，偷偷的告訴了太太：「認命吧，誰教我們打不出日本人去呢？」

高亦陀的心裡沒有一天忘記了怎樣利用機會打倒大赤包，然後取而代之。因此，他對李空山特別的討好。他曉得李空山好色，所以他心中把李空山與女人拴了一個結。大赤包派他去「製造」暗娼，他便一方面去工作，一方面向李空山獻媚：「李科長，又有個新計劃，不知尊意如何？每逢有新下海的暗門子，我先把她帶到這裡來，由科長給施行洗禮，怎樣？」

　　李空山不明白什麼叫「洗禮」，可是高亦陀輕輕挽了挽袖口，又擠了擠眼睛，李空山便恍然大悟了，他笑得閉不上了嘴。好容易停住笑，他問：「你給我盡心，拿什麼報答你呢？是不是我得供給你點菸土？」

　　高亦陀輕快的躲開，一勁兒擺手：「什麼報酬不報酬呢？憑你的地位，別人巴結也巴結不上啊，我順手兒能辦的事，敢提報酬？科長你要這麼客氣，我可就不敢再來了！」

　　這一套恭維使李空山幾乎忘了自己的姓氏，拍著高亦陀的肩頭直喊「老弟！」於是，高亦陀開始往「別墅」運送女人。

　　高亦陀算計得很正確：假若招弟真的落了圈套，她必定是在公寓裡。

　　他猜對了。在他來到公寓以前，李空山已經和招弟在那裡玩耍了三個鐘頭。

　　招弟，穿著空山給她的夾袍和最高的高跟鞋，好像身量忽然的長高了許多。挺著她的小白脖子，挺著她那還沒有長得十分成熟的胸口，她彷彿要把自己在幾點鐘裡變成個熟透了的小婦人。她的黑眼珠放著些浮動的光兒，東瞭一下西瞭一下的好似要表示出自己的大膽，而又有點不安。她的唇抹得特別的紅，特別的大，見稜見角的，像是要用它幫助自己的勇敢。她的頭髮燙成長長的捲兒，一部分垂在項上，每一擺動，那些長捲兒便微微刺弄她的小脖子，有點發癢。額上的那些發髻梳得很高，她時時翻眼珠向上看，希望能看到它們；發高，鞋跟高，又加上挺著項與胸，她覺得自己是長成了人，應當有膽子作成人們所敢作的事。

　　她忘了自己是多麼嬌小秀氣。她忘了以前所有的一點生活的理想。她忘了從前的男朋友們。她忘了國恥。假若在北平淪陷之後，她能常常和祁瑞全在一處，憑她的聰明與熱氣，她一定會因反抗父母而表示出一點愛國的真心來。可是，瑞全走了。她只看到了妓女與父母所作的卑賤無聊的事。她的心被享受與淫蕩包圍住。慢慢的，她忘了一切，而只覺得把握住

眼前的快樂是最實際最直截了當的。衝動代替了理想，她願意一下子把自己變成比她媽媽更漂亮，更摩登，也更會享受的女人。假若能作到這個，她想，她便是個最勇敢的女郎，即使天塌下來也不會砸住她，更不用提什麼亡國不亡國了。

她並不喜愛李空山，也不想嫁給他。她只覺得空山怪好玩。她忘了以前的一切，對將來也沒作任何打算。她的家教是荒淫，所以她也只能想到今天有酒今天醉。在她心的深處，還有一點點光亮，那光亮給她照出，像電影場打「玻片」似的，一些警戒的字句。可是，整個的北平都在烏七八糟中，她所知道的「能人」們，都閉著眼瞎混 —— 他們與她們都只顧了嘴與其他的肉體上的享受，她何必獨自往相反的方向走呢。她看見了那些警戒的語言，而只一撇嘴。她甚至於告訴自己：在日本人手下找生活，只有鬼混。這樣勸告了自己，她覺得一切都平安無事了，而在日本人手下活著也頗有點好處與方便。

沒有反抗精神的自然會墮落。

見了李空山，李空山沒等她說什麼便「打道」公寓。她知道自己是往井裡落呢，她的高跟鞋的後跟好像踩著一片薄冰。她有點害怕。可是，她不便示弱而逃走。她反倒把胸口挺得更高了一些。她的眼已看不清楚一切。而只那麼東一轉西一轉的動。她的嗓子裡發乾，時時的輕嗽一下。嗽完了，她感到無聊，於是就不著邊際的笑一笑。她的心跳動得很快，隨著心的跳動，她感到自己的身體直往上升，彷彿是要飄到空中去。她怕，可也更興奮。她的跳動得很快的心像要裂成兩半兒。她一會兒想往前闖去，一會兒想往後撤退，可是始終沒有任何動作。她不能動了，像一個青蛙被蛇吸住那樣。

到了公寓，她清醒了一點。她想一溜煙似的跑出去。可是，她也有點疲乏，所以一步也沒動。再看看李空山，她覺得他非常的粗俗討厭。他身

上的氣味很難聞。兩個便衣已經在院中放了哨。她假裝鎮定的用小鏡子照一照自己的臉，順口哼一句半句有聲電影的名曲。她以為這樣拿出摩登姑娘的大方自然，也許足以阻住李空山的襲擊。她又極珍貴自己了。

　　可是，她終於得到她所要的。事後，她非常的後悔，她落了淚。李空山向來不管女人落淚不落淚。女人，落在他手裡，便應當像一團棉花，他要把它揉成什麼樣，便揉成什麼樣。他沒有溫柔，而且很自負自己的粗暴無情，他的得意的經驗之語是：「對女人別留情！砸折了她的腿，她才越發愛你！」高亦陀來到。

第 44 幕　送招弟

見高亦陀來到，招弟開始往臉上拍粉，重新抹口紅，作出毫不在乎的樣子。在家中，她看慣了父母每逢丟了臉就故意裝出這種模樣。這樣一作戲，她心中反倒平定下來。她覺得既然已經冒了險，以後的事就隨它的便吧，用不著發愁，也用不著考慮什麼。她自自然然的對亦陀打了招呼，彷彿是告訴他：「你知道也好，不知道也好，反正我一切都不在乎！」

高亦陀的眼睛恰好足夠判斷這種事情的，一眼他便看明白事情的底蘊。他開始誇獎招弟的美貌與勇敢。他一字不提事情的正面，而只誠懇的扯閒話兒，在閒話之中，他可是教招弟知道：他是她的朋友，他會盡力幫她忙，假若她需要幫忙的話。他很愛說話，但是他留著神，不讓他的話說走了板眼。

聽亦陀閒扯了半天，招弟更高興起來，也開始有說有笑，彷彿她從此就永遠和空山住在一處也無所不可了。真的，她還沒想出來她的第二步應當往哪裡走，可是表示出她的第一步並沒有走錯。不管李空山是什麼東西，反正今天她已被他占有，那麼她要是馬上就想和他斷絕關係，豈不反倒有點太怕事與太無情麼？好吧，歹吧，她須不動聲色的應付一切。假若事情真不大順利，她也還有最後的一招，她須像她媽媽似的作個女光棍。她又用小鏡子照了照自己，她的臉，眼，鼻子，嘴，是那麼美好，她覺得就憑這點美麗，她是絕對不會遇到什麼災難和不幸的。

看和招弟閒談的時間已經夠了，亦陀使了個眼神，把李空山領到另一間屋裡去。一進門，他便扯天扯地的作了三個大揖，給空山道喜。

空山並沒覺得有什麼可喜，因為女人都是女人，都差不多；他在招弟身上並沒找到什麼特殊的地方來。他只說了聲：「麻煩得很！」

「麻煩？怎麼？」高亦陀很誠懇的問。

「她不是混事的，多少有點麻煩！」空山把自己扔在一個大椅子上，顯著疲乏厭倦，而需要一點安慰似的。「科長！」高亦陀的瘦臉上顯出嚴肅的神氣：「你不是很想娶個摩登太太嗎？那是對的！就憑科長你的地位身分，掌著生殺之權，是該有一位正式的太太的！招弟姑娘呢，又是那麼漂亮年輕，多少人費了九牛二虎的力量都弄不到手，而今居然肥豬拱門落在你手裡，還不該請朋友們痛痛快快的吃回喜酒？」

亦陀這一番話招出空山不少的笑容來，可是他還一勁兒的說：「麻煩！麻煩！」他幾乎已經不知道「麻煩」是指著什麼說的，而只是說順了嘴兒，沒法改動字眼。同時，老重複這兩個字也顯著自己很堅決，像個軍人的樣子，雖然他不曉得為什麼要堅決。

亦陀見科長有了笑容，趕緊湊過去，把嘴放在空山的耳朵上，問：「是真正的處女吧？」

空山的大身子像巨蛇似的扭了扭，用肘打了亦陀的肋部一下：「你！你！」而後，抿著嘴笑了一下，又說了聲：「你！」「就憑這一招，科長，還值不得請客嗎？」高亦陀又挽了挽袖口，臉上笑得直往下落菸灰。

「麻煩！」李空山的腦子裡仍然沒出現新的字樣。「不麻煩！」亦陀忽然鄭重起來。「一點都不麻煩！你通知冠家，不論大赤包怎麼霸道，她也不敢惹你！」

「當然！」空山懶不唧的，又相當得意的，點了點頭。「然後，由你們兩家出帖請客，一切都交給曉荷去辦，我們坐享其成。好在曉荷專愛辦這種事，也會辦這種事。我們先向冠家要賠嫁。我告訴你，科長，大赤包由你的提拔，已經賺了不少的鈔票，也該教她吐出一點兒來了！把嫁妝交涉好，然後到了吉期，我去管帳。結帳的時候，我把什麼喜聯喜幛的全交給冠家，把現金全給你拿來。大赤包敢說平分的話，我們亮手槍教她看看就

是了。我想，這是一筆相當可觀的收入，而且科長你也應當這麼作一次了。請原諒我的直言無隱，要是別人當了這麼多日子的科長，早就不知道打過多少次秋風啦。科長你太老實，老有點不好意思。你可就吃了虧。這回呢，你是千真萬確的娶太太，難道還不給大家一個機會，教大家孝敬你老一點現款嗎？」

聽完這一片良言，李空山心裡癢了一陣，可是依然只說出：「麻煩！麻煩！」

「一點不麻煩！」亦陀的話越來越有力，可是聲音也越低。聲音低而有力，才足以表示親密，而且有點魔力。「你把事情都交給我，先派我作大媒好了。這裡只有個大赤包不好鬥，不過，我們說句閒話，她能辦的，我，不才，也能辦。她要是敢鬧刺兒，你把她的所長幹掉就是了。我們只是閒扯，比方說，科長你要是願意抬舉我，我一定不會跟你三七成分帳，我是能孝敬你多少，就拿出多少，我絕不能像大赤包那麼忘恩負義！這可都是閒篇兒，科長你可別以為我要頂大赤包；她是我的上司，我對她也不能忘恩負義！話往回說，你把事情全交給我好了，我一定會辦得使你滿意！」

「麻煩！」李空山很喜歡亦陀的話，可是為表示自己有思想，所以不便立刻完全同意別人的策略 —— 愚人之所以為愚人，就是因為他以為自己很有思想。

「還有什麼麻煩呀？我一個人的爺爺！」高亦陀半急半笑的說。

「有了家，」李空山很嚴肅的提出理由來，「就不自由了！」高亦陀低聲的笑了一陣。「我的科長，家就能拴住我們了嗎？別的我不知道，我到過日本。」

空山插了話：「到過日本，你？」

「去過幾天！」亦陀謙恭而又自傲的說：「我知道日本人的辦法。日本男人把野娘們帶到家來過夜，他的太太得給鋪床疊被的伺候著。這個辦法對！她，」亦陀的鼻子向旁邊的屋子一指，「她是摩登小姐，也許愛吃醋；可是，你只須教訓她兩回，她就得乖乖的聽話。砸她，擰她，咬她，都是好的教訓。教訓完了，給她買件衣料什麼的，她就破涕為笑了！這樣，她既不妨礙你的自由，你又可以在大宴會或招待日本人的時候，有個漂亮太太一同出席，夠多麼好！沒有麻煩！沒有一點麻煩！況且，說句醜話，在真把她玩膩了的時候，你滿可以把她送給日本朋友啊！告訴你，科長，有日本人占住北平，我們實在有一切的便利！」

空山笑了。他同意亦陀的最後一項辦法 —— 把招弟送給日本人，假如她太不聽話。

「就這麼辦啦，科長！」亦陀跳動著粉碎的小步往外走。隔著窗子，他告訴招弟：「二小姐，我到府上送個話兒，就說今天你不回去了！」沒等招弟開口，他已經走出去。

他僱車回到冠家。一路上，他一直是微笑著。他回憶剛才在公寓裡的經過，像想一出《蔣幹盜書》那類的戲似的那麼有趣。最得意的地方是李空山已經注意到他到過日本，和他對日本人怎樣對待女子的知識。他感到他的知識已發生了作用，毫無疑義的，他將憑藉著那點知識而騰達起來 —— 他將直接的去伺候日本人，而把大赤包連李空山 —— 連李空山 —— 全一腳踢開！他覺得北平已不是「原根」的花木，而是已接上了日本的種兒。在這變種的時候，他自己是比任何人都更有把握的得風氣之先，先變得最像日本人，也就得到最多的金錢與勢力。以前，他在天橋兒賣過草藥；將來，他必須在日本人面前去賣草藥，成為一個最偉大的草藥販子。他的草藥將是他的唇舌，機智，與拉攏的手段。他將是今日的蘇秦張儀，在渾水裡摸到最大的一條魚。

　　一直到進了冠家的大門，他才停止了微笑，換上了一臉的嚴肅。院中很靜。桐芳與高第已經都關門就寢，只有北屋還有燈光。

　　大赤包還在客廳中坐著呢，臉上的粉已褪落，露出黃暗的皺紋與大顆的黑雀斑，鼻子上冒出一些有光的油。曉荷在屋中來回的走，他的罵已挨夠，臉上露出點風暴過去將要有晴天的微笑。他的眼時常瞭著大赤包，以便隨時收起微笑，而拿出一點憂鬱來。在平日，他很怕大赤包。今天，看她真動了氣，他反倒有點高興；不管她怎樣的罵他，反正她是遇到了李空山那樣的一個敵手，這很值得高興。他並沒為招弟思索什麼，而只想招弟若真和李空山結婚，他將得到個機會施展自己的本事。他將要極精細的，耐心的，去給她選擇嫁妝，既要省錢，又要漂亮。他將要去定多少桌喜酒，怎樣把菜碼略微一調動便可以省一元錢，而教一般的客人看不出其中的奧妙。把這些都想過，他想到自己：在吉期那天，他將穿什麼衣服，好把自己扮成既像老太爺，又能顯出「老來俏」。他將怎樣露出既有點疲倦，而仍對客人們極其周到。他將喝五成酒，好教臉上紅撲撲的，而不至於說話顛三倒四。他將在大家的面前，表演一回盡美盡善的老泰山！

　　假若日本人的瘋狂是昂首挺胸的，冠曉荷和類似他的北平人的瘋狂是沉溺在菸酒馬褂與千層底緞鞋之間的。日本人的瘋狂是老要試試自己的力氣，冠曉荷的是老要表現自己的無聊。這兩種瘋狂——凡是隻知道自己，只關切自己，而不睜眼看看世界的，都可以叫做瘋狂——遇到一處，就正好一個可以拚命的打人，一個死不要臉的低著頭看自己的緞子鞋。按說，曉荷對招弟應當多少關點心，她是他的親女兒。在一箇中國人的心裡，父親是不能把女兒當作一根草棍兒似的隨便扔出去的。可是，曉荷的瘋狂使他心中很平靜。對女兒，正像對他生身之地北平一樣，被別人糟塌了，他一點也不動心。他的確是北平的文化裡的一個蟲兒，可是他並沒有鑽到文化的深處去，他的文化只有一張紙那麼薄。他只能注意酒食男

女，只能分別香片與龍井的吃法，而把是非善惡全付之一笑，一種軟性瘋狂的微笑。

見高亦陀進來，曉荷作出極鎮定而又極懇切的樣子，問了聲「怎樣？」

亦陀沒理會曉荷，而看了看大赤包。她抬了抬眼皮。亦陀曉得女光棍是真著了急，而故意的要「拿捏」她一下；亦陀也是個軟性的瘋子。他故意作出疲乏的樣子，有聲無力的說：「我得先抽一口！」他一直走進內間去。

大赤包追了進去。曉荷仍舊在客廳裡慢慢的走。他不屑於緊追亦陀，他有他的身分！

等亦陀吸了一大口煙之後，大赤包才問：「怎樣？找到他們，啊，她，沒有？」

一邊慢慢的挑煙，亦陀一邊輕聲緩調的說：「找到了。二小姐說，今天不回來了。」

大赤包覺得有多少隻手在打她的嘴巴！不錯，女兒遲早是要出嫁的，但是她的女兒就須按照她的心意去嫁人。招弟這樣不明不白的被李空山搶去，她吃不消。她想不起一點自己的教養女兒的錯誤，而招弟竟敢這麼大膽妄為，她不能不傷心。不過，招弟只是個年輕的女孩子，還有可原諒。李空山是禍首，沒有任何可原諒的地方；假若沒有李空山的誘惑，招弟一定不會那樣大膽。她把過錯全歸到李空山的身上，而咬上了牙。哼，李空山是故意向她挑戰，假若她低了頭，她就不用再在北平叫字號充光棍了。這一點，比招弟的失足還更要緊。她知道，即使現在把招弟搶救回來，招弟也不能再恢復「完整」。可是，她必須去搶救，不是為招弟的名譽與前途，而是為鬥一鬥李空山。她和李空山，從現在起，已是勢不兩立！

「曉荷！」雷似的她吼了一聲。「叫車去！」

雷聲把亦陀震了起來。「幹嘛？」

一手插腰，一手指著煙燈，大赤包咬著牙說：「我鬥一鬥姓李的那小子！我找他去！」

亦陀立了起來。「所長！是二小姐傾心願意呀！」「你胡說！我養的孩子，我明白！」大赤包的臉上掛上了一層白霜；手還指著煙燈，直顫。「曉荷！叫車去！」曉荷向屋門裡探了探頭。

大赤包把指向煙燈的手收回來，面對著曉荷，「你個松頭日腦的東西！女兒，女兒，都叫人家給霸占了，你還王八大縮頭呢！你是人不是？是人不是？說！」

「不用管我是什麼東西吧，」曉荷很鎮定的說：「我們應當先討論討論怎樣解決這件事，光發脾氣有什麼用呢？」在他的心裡，他是相當滿意招弟的舉動的，所以他願意從速把事情解決了。他以為能有李空山那麼個女婿，他就必能以老泰山的資格得到一點事作。他和東陽，瑞豐，拜過盟兄弟，可是並沒得到任何好處。盟兄弟的關係遠不如岳父與女婿的那麼親密，他只須一張嘴，李空山就不能不給他盡心。至於招弟的丟人，只須把喜事辦得體面一些，就能遮掩過去，正如同北平陷落而掛起五色旗那樣使人並不覺得太難堪。勢力與排場，是最會遮羞的。

大赤包愣了一愣。

高亦陀趕緊插嘴，唯恐教曉荷獨自得到勸慰住了她的功勞。「所長！不必這麼動氣，自己的身體要緊，真要氣出點病來，那還了得！」說著，他給所長搬過一張椅子來，扶她坐下。

大赤包哼哼了兩聲，覺得自己確是不應動真氣；氣病了自己實在是一切人的損失。

　　亦陀接著說：「我有小小的一點意見，說出來備所長的參考。第一，這年月是講自由的年月，招弟小姐並沒有什麼很大的過錯。第二，憑所長你的名譽身分，即使招弟小姐有點不檢點，誰也不敢信口胡說，你只管放心。第三，李空山雖然在這件事上對不起所長，可是他到底是特高科的科長，掌著生殺之權。那麼，這件婚事實在是門當戶對，而雙方的勢力與地位，都足以教大家並上嘴的。第四，我大膽說句蠢話，我們的北平已經不是往日的北平了，我們就根本無須再顧慮往日的規矩與道理。打個比方說，北平在我們自己手裡的時候，我就不敢公開的抽兩口兒煙。今天，我可就放膽的去吸，不但不怕巡警憲兵，而且還得到日本人的喜歡。以小比大，招弟小姐的這點困難，也並沒有什麼難解決的地方，或者反倒因為有這麼一點困難，以後才更能出風頭呢。所長請想我的話對不對？」

　　大赤包沉著臉，眼睛看著鞋上的繡花，沒哼一聲。她知道高亦陀的話都對，但是不能把心中的惡氣全消淨。她有些怕李空山，因為怕他，所以心裡才難過。假若她真去找他吵架，她未必幹得過他。反之，就這麼把女兒給了他，焉知他日後不更囂張，更霸道了呢。她沒法辦。

　　曉荷，在亦陀發表意見的時候，始終立在屋門口聽著，現在他說了話：「我看哪，所長，把招弟給他就算了！」「你少說話！」大赤包怕李空山，對曉荷可是完全能控制得住。

　　「所長！」亦陀用涼茶漱了漱口，啐在痰盂裡，而後這麼叫，「所長，毛遂自薦，我當大媒好了！事情是越快辦越好，睡長夢多！」

　　大赤包深深的吸了一口氣，用手輕輕的揉著胸口，她的心中憋得慌。

　　亦陀很快的又呼嚕了一口煙，向所長告辭：「我們明天再詳談！就是別生氣，所長！」

　　第二天，大赤包起來的很遲。自從天一亮，她就醒了，思前想後的再也閉不上眼。她可是不願意起床，一勁兒盼望招弟在她起床之前回來，她

好作為不知道招弟什麼時候回來的樣子而減少一點難堪。可是，一直等到快晌午了，招弟還沒回來。大赤包又發了怒。她可是不敢發作。昨天，她已經把曉荷罵了個狗血噴頭，今天若再拿他出氣，似乎就太單調了一些。今天，她理當從高第與桐芳之中選擇出一個作為「罵擋子」。但是，她不能罵高第，她一向偏疼招弟，而把高第當作個賠錢貨，現在，給她丟人的反倒是她的心上的肉，而不是高第。她不能再激怒了高第，使高第也去胡鬧八光。她只好罵桐芳。但是，桐芳也罵不得。她想像得到：假若她敢挑戰，桐芳必定會立在門外的大槐樹下去向全衚衕廣播招弟的醜事。她的怒氣只能憋在心裡。她巴結上了李空山，得到了所長的職位與她所希冀的金錢與勢力，可是今天她受了苦刑，有氣不敢發洩，有話不敢罵出來！她並沒有一點悔意，也絕不想責備自己，可是她感到心中像有塊掏不出來的什麼病。快晌午了，她不能再不起來。假若她還躺在床上，她想那就必定首先引起桐芳的注意，而桐芳會極高興的咒詛她就這麼一聲不響氣死在床上的。她必須起來，必須裝出若無其事的樣子，以無恥爭取臉面。

起來，她沒顧得梳洗，就先到桐芳的小屋裡去看一眼。桐芳沒在屋裡。

高第，臉上還沒搽粉，從屋裡出來，叫了一聲「媽！」

大赤包看了女兒一眼。高第，因為臉上沒有粉，唇上沒有口紅，比往日更難看了些。她馬上就想到：招弟倒真好看呢，可是白白的丟掉了。想到這裡，她以為高第是故意的諷刺她呢！她可是還不敢發脾氣。她問了聲：「她呢？」「誰？桐芳啊？她和爸爸一清早就出去了，也許是看招弟去了吧？我聽見爸爸說：去看新親！」

大赤包的頭低下去，兩手緊緊的握成拳頭，半天沒說出話來。

高第往前湊了兩步，有點害怕，又很勇敢的說：「媽！先前你教我敷衍李空山，你看他是好人嗎？」

大赤包抬起頭來，很冷靜的問：「又怎樣呢？」高第怕媽媽發怒，趕緊

假笑了一下。「媽！自從日本人一進北平，我看你和爸爸的心意和辦法就都不對！你看，全衚衕的人有誰看得起我們？誰不說我們吃日本飯？據我瞧，李空山並不厲害，他是狗仗人勢，藉著日本人的勢力才敢欺侮我們。我們吃了虧，也是因為我們想從日本人手裡得點好處。跟老虎討交情的，早晚是餵了老虎！」

大赤包冷笑起來。聲音並不高，而十分有勁兒的說：「嘔！你想教訓我，是不是？你先等一等！我的心對得起老天爺！我的操心受累全是為了你們這一群沒有用的吃貨！教訓我？真透著奇怪！沒有我，你們連狗屎也吃不上！」

高第的短鼻子上出了汗，兩隻手交插在一塊來回的絞。「媽，你看祁瑞宣，他也養活著一大家子人，可是一點也不……」她舐了舐厚嘴唇，不敢把壞字眼說出來，怕媽媽更生氣。「看人家李四爺，孫七，小崔，不是都還沒餓死嗎？我們何必單那麼著急，非巴結……不可呢？」

大赤包又笑了一聲：「得啦，你別招我生氣，行不行？行不行！你懂得什麼？」

正在這個時節，曉荷，滿臉的笑容，用小碎步兒跑進來。像蜂兒嗅準了一朵花似的，他一直奔了大赤包去。離她有兩步遠，他立住，先把笑意和殷勤放射到她的眼裡，而後甜美的說：「所長！二姑娘回來了！」

曉荷剛說完，招弟就輕巧的，臉上似乎不知怎樣表情才好，而又沒有一點顯然的慚愧或懼怕的神氣，走進來。她的頂美的眼睛由高第看到媽媽，而後看了看房脊。她的眼很亮，可是並不完全鎮定，浮動著一些隨時可以變動的光兒。先輕快的嚥了一點唾沫，她才勇敢的，微笑著，叫了一聲「媽！」大赤包沒出聲。

桐芳也走進來，只看了高第一眼，便到自己的小屋裡去。「姐！」招弟假裝很活潑的過去拉住高第的手，而後咯咯的笑起來，連她自己也不知

道笑的什麼。

曉荷看看女兒，看看太太，臉上滿佈著慈祥與愉快，嘴中低聲念道：「一切不成問題！都有辦法！都有辦法！」「那個畜生呢？」大赤包問曉荷。

「畜生？」曉荷想了一下才明白過來：「一切都不成問題！所長，先洗洗臉去吧！」

招弟放開姐姐的手，仰著臉，三步併成兩步的，跑進自己屋中去。

大赤包還沒老到屋門口，高亦陀就也來到。有事沒事的，他總是在十二點與下午六點左右，假若不能再早一點的話，來看朋友，好吃人家的飯。趕了兩步，他攙著大赤包上臺階，倒好像她是七八十歲的人似的。

大赤包剛剛漱口，祁瑞豐也來到。剛一進屋門，他便向大家道喜。道完喜，他發表了他的說與不說都沒關係的意見：「這太好了！太好了！事情應當這樣！應當這樣！冠家李家的聯姻，簡直是劃時代的一個，一個，」他想不出來到底應當說一個什麼才對，而把話轉到更實際一些的問題上去：「冠大哥！我們什麼時候吃喜酒呢？這回你可非露一手兒不行呀！酒是酒，菜是菜，一點也不能含糊。我去邀大家，單說鮮花花籃，起碼得弄四十對來！還有，我們得教李科長約些個日本人來助威，因為這是劃時代的一個，一個……」他還是想不出一個什麼來，而覺得自己很文雅，會找字眼，雖然沒有找到。

曉荷得到了靈感，板著臉，眼睛一眨一眨的，像是在想一句詩似的。「是的！是的！一定要請日本朋友們，這是表示中日親善的好機會！我看哪，」他的眼忽然一亮，像貓子忽然看到老鼠那樣，「乾脆請日本人給證婚，豈不更漂亮？」瑞豐連連的點頭：「難得大哥你想的出，那簡直是空前之舉！」

曉荷笑了：「的確是空前！我冠某辦事，當然得有兩手驚人的！」

「嫁妝呢？」瑞豐靠近了曉荷，極親密的說：「是不是教菊子來住在這裡，好多幫點忙？」

「到時候，我一定去請她來，我們這樣的交情，我絕不鬧客氣！先謝謝你呀！」曉荷說完，輕巧的一轉身，正看見藍東陽進來。他趕緊迎過去：「怎麼！訊息會傳得這麼快呢？」東陽自從升了官，架子一天比一天大。他的架子，不過，可不是趾高氣揚的那一種，而是把骨骼放鬆，彷彿隨時都可以被風吹散。他懶得走，懶得動，屁股老像在找凳子；及至坐下，他就像癱在了那裡，不願再起來。偶爾的要走幾步路，他的身子就很像剛學邁步的小兒，東倒一下，西倒一下的亂擺。他的臉上可不這麼鬆懈，眼睛老是左右開弓的扯動，牙老咬著，表示自己雖然升了官，而仍然有無限的恨意 —— 恨自己沒有一步跳到最高處去，恨天下有那麼多的官兒，而不能由他全兼任過來。越恨，他就越覺得自己重要，所以他的嘴能不漱就不漱，能不張開就不張開，表示出不屑於與凡人交談，而口中的臭氣彷彿也很珍貴，不輕於吐出一口來。

他沒回答曉荷的質問，而一直撲奔了沙發去，把自己扔在上面。對瑞豐，他根本沒理會。他恨瑞豐，因為瑞豐沒有給他運動上中學校長。

在沙發上，扯動了半天他的眼睛，他忽然開了口：「是真的？」

「什麼是真的？」曉荷笑著問。曉荷是一向注意彼此間的禮貌的，可是他並不因此而討厭東陽的沒規矩。凡是能作官的，在他看，就都可欽佩；所以，即使東陽是條驢，他也得笑臉相迎。

「招弟！」東陽從黃牙板中擠出這兩個字。

「那還能是假的嗎，我的老弟臺！」曉荷哈哈的笑起來。

東陽不再出聲，用力的啃手指甲。他恨李空山能得到美麗的招弟，而

他自己落了空。他想起一共給招弟買過多少回花生米，哼，那些愛的投資會居然打了「水飄兒」！他的大指的指甲上出了血，他的臉緊縮得像個小乾核桃。恨，給了他靈感，他腦中很快的構成了一首詩：「死去吧，你！

白吃了我的花生米，

狗養的！」

詩作成，他默唸了兩三遍，以便記牢，好寫下來寄到報社去。

有了詩，也就是多少有了點稿費，他心中痛快了一點。他忽然的立起來，一聲沒出的走出去。

「吃了飯再走啊！」曉荷追著喊。

東陽連頭也沒回。

「這傢夥是怎回事？」瑞豐有點怕東陽，直等東陽走出去才開口。

「他？」曉荷微笑著，好像是了解一切人的性格似的說：「要人都得有點怪脾氣！」

好事不出門，壞事行千里。不大的工夫，冠家的醜事就傳遍了全衚衕。對這事，祁老人首先向韻梅發表了意見：「小順兒的媽，你看怎樣，應了我的話沒有？小三兒，原先，時常跟她套交情，要不是我橫攔著，哼，把她弄到家來，那比二媳婦還要更糟！什麼話呢，不聽老人言，禍事在眼前，一點也不錯！」老人非常自傲這點先見之明，說完了，一勁兒的梳弄鬍子，好像是表示鬍子便代表智慧與遠見。小順兒的媽卻另有見解：「其實，老爺子你倒不必操那個心。不管老三當初怎麼往前伸腿，他也不會把她弄到手。她們一家子都是勢利眼！」

老人聽出韻梅的話中有些真理，可是為了維持自己的尊嚴，不便完全同意，於是隻輕描淡寫的嘆了口氣。

小順兒的媽把自己的意見又向丈夫提出，瑞宣只微微的一皺眉，不願

意說什麼。假若他願開口的話，他必告訴她：「這並不只是冠家的羞恥，而是我們大家出了醜，因為冠家的人是活在我們中間的 —— 我們中間為什麼會有這樣的人呢？假若你要只承認冠家的存在是一種事實，你便也承認了日本人的侵略我們是不可避免的，因為臭肉才會招來蒼蠅！反之，你若能看清冠家的存在是我們的一個汙點，你才會曉得我們要反抗日本，也要掃除我們內部的汙濁。公民們有合理的生活，才會有健康的文化，才會打退侵略者。」他可是沒有開口，一來因為怕太太不了解，二來他覺得自己的生活恐怕也不盡合理，要不然他為什麼不去參加抗戰的工作，而只苟延殘喘的在日本旗子下活著呢？

衚衕中最熱心給冠家作宣傳的是小崔，孫七，與長順。小崔和大赤包有點私仇，所以他不肯輕易放掉這個以宣傳為報復的機會。他不像瑞宣那樣會思索，而只從事情的表面上取得他的意見：「好吧，你往家裡招窯姐兒，你教人家作暗門子，你的女兒也就會偷人！老天爺有眼睛！」

孫七雖然同意小崔的意見，可是他另有注重之點：「告訴你，小崔，這是活報應！你苟著日本人，得了官兒，弄了錢，哼，你的女兒走桃花運！你看著，小崔，凡是給日本人作事，狐假虎威的人，早晚都得遭報！」

長順對男女的關係還弄不十分清楚，因此他才更注意這件事。他很想把故事中的細節目都打聽明白，以便作為反對冠家的數據，一方面也增長些知識。他刨根問底的向小崔與孫七探問，他們都不能滿足他。他甚至於問李四大媽，李四大媽似乎還不知道這件事，而鄭重的囑咐他：「年輕輕的，可別給人家造謠言哪！那麼俊秀的姑娘，能作出那麼不體面的事？不會！就是真有這麼回事，我們的嘴上也得留點德喲！」

李四大媽囑咐完了，還不放心，偷偷的把事情告訴了長順的外婆。兩位老太婆對於冠家幾乎沒有任何的批判，而只覺得長順這個小人兒太

「精」了。外婆給了長順警告。長順兒表面上不敢反抗外婆，而暗中更加緊的去探問，並且有枝添葉的作宣傳。

李四爺聽到了這件事，而不肯發表任何意見。他的一對老眼睛看過的事情，好的歹的，善的惡的，太多了；他不便為一件特殊的事顯出大驚小怪。在他的經驗中，他看見過許多次人世上的動亂，在這些動亂裡，好人壞人都一樣的被一個無形的大剪子剪掉，或碰巧躲開剪刀，而留下一條命。因此，他知道性命的脆弱，與善惡的不十分分明。在這種情形下，他只求憑著自己的勞力去賺錢吃飯，使心中平安。同時，在可能的範圍中，他要作些與別人有益的事，以便死後心中還是平安的。他不為好人遭了惡報而灰心，也不為歹人得了好處而改節。他的老眼睛老盯著一點很遠很遠的光，那點光會教他死後心裡平安。他是道地的中國人，彷彿已經活了幾千年或幾萬年，而還要再活幾千年或幾萬年。他永遠吃苦，有時候也作奴隸。忍耐是他最高的智慧，和平是他最有用的武器。他很少批評什麼，選擇什麼，而又無時不在默默的批評，默默的選擇。他可以喪掉生命，而永遠不放手那點遠處的光。

他知道他會永生，絕不為一點什麼波動而大驚小怪。有人問李四爺：「冠家是怎回事？」他只笑一笑，不說什麼。他好像知道冠家，漢奸們，和日本人，都會滅亡，而他自己永遠活著。

只有丁約翰不喜歡聽大家的意見。說真的，他並不以為招弟的舉動完全合理，可是為表示他是屬於英國府的，他不能隨便的人云亦云的亂說。他仍舊到冠家去，而且送去點禮物。他覺得只有上帝才能裁判他，別人是不應干涉他，批評他的。

「輿論」開始由孫七給帶到附近的各鋪戶去，由小崔帶到各條街上去。每逢大赤包或招弟出來，人們的眼睛都射出一點好像看見一對外國男女在街上接吻那樣的既稀奇又怪不好過的光來。在她們的背後，有許多手

指輕輕的戳點。

　　大赤包和招弟感覺到了那些眼光與手指，而更加多了出來的次數。大赤包打扮得更紅豔，把頭揚得高高的，向「輿論」挑戰。招弟也打扮得更漂亮，小臉兒上增加了光彩與勇敢，有說有笑的隨著媽媽遊行。

　　曉荷呢，天天總要上街。出去的時候，他走得相當的快，彷彿要去辦一件要事。回來，他手中總拿著一點東西，走得很慢；遇到熟人，他先輕嘆一聲，像是很疲倦的樣子，而後報告給人們：「唉！為父母的對兒女，可真不容易！只好『盡心焉而已』吧！」

第 45 幕　偽政府

陳野求找不到姐丈錢默吟，所以他就特別的注意錢先生的孫子——錢少奶奶真的生了個男娃娃。自從錢少奶奶將要生產，野求就給買了催生的東西，親自送到金家去。他曉得金三爺看不起他，所以要轉一轉面子。在他的姐姐與外甥死去的時候，他的生活正極其困苦，拿不出一個錢來。現在，他是生活已大見改善，他決定教金三爺看看，他並不是不通人情的人。再說，錢少奶奶住在孃家，若沒有錢家這面的親戚來看看她，她必定感到難過，所以他願以舅公的資格給她點安慰與溫暖。小孩的三天十二天與滿月，他都抓著工夫跑來，帶著禮物與他的熱情。他永遠不能忘記錢姐丈，無論姐丈怎樣的罵過他，甚至和他絕交。可是，他隨時隨地的留神，也找不著姐丈，他只好把他的心在這個小遺腹子身上表現出來。他知道姐丈若是看見孫子，應當怎樣的快樂；錢家已經差不多是同歸於盡，而現在又有了接續香菸的男娃娃。那麼，錢姐丈既然沒看到孫子，他——野求——就該代表姐丈來表示快樂。

還有，自從他給偽政府作事，他已經沒有了朋友。在從前，他的朋友多數是學術界的人。現在，那些人有的已經逃出北平，有的雖然仍在北平，可是隱姓埋名的閉戶讀書，不肯附逆。有的和他一樣，為了家庭的累贅，無法不出來賺錢吃飯。對於那不肯附逆的，他沒臉再去訪見，就是在街上偶然的遇到，他也低下頭去，不敢打招呼。對那與他一樣軟弱的老友，大家也斷絕了往來，因為見了面彼此難堪。自然，他有了新的同事。可是同事未必能成為朋友。再說，新的同事們裡面，最好的也不過是像他自己的這路人——雖然心中曉得是非善惡，而以小不忍亂了大謀，自動的塗上了三花臉。其餘的那些人，有的是渾水摸魚，乘機會弄個資格；他

們沒有品行，沒有學識，在國家太平的時候，永遠沒有希望得到什麼優越的地位；現在，他們專憑鑽營與無恥，從日本人或大漢奸的手裡得到了意外的騰達。有的是已經作了一二十年的小官兒，現在拚命的掙扎，以期保持住原來的地位，假若不能高升一步的話；除了作小官兒，他們什麼也不會，「官」便是他們的生命，從誰手中得官，他們便無暇考慮，也不便考慮。這些人們一天到晚談的是「路線」，關係，與酬應。野求看不起他們，沒法子和他們成為朋友。他非常的寂寞。同時，他又想到烏鴉都是黑的，他既與烏鴉同群，還有什麼資格看不起他們呢？他又非常的慚愧。

好吧，即使老友都斷絕了關係，新朋友又交不來，他到底還有個既是親又是友的錢默吟啊。可是，默吟和他絕了交！北平城是多麼大，有多少人啊，他卻只剩下了個病包兒似的太太，與八個孩子，而沒有一個朋友！寂寞也是一種監獄！

他常常想起小羊圈一號來。院子裡有那麼多的花，屋中是那麼安靜寬闊，沒有什麼精心的佈置，而顯出雅潔。那裡的人是默吟與孟石，他們有的是茶，酒，書，畫，雖然也許沒有隔宿的糧米。在那裡談半天話是多麼快活的事，差不多等於給心靈洗了個熱水浴，使靈魂多出一點痛快的汗珠呀。可是，北平亡了，小羊圈一號已住上了日本人。日本人享受著那滿院的花草，而消滅了孟石，仲石，與他的胞姐。憑這一點，他也不該去從日本人手中討飯吃吧？

他吃上了鴉片，用麻醉劑抵消寂寞與羞慚。

為了吃煙，他須有更多的收入。好吧，兼事，兼事！他有真本事，那些只會渾水摸魚的人，摸到了魚而不曉得怎樣作一件像樣的公文，他們需要一半個像野求這樣的人。他們找他來，他願意多幫忙。在這種時節，他居然有一點得意，而對自己說：「什麼安貧樂道啊，我也得過且過的瞎混吧！」為了一小會兒的高興，人會忘了他的靈魂。

可是，不久他便低下頭去，高興變成了愧悔。在星期天，他既無事可作，又無朋友可訪，他便想起他的正氣與靈魂。假若孩子們吵得厲害，他便扔給他們一把零錢，大聲的嚷著：「都滾！滾！死在外邊也好！」孩子出去以後，他便躺在床上，向煙燈發愣。不久，他便後悔了那樣對待孩子們，自己嘀咕著：「還不是為了他們，我才……唉！失了節是八面不討好的！」於是，他就那麼躺一整天。他吸菸，他打盹兒，他作夢，他對自己叨嘮，他發愣。但是，無論怎著，他救不了自己的靈魂！他的床，他的臥室，他的辦公室，他的北平，都是他的地獄！

錢少奶奶生了娃娃，野求開始覺得心裡鎮定了一些。他自己已經有八個孩子，他並不怎麼稀罕娃娃。但是，錢家這個娃娃彷彿與眾不同──他是默吟的孫子。假若「默吟」兩個字永遠用紅筆寫在他的心上，這個娃娃也應如此。假若他丟掉了默吟，他卻得到了一個小朋友──默吟的孫子。假若默吟是詩人，畫家，與義士，這個小娃娃便一定不凡，值得敬愛，就像人們尊敬孔聖人的後裔似的。錢少奶奶本不過是個平庸的女人，可是自從生了這個娃娃，野求每一見到她，便想起聖母像來。

附帶使他高興的，是金三爺給外孫辦了三天與滿月，辦得很像樣子。在野求者，金三爺這樣肯為外孫子花錢，一定也是心中在思念錢默吟。那麼，金三爺既也是默吟的崇拜者，野求就必須和他成為朋友。友情的結合往往是基於一件偶然的事情與遭遇的。況且，在他到金家去過一二次之後，他發現了金三爺並沒有看不起他的表示。這也許是因為金三爺健忘，已經不記得孟石死去時的事了，或者也許是因為野求現在身上已穿得整整齊齊，而且帶來禮物？不管怎樣吧，野求的心中安穩了。他決定與金三爺成為朋友。

金三爺是愛面子的。不錯，他很喜歡這個外孫子。但是，假若這個外孫的祖父不是錢默吟，他或者不會花許多錢給外孫辦三天與滿月的。有這

一點曲折在裡面，他就渴望在辦事的時候，錢親家公能夠自天而降，看看他是怎樣的義氣與慷慨。他可以拉住親家公的手說：「你看，你把媳婦和孫子託給了我，我可沒委屈了他們！你我是真朋友，你的孫子也就是我的孫子！」可是，錢親家公沒能自天而降的忽然來到。他的話沒有說出的機會。於是，求其次者，他想能有一個知道默吟所遭受的苦難的人，來看一看，也好替他證明他是怎樣的沒有忘記了朋友的囑託。野求來得正好，野求知道錢家的一切。金三爺，於是，忘了野求從前的沒出息，而把腹中藏著的話說給了野求。野求本來能說會道，乘機會誇獎了金三爺幾句，金三爺的紅臉上發了光。乘著點酒意，他坦白的告訴了野求：「我從前看不起你，現在我看你並不壞！」這樣，他們成了朋友。

　　假若金三爺能這樣容易的原諒了野求，那就很不難想到，他也會很容易原諒了日本人的。他，除了對於房產的買與賣，沒有什麼富裕的知識。對於處世作人，他不大知道其中的絕對的是與非，而只憑感情去瞎碰。誰是他的朋友，誰就「是」；誰不是他朋友，誰就「非」。一旦他為朋友動了感情，他敢去和任何人交戰。他幫助錢親家去打大赤包與冠曉荷，便是個好例子。同樣的，錢親家是被日本人毒打過，所以他也恨日本人，假若錢默吟能老和他在一塊兒，他大概就會永遠恨日本人，說不定他也許會殺一兩個日本人，而成為一個義士。不幸，錢先生離開了他。他的心又跳得平穩了。不錯，他還時常的想念錢親家，但是不便因想念親家而也必須想起冠曉荷與日本人。他沒有那個義務。到時候，他經女兒的提醒，他給親家母與女婿燒化紙錢，或因往東城外去而順腳兒看看女婿的墳。這些，他覺得已經夠對得起錢家的了，不能再畫蛇添足的作些什麼特別的事。況且，近來他的生意很好啊。

　　假若一個最美的女郎往往遭遇到最大的不幸，一個最有名的城也每每受到最大的汙辱。自從日本人攻陷了南京，北平的地位就更往下落了

許多。明眼的人已經看出：日本本土假若是天字第一號，朝鮮便是第二號，滿洲第三，蒙古第四，南京第五 —— 可憐的北平，落到了第六！儘管漢奸們拚命的抓住北平，想教北平至少和南京有同樣的份量，可是南京卻好歹的有個「政府」，而北平則始終是華北日軍司令的附屬物。北平的「政府」非但不能向「全國」發號施令，就是它許可權應達到的地方，像河北，河南，山東，山西，也都跟它貌合心離，因為濟南，太原，開封，都各有一個日軍司令。每一個司令是一個軍閥。華北恢復了北伐以前的情形，所不同者，昔日是張宗昌們割據稱王，現在代以日本軍人。華北沒有「政治」，只有軍事占領。北平的「政府」是個小玩藝兒。因此，日本人在別處打了勝仗，北平本身與北平的四圍，便更遭殃。日本在前線的軍隊既又建了功，北平的駐遣軍司令必然的也要在「後方」發發威。反之，日本人若在別處打了敗仗，北平與它的四圍也還要遭殃，因為駐遣軍司令要向已拴住了的狗再砍幾刀，好遮遮前線失利的醜。總之，日本軍閥若不教他自己的兵多死幾個，若不教已投降的順民時時嚐到槍彈，他便活不下去。殺人是他的「天職」。

因此，北平的房不夠用的了。一方面，日本人像蜂兒搬家似的，一群群的向北平來「採蜜」。另一方面，日本軍隊在北平四圍的屠殺，教鄉民們無法不放棄了家與田園，到北平城裡來避難。到了北平城裡是否就能活命，他們不知道。可是，他們準知道他們的家鄉有多少多少小村小鎮是被敵人燒平屠光了的。

這，可就忙了金三爺。北平的任何生意都沒有起色，而只興旺了金三爺這一行，與沿街打小鼓收買舊貨的。在從前的北平，「住」是不成問題的。北平的人多，房子也多。特別是在北伐成功，政府遷到南京以後，北平幾乎房多於人了。多少多少機關都搬到南京去，隨著機關走的不止是官吏與工友，而且有他們的家眷。像度量衡局，印鑄局等等的機關，在官吏

而外，還要帶走許多的技師與工人。同時，像前三門外的各省會館向來是住滿了人 —— 上「京」候差，或找事的閒人。政府南遷，北平成了文化區，這些閒人若仍在會館裡傻等著，便是沒有常識。他們都上了南京，去等候著差事與麵包。同時，那些昔日的軍閥，官僚，政客們，能往南去的，當然去到上海或蘇州，以便接近南京，便於活動；就是那些不便南下的，也要到天津去住；在他們看，只有個市政府與許多男女學生的北平等於空城。這樣，有人若肯一月出三四十元，便能租到一所帶花園的深宅大院，而在大雜院裡，三四十個銅板就是一間屋子的租金，連三等巡警與洋車伕們都不愁沒有地方去住。

　　現在，房子忽然成了每一個人都須注意的問題。租房住的人忽然得到通知 —— 請另找房吧！那所房也許是全部的租給了日本人，也許是因為日本人要來租賃而房主決定把它出賣。假若與日本人無關，那就必定是房主的親戚或朋友由鄉下逃來，非找個住處不可。這樣一來，租房住的不免人人自危，而有房子的也並不安定 —— 只要院中有間房，那怕是一兩間呢，親戚朋友彷彿就都注意到，不管你有沒有出租的意思。親友而外，還有金三爺這批人呢。他們的眼彷彿會隔著院牆看清楚院子裡有無空閒的屋子。一經他們看到空著的屋子，他們的本事幾乎和新聞記者差不多，無論你把大門關得怎樣嚴緊，他們也會闖進來的。同時，有些積蓄的人，既不信任偽幣，又無處去投資，於是就趕緊抓住了這個機會 —— 買房！房，房，房！到處人們都談房，找房，買房，或賣房。房成了問題，成了唯一有價值的財產，成了日本人給北平帶來的不幸！

　　顯然的，日本人的小腦子裡並沒有考慮過這個問題，而只知道他們是戰勝者，理當像一群開了屏的孔雀似的昂步走進北平來。假若他們曉得北平人是怎樣看不起東洋孔雀，而躲開北平，北平人就會假裝作為不知道似的，而忘掉了日本的侵略。可是，日本人只曉得勝利，而且要將勝利像徽

章似的掛在胸前。他們成群的來到北平，而後分開，散住在各衚衕裡。只要一條衚衕裡有了一兩家日本人，中日的仇恨，在這條衚衕裡便要多延長幾十年。北平人準知道這些分散在各衚衕裡的日本人是偵探，不管他們表面上是商人還是教師。北平人的恨惡日本人像貓與狗的那樣的相仇，不出於一時一事的牴觸與衝突，而幾乎是本能的不能相容。即使那些日本鄰居並不作偵探，而是天字第一號的好人，北平人也還是討厭他們。一個日本人無論是在哪個場合，都會使五百個北平人頭疼。北平人所有的一切客氣，規矩，從容，大方，風雅，一見到日本人便立刻一乾二淨。北平人不喜歡笨狗與哈巴狗串秧兒的「板凳狗」——一種既不像笨狗那麼壯實，又不像哈巴狗那麼靈巧的，撇嘴，羅圈腿，姥姥不疼舅舅不愛的矮狗。他們看日本人就像這種板凳狗。他們也感到每個日本人都像個「孤哀子」。板凳狗與孤哀子的聯結，實在使北平人不能消化！北平人向來不排外，但是他們沒法接納板凳狗與孤哀子。這是日本人自己的過錯，因為他們討厭而不自覺。他們以為自己是「最」字的民族，這就是說：他們的來歷最大，聰明最高，模樣最美，生活最合理……他們的一切都有個「最」字，所以他們最應霸占北平，中國，亞洲，與全世界！假若他們屠殺北平人，北平人也許感到一點痛快。不，他們沒有洗城，而要來與北平人作鄰居；這使北平人頭疼，噁心，煩悶，以至於盼望有朝一日把孤哀子都趕盡殺絕。

日本人不攔阻城外的人往城內遷移，或者是因為他們想借此可以增多城內繁榮的氣像。日本人的作風永遠是一面敲詐，一面要法律；一面燒殺，一面要繁榮。可是，虛偽永遠使他們自己顯露了原形。他們要繁榮北平，而北平人卻因城外人的遷入得到一些各處被燒殺的真訊息。每一個逃難的永遠是獨立的一張小新聞紙，給人們帶來最正確的報導。大家在忙著租房，找房，勻房，賣房之際，附帶著也聽到了日本人的橫行霸道，而也就更恨日本人。

　　金三爺的心裡可沒理會這些拐彎抹角兒。他是一個心孔的人，看到了生意，他就作生意，顧不得想別的。及至生意越來越多，他不但忘了什麼國家大事，而且甚至於忘了他自己。他彷彿忽然落在了生意網裡，左顧右盼全是生意。他的紅臉亮得好像安上了電燈。他算計，他跑路，他交涉，他假裝著急，而狠心的不放價碼。他的心像上緊了的鐘弦，非走足了一天不能鬆散。有時候，摸一摸，他的荷包中已沒了葉子菸，也顧不得去買。有時候，太陽已偏到西邊去，他還沒吃午飯。他忘了自己。生意是生意，少吃一頓飯算什麼呢，他的身體壯，能夠受得住。到晚間，回到家中，他才覺出點疲乏，趕緊劃摟三大碗飯，而後含笑的吸一袋煙，菸袋還沒離嘴，他已打上了盹；倒在床上，登時鼾聲像拉風箱似的，震動得屋簷中的家雀都患了失眠。

　　偶然有半天閒暇，他才想起日本人來，而日本人的模樣，在他心中，已經改變了許多。他的腦子裡只有幾個黑點，把兩點或三點接成一條線，便是他的思想。這樣簡單的畫了兩三次線條，他告訴自己：「日本人總算還不錯，他們給我不少的生意！日本人自己不是也得租房買房麼？他們也找過我呀！朋友！大家都是朋友，你占住北平，我還作生意，各不相擾，就不壞！」

　　擰上一鍋子煙，他又細想了一遍，剛才的話一點破綻也沒有。於是他想到了將來：「照這麼下去，我也可以買房了。已經快六十了，買下它那麼兩三所小房，吃房租，房租越來越高呀！那就很夠咱一天吃兩頓白麵的了。白麵有了辦法，誰還幹這種營生？也該拉著外孫子，溜溜街呀，坐坐茶館吧！」

　　一個人有了老年的辦法才算真有了辦法。金三爺看準了自己的面前有了兩三所可以出白麵的房子，他的老年有了辦法！他沒法不欽佩自己。

　　且不要說將來吧，現在他的身分已經抬高了許多呀。以前，他給人家

介紹房子，他看得出無論是買方還是賣方，都拿他當作一根火柴似的，用完了便丟在地上。他們看他不過比伸手白要錢的乞丐略高一點。現在可不同了，因為房屋的難找，他已變成相當重要的人。他扭頭一走，人們便得趕緊拉回他來，向他說一大片好話。他得到「傭錢」，而且也得到了尊嚴。這又得歸功於日本人。日本人若是不占據著北平，哪會有這種事呢？好啦，他決定不再恨日本人，大丈夫應當恩怨分明。

小孩兒長得很好，不十分胖而處處都結實。金三爺說小孩子的鼻眼像媽媽，而媽媽一定以為不但鼻眼，連頭髮與耳朵都像孟石。自從一生下來到如今，（小孩已經半歲了）這個爭執還沒能解決。

另一不能解決的事是小孩的名字。錢少奶奶堅決的主張，等著祖父來給起名字，而金三爺以為馬上應當有個乳名，等錢先生來再起學名。乳名應當叫什麼呢？父女的意見又不能一致。金三爺一高興便叫「小狗子」或「小牛兒」，錢少奶奶不喜歡這些動物。她自己逗弄孩子的時候，一會兒叫「大胖胖」，一會兒叫「臭東西」，又遭受金三爺的反對：「他並不胖，也不臭！」意見既不一致，定名就非常的困難，久而久之，金三爺就直截了當的喊「孫子」，而錢少奶奶叫「兒子」。於是，小孩子一聽到「孫子」，或「兒子」，便都張著小嘴傻笑。這可就為難了別人，別人不便也喊這個小人兒孫子或兒子。

為了這點不算很大，而相當困難的問題，金家父女都切盼錢先生能夠趕快回來，好給小孩一個固定不移的名字。可是，錢先生始終不來。

野求非常喜歡這個無名的孩子——既是默吟的孫子，又是他與金三爺成為朋友的媒介。只要有工夫，他總要來看一眼。他準知道娃娃還不會吃東西，拿玩具，但是他不肯空著手來。每來一次，他必須帶來一些水果或花紅柳綠的小車兒小鼓兒什麼的。

「野求！」金三爺看不過去了：「他不會吃，不會耍，幹嘛糟塌錢呢？

下次別這麼著了！」

「小意思！小意思！」野求彷彿道歉似的說：「錢家只有這麼一條根！」在他心裡，他是在想：「我丟失了他的祖父，（我的最好的朋友！）不能再丟失了這個小朋友。小朋友長大，他會，我希望，親熱的叫舅爺爺，而不叫我別的難聽的名字！」

這一天，天已經黑了好久，野求拿著一大包點心到蔣養房來。從很遠，他就伸著細脖子往金家院子看，看還有燈光沒有；他知道金三爺和錢少奶奶都睡得相當的早。他希望他們還沒有睡，好把那包點心交出去。他不願帶回家去給自己的孩子吃，因為他看不起自己的孩子——爸爸沒出息，還有什麼好兒女呢！再說，若不是八個孩子死扯著他，他想他一定不會這樣的沒出息。沒有家庭之累，他一定會逃出北平，作些有人味的事。雖然孩子們並沒有罪過，他可是因為自己的難過與慚愧，不能不輕看他們。反之，他看默吟的孫子不僅是個孩子，而是一個什麼的像徵。這孩子的祖父是默吟，他的祖母，父親，叔父已都殉了國，他是英雄們的後裔，他代表著將來的光明——祖輩與父輩的犧牲，能教子孫昂頭立在地球上，作個有幸福有自由的國民！他自己是完了，他的兒女也許因為他自己的沒出息而也不成材料；只有這裡，金三爺的屋子裡，有一顆民族的明珠！

再走近幾步，他的心涼了，金家已沒有了燈光！他立住，跟自己說：「來遲了，吃鴉片的人沒有時間觀念，該死！」

他又往前走了兩步，他不肯輕易打回頭。他可又沒有去敲門的決心，為看看孩子而驚動金家的人，他覺得有點不大好意思。

離金家的街門只有五六步了，他看見一個人原在門堆子旁邊立著，忽然的走開，向和他相反的方向走，走得很慢。

野求並沒看清那是誰，但是像貓「感到」附近有老鼠似的，他渾身的

感覺都幫助他，促迫他，相信那一定是錢默吟。他趕上前去。前面的黑影也走得快了，可是一拐一拐的，不能由走改為跑。野求開始跑。只跑了幾步，他趕上了前面的人。他的淚與聲音一齊放出來：「默吟！」

錢先生低下頭去，腿雖不方便，而仍用力加快的走。野求像喝醉了似的，不管別人怎樣，而只顧自己要落淚，要說話，要行動。一下子，他把那包點心扔在地上，順手就扯住了姐丈。滿臉是淚的，他抽搭著叫：「默吟！默吟！什麼地方都找到，現在我才看見了你！」

錢先生收住腳步，慢慢的走；快走給他苦痛。他依舊低著頭，一聲不出。

野求又加上了一隻手，扯住姐丈的手臂。「默吟，你就這麼狠心嗎？我知道，我承認，我是軟弱無能的混蛋！我只求你跟我說一句話，是，哪怕只是一句話呢！對！默吟，跟我說一句！不要這樣低著頭，你瞪我一眼也是好的呀！」錢先生依然低著頭，一語不發。

這時候，他們走近一盞街燈。野求低下身去，一面央求，一面希望看到姐丈的臉。他看見了：姐丈的臉很黑很瘦，鬍子亂七八糟的遮住嘴，鼻子的兩旁也有兩行淚道子。「默吟！你再不說話，我可就跪在當街了！」野求苦苦的央告。

錢先生嘆了一口氣。

「姐丈！你是不是也來看那個娃娃的？」

默吟走得更慢了，低著頭，用手背抹去臉上的淚。「嗯！」

聽到姐丈這一聲嗯，野求像個小兒似的，帶著淚笑了。「姐丈！那是個好孩子，長得又俊又結實！」

「我還沒看見過他！」默吟低聲的說。「我只聽到了他的聲音。天天，我約摸著金三爺就寢了，才敢在門外站一會兒。聽到娃娃的哭聲，我就滿

意了。等他哭完，睡去，我抬頭看看房上的星；我禱告那些星保佑著我的孫子！在危難中，人容易迷信！」

野求像受了催眠似的，抬頭看了看天上的星。他不知道再說什麼好。默吟也不再出聲。

默默的，他們已快走到蔣養房的西口。野求還緊緊的拉著姐丈的臂。默吟忽然站住了，奪出胳臂來。兩個人打了對臉。野求看見了默吟的眼，兩隻和秋星一樣亮的眼。他顫抖了一下。在他的記憶裡，姐丈的眼永遠是慈祥與溫暖的泉源。現在，姐丈的眼發著鋼鐵的光，極亮，極冷，怪可怕。默吟只看了舅爺那麼一眼，然後把頭轉開：「你該往東去吧？」

「我 ── 」野求舐了舐嘴唇。「你住在哪兒呢？」「有塊不礙事的地我就可以睡覺！」

「我們就這麼分了手嗎？」

「嗯 ── 等國土都收復了，我們天天可以在一塊兒！」「姐丈！你原諒了我？」

默吟微微搖了搖頭：「不能！你和日本人，永遠得不到我的原諒！」

野求的貧血的臉忽然發了熱：「你詛咒我好了！只要你肯當面詛咒我，就是我的幸福！」

默吟沒回答什麼，而慢慢的往前邁步。

野求又扯住了姐丈。「默吟！我還有多少多少話要跟你談呢！」

「我現在不喜歡閒談！」

野求的眼珠定住。他的心中像煮沸的一鍋水那麼亂。隨便的他提出個意見：「為什麼我們不去看看那個娃娃呢？也好教金三爺喜歡喜歡哪！」

「他，他和你一樣的使我失望！我不願意看到他。教他幹他的吧，教他給我看著那個娃娃吧！假若我有辦法，我連看娃娃的責任都不託給他！

我極願意看看我的孫子，但是我應當先給孫子打掃乾淨了一塊土地，好教他自由的活著！祖父死了，孫子或者才能活！反之，祖父與孫子都是亡國奴，那，那，」默吟先生笑了一下。他笑得很美。「家去吧，我們有緣就再見吧！」

野求木在了那裡。不錯眼珠的，他看著姐丈往前走。那個一拐一拐的黑影確是他的姐丈，又不大像他的姐丈；那是一個永遠不說一句粗話的詩人，又是一個自動的上十字架的戰士。黑影兒出了衚衕口，野求想追上去，可是他的腿痠得要命。低下頭，他長嘆了一聲。

野求沒有得到姐丈的原諒，心中非常的難過。他佩服默吟。因為佩服默吟，他才覺得默吟有裁判他的權威。得不到姐丈的原諒，在他看，就等於臉上刺了字 —— 他是漢奸！他用手摸了摸自己的瘦臉，只摸到一點溼冷的淚。

他開始打回頭，往東走。又走到金家門口，他不期然而然的停住了腳步。小孩子哭呢。他想像著姐丈大概就是這樣的立在門外，聽著小孩兒啼哭。他趕緊又走開，那是多麼慘哪！祖父不敢進去看自己的孫子，而隻立在門外聽一聽哭聲！他的眼中又溼了。

走了幾步，他改了念頭。他到底看見了姐丈。不管姐丈原諒他與否，到底這是件可喜的事。這回姐丈雖沒有寬恕他，可是已經跟他說了話；那麼，假若再遇上姐丈，他想，他也許就可以得到諒夠了，姐丈原本是最慈善和藹的人哪！想到這裡，他馬上決定去看看瑞宣。他必須把看到了默吟這個好訊息告訴給瑞宣，好教瑞宣也喜歡喜歡。他的腿不酸了，他加快了腳步。

瑞宣已經躺下了，可是還沒入睡。聽見敲門的聲音，他嚇了一跳。這幾天，因為武漢的陷落，日本人到處捉人。前線的勝利使住在北方的敵人想緊緊抓住華北，永遠不放手。華北，雖然到處有漢奸，可是漢奸並沒能

替他們的主子得到民心。連北平城裡還有像錢先生那樣的人；城外呢，離城三四十里就還有用簡單的武器，與最大的決心的，與敵人死拚的武裝戰士。日本人必須肅清這些不肯屈膝的人們，而美其名叫做「強化治安」。即使他們拿不到真正的「匪徒」，他們也要捉一些無辜的人，去盡受刑與被殺的義務。他們捕人的時間已改在夜裡。像貓頭鷹捕麻雀那樣，東洋的英雄們是喜歡偷偷摸摸的幹事的。瑞宣嚇了一跳。他曉得自己有罪 ——給英國人作事便是罪過。急忙穿上衣服，他輕輕的走出來。他算計好，即使真是敵人來捕他，他也不便藏躲。去給英國人作事並不足以使他有恃無恐，他也不願那麼狗仗人勢的有恃無恐。該他入獄，他不便躲避。對祖父，與一家子人，他已盡到了委屈求全的忍耐與心計，等到該他受刑了，他不便皺上眉。他早已盤算好，他既不能正面的赴湯蹈火的去救國，至少他也不該太怕敵人的刀斧與皮鞭。

　　院裡很黑。走到影壁那溜兒，他問了聲：「誰？」「我！野求！」

　　瑞宣開開了門。三號的門燈立刻把光兒射進來。三號院裡還有笑聲。是的，他心裡很快的想到：三號的人們的無恥大概是這時代最好的護照吧？還沒等他想清楚，野求已邁進門檻來。

　　「喲！你已經睡了吧？真！吸菸的人沒有時間觀念！對不起，我驚動了你！」野求擦了擦臉上的涼汗。

　　「沒關係！」瑞宣淡淡的一笑，隨手又繫上個鈕釦。「進來吧！」

　　野求猶豫了一下。「太晚了吧？」可是，他已開始往院裡走。他喜歡和朋友閒談，一得到閒談的機會，他便把別的都忘了。

　　瑞宣開開堂屋的鎖。

　　野求開門見山的說出來：「我看見了默吟！」

　　瑞宣的心裡忽然一亮，亮光射出來，從眼睛裡慢慢的分散在臉上。

「看見他了？」他笑著問。

野求一氣把遇到姐丈的經過說完。他只是述說，沒有加上一點自己的意見。他彷彿是故意的這樣辦，好教瑞宣自己去判斷；他以為瑞宣的聰明足夠看清楚：野求雖然沒出息，得不到姐丈的原諒，可是他還真心真意的佩服默吟，關切默吟，而且半夜裡把訊息帶給瑞宣。

瑞宣並沒表示什麼。這時候，他顧不得替野求想什麼，而只一心一意的想看到錢先生。

「明天，」他馬上打定了主意，「明天晚上八點半鐘，我們在金家門口見！」

「明天？」野求轉了轉眼珠：「恐怕他未必……」

以瑞宣的聰明，當然也會想到錢先生既不喜歡見金三爺與野求，明天 ── 或者永遠 ── 他多半不會再到那裡去。可是，他是那麼急切的願意看看詩人，他似乎改了常態：「不管！不管！反正我必去！」

第二天，他與野求在金家門外等了一晚上，錢先生沒有來。

「瑞宣！」野求哭喪著臉說：「我就是不幸的化身！我又把默吟來聽孫子的哭聲這點權利給剝奪了！人別走錯一步！一步錯，步步錯！」

瑞宣沒說什麼，只看了看天上的星。

四世同堂——苟生

作　　者：老舍

發 行 人：黃振庭

出 版 者：複刻文化事業有限公司

發 行 者：複刻文化事業有限公司

E-mail：sonbookservice@gmail.com

粉 絲 頁：https://www.facebook.com/
sonbookss/

網　　址：https://sonbook.net/

地　　址：台北市中正區重慶南路一段六十一號八
樓 815 室

Rm. 815, 8F., No.61, Sec. 1, Chongqing S. Rd.,
Zhongzheng Dist., Taipei City 100, Taiwan

電　　話：(02)2370-3310

傳　　真：(02)2388-1990

印　　刷：京峯數位服務有限公司

律師顧問：廣華律師事務所 張珮琦律師

定　　價：375 元

發行日期：2024 年 01 月第一版

◎本書以 POD 印製

國家圖書館出版品預行編目資料

四世同堂——苟生 / 老舍 著 . -- 第
一版 . -- 臺北市：複刻文化事業有
限公司 , 2024.01
面；　公分
POD 版
ISBN 978-626-7426-16-6(平裝)
857.7　　112022172

電子書購買

臉書

爽讀 APP